詩と減喩

換喩詩学 II

阿部嘉昭

思潮社

詩と減喩

換喩詩学Ⅱ

阿部嘉昭

思潮社

目次

装幀＝奥定泰之

Ⅰ　換喩と減喩

真実に置き換える換喩

ロラン・バルトは「愛するものを語ることに人はいつも失敗する」と綴った。畏敬する詩作者・松下育男も「とても好きなものは／詩にできない／そのものが言葉よりも近いから／そういう時は詩なんかいらない」としるした。そこでふと思うのは、「人ではなく、言葉そのものが最も好きだったら、詩はどうなる」ということだ。結論を先にいってしまおう。「そのとき、詩は失敗する」。

インターネットで若い世代の詩をみると、その詩篇の良し悪しより先に、言葉が好きなんだな、と感想をもつことが多い。言葉にこそ伝達の有効性があること、言葉に多彩な語彙のあること、そんな言葉を操れる自分がいること、それらすべてが好き、といった感触だ。いくら表現が詰屈しても、詩に感じられる急き切った息から、そんな心の地金が透けてみえる場合もある。

インターネット的な精神の特徴には、同調圧力とともに承認願望がある。そのためにフェイスブックなどでは書かれたものを友だちが賛同する「いいね！」のシステムが設けられている。言葉の好きな自分を認めてほしいというこの哀訴の繰り返しにはいささか辟易する。第一、言葉が好きといっても、構文の創造のほうに奮闘して哲学をにじみださせるものなどあまり見受けられない。

言葉の展覧を愛することから、言葉の不気味な物質性を受け止めることへと、発語の基軸をずらしてはどうか。いちばん表現したいと欲している事柄を疑い、それを削ってゆく過程こそを、そのまま詩にしてゆく。キーボードを打つ指先が、了解されやすい表現を避けつづける。これが韜晦とならないよう、語彙の美しさも貧しさへ変えてしまう。このときに機能しているのが、言語学でいう換喩だろう。

言語学の本で換喩の説明を読んでも、「鍋が煮えている」「村上春樹を読んでいる」など、物事の替わりになるもので物事を平然と表現している会話が例文として並ぶだけ、詩作の参考にはならない。言おうとする対象と隣り合う対象がそこに現れているから、そうした換喩が空間を広げてゆくものだとはわかっても。

一文の例示から考えを進める言語学に対し、行や文を連続させてゆく詩作では、換喩的なずれは、どのように発動するのだろうか。たとえば高木敏次という詩作者はある詩篇の終わりを次の五行で締める。《もしも／遠くから／私がやってきたら／すこしは／真似ることができるだろうか》。言葉は足りなく貧しいし、「真似る」という語が誤用ではないかと動悸させる。ところがこうした峻厳な言葉の運びによってこそ、世界の遠望に懐かしさと不気味さが静かに渡ってくるのだ。

承認願望と関わらない詩の一例がここにある。インターネットがこんな詩で満ち溢れたら、政治すら変わるかもしれない。感じられるのはこんなことだ。言葉を愛さない。けれども信用する。言葉を裸にすることで言葉の力を拡張する。これらはすべて言葉の虚偽を真実に置き換える換喩といえるだろう。

（初出「北海道新聞」二〇一四年十二月十七日夕刊）

喩ではない詩の原理

ときどき思い返す詩論集に、中村鐵太郎の『詩について——蒙昧一撃』がある。「るしおる」に九二年から九五年(つまり平成初期)、連載され、書肆山田から九八年に一本として刊行されたものだ。喩ではない詩の原理が、静謐かつ厳密な筆致で召喚され、詩であることがことばの時空に、どんな「蒙昧」をもたらすかが終始丹念に考究されている。連載のながれでは幾度も江代充の詩作へ回帰がおこなわれ、この稀有な詩作者の、平叙体による詩作が、いかに工まない普遍性のなかで特異であるかに注意がうながされる。江代詩について総括的に述べられた中村の見解をまずは拾ってみよう。

《ひとつの文にはおさまりようのない複数の視線や時間が無理に集中されている〔…〕。そういう文の異貌がこの詩人では認識の遅延をあらわすものとしてある〔…〕》(一六二頁)。《経験に対する反省は、経験を包む事象についての認識が狂いを生じるとき、あるいは遅延をもってしてもともかく変化に追いつこうとするときようやくはじまるのではない。そこにはすでに手をもって書くことが介在していて、われわれは事象を構成する概念の普遍性に狂いをおさめるより、しいて言えば狂いそのものに言葉を探っている。要するに事象に先駆けてすでに遅延している認識や、生成を逐一、逐語的に分解させてしまう途方もない蒙昧が、言語とそのもたらすものに関するわれわれの基本的な印象である。さっぱりとひらけた自明性のあらたな水準——そうとでも言うほかないものがそこにはあるらしい。

あらたなというのはそのつど発見されるかもしれないという意味で、一般的なあたらしさとはむろん関係がない。そのかぎりでわれわれは書かれたものを共通のものとして読み、反復し、多数化することができると言うに尽きる》（二九一 - 二九二頁）。

上記、再読してもらったうえで、ぼくの言い方で砕いてみよう。個体のまえにひろがっている世界や記憶は、そのなかに参入した途端、個体の存在そのものの侵入圧によって変化をこうむる。個体の思考は部分を拾いながら全体をつくろうとして、その全体脈のなかで前の部分が後の部分にとりかえられるのだから、全体もいつも遅延の体系となるしかない。それでも「語られたこと」が完成するが、完成形のなかには「語ること」が別の痕跡となって潜在している。世界と「語ること」とは、記述が精確であろうとするほど不如意な離反をえがくのだ。むろんこのときの蒙昧を生きることばが詩のほんとうの根拠にほかならない。なぜなら、ことばがことば自体をかんがえる再帰性（これが「詩であること」の原理だ）こそが、ここで遅延を産出する最小単位にもなっているためだ。

いわばスロウの実利的な効用ではなく、遅延の本質的な蒙昧によって、言語と認識にまたがる詩学を透明にひらいてみせた中村の『詩について――蒙昧一撃』は、岩成達也の『詩の方へ』（二〇〇九年）などでその意義が強調されたものの、ついに徒過する平成の時間のなかでは詩論書の理想的な記憶でありつづけ、実践の源泉ではなかった。薬物をつかったオウム真理教の「早上がりの解脱」が顰蹙を買ったように、平成そのものが早上がりを希求する浮薄な時代で、それはネットの隆盛とともにさらにあきらかな傾向ともなったのではないか。気味わるい承認願望の猖獗。詩論も貴重な例外がむろんあるものの、西洋思想との早上がりの連接をもとめるものが趨勢だし、そこでは詩篇個々も早上がりの「要約」で貶価された。

中村の同書には《難解な詩が存在しないように、平明な詩も存在しない。これが詩の知恵だ》（一四頁）という決然たる揚言があるが、現在、詩それ自体も難解な詩が平明さにたいするような速読で消費される「扱いの縮約」がつづいている。詩はその読解速度をその第一行から読者に分与するものなのだから、もともと速読可能な詩がネット時代に同調的なのではないかと、危惧するようにもなる。詩読のよろこびの外側を回流してゆく消費と採点が、いま詩を傷めているのではないか。この意味で、一篇を読んだ即座に再読をうながす江代詩が貴重なのだった。ともあれ「平成に詩は在ったか」という設問に明答を返すことはできないが、「平成に詩論書が壊滅へ近づいている」とはいえるとおもう。では在るものとしての詩から、ことばのどんな姿を析出できるのか。

本稿の原点、江代充の詩作にまず帰ってみよう。中村の論考連載時、江代はのちに『黒球』（一九九七年）としてまとめられる日記体の叙述を同人誌「壘」で継続していた。日記体という換喩的な体裁はむろん「日付」の前置に負うのだが、やがて驚異的な展開が生ずる。日付が九二年から七一年にとつぜん遡行し、つまり過去の日記を江代的な詩体で「いま」書きなおす「遅延」と「蒙昧」がそこでまさに主題化されてゆくのだ。認識の遅延については、のちの江代『梢にて』（二〇〇〇年）よりも平明な組成だが、たとえばつぎのような「文」がある。《〔七四年〕九月一九日／アパートの長い共同洗面所で、わたしは朝早く洗顔した。蛇口から水がながれると、ここの松林の小母さんがいつもきれいにしているタイル敷きに水がながれ、左側の窓から光が差し込んでいることに気付いた。顔を洗うと小さなタイルが並んでいる。その上を水が何かに浴しながら流れている。そこにある光の性質は、水のようにながれるものではなく、さっきからそこにあるという在り方を見せている。》（七〇頁）。冗語法でなければ、これが中村のいう「蒙昧」だ（中村はこのくだりを論じていないが）。それでも

「ながれ」「流れ」の語が過剰に重複する根拠は、それぞれの「ながれ」が時間的感覚的にちがうからとしかいえず、対比的に「遅れて」あらわれる、「差し込」み、「浴」びさせ、「ある」、「光」が、水の「ながれ」から分離されて、双方を感覚する主体の時間、その一定幅が唯一無二となる。日記の「過去」はその内部分割によって、さわれないがゆえに尊い過去として逆に外部化するのだ。

内部分割が外部化の根拠であること――これが意識されたとき、江代による日記書き換え（換喩の換喩）に「詩の瘤」が出現する。もはやどこにも現実の保証のない日記体記述が直後するようになる。以下――《七四年九月二四日／曇天に毬が浮かび、わたしは背中に瘤を着けて歩いた。身体にとりついたと意識される黒球。わたしがはるか見上げている上空のちいさな毬。体感として、道の上で終始屈んでしまうように、それがいつこちらへとりついたのか。いま住んでいる所から間近にある今日の道に。》（七一頁）。背中に瘤として黒球を負う者、その見上げる眼路にも黒球がある。世界や記憶を微分しつつそのなかを訪う者の負う不如意が、細部が遅延の関係によって連関されることに現れるのなら、感覚や思考主体である「わたし」が世界内へ散布されるしかない。だから「わたし」の瘤が世界の瘤となる面妖な事態が起こる。それを強弁してはならないが、「付帯的にしめす」ことは、詩の存立にかかわる。なぜなら世界とことばが照応しながらしかも傷みあうことこそが詩の本懐だからだ。

先に掲出した江代の記述には「洗顔」があったが、詩篇「道草」（『石はどこから人であるか』〇一年）で《朝夕／顔をあらうたびどこかを洗顔していた》と冗語法でしるし、「顔の領域」を不安化させたのが貞久秀紀だった。「ある文によって暗示されることがらがすでにその文に明示されている」ことを詩性へと転換する最近の貞久は、瞬時の迂回と再帰のあいだに生ずる時空の微差によって、「文」の自明性が同時に脱自明性だとしめす言語哲学者の風貌をもつが、その貞久が江代詩から霊感を受けたことは知られているだろう。つい先ごろも萩原健次郎氏と、平成のこの時代に貞久秀紀という詩作者がいることの僥倖と恩寵を語りあったばかりだが、二〇一三年、単発の詩論でもっとも震撼にあたいするものを書いたのもこの貞久だった。そこでは中村鐵太郎の所論が、貞久なりのことばのはこびで潤むように換言されている。

《〔…〕「その日はじめてそこで揺れるものが、以前から揺れていて柵ごしにながめられる夏蜜柑であったとき、じぶんはどこにいて、何をながめていたのだろう」／この文は、ひとつの体験を因果関係や比喩を使うことによって説明したり、描写したりしているとは思えません。仮にわたしが読者としてこの文を読むなら、わたしはこの文をたどりながら、「その日はじめてそこで揺れるもの」があり、それが「柵」ごしにながめられる「夏蜜柑」だと知ります。ついで「どこ」にいて「何」をながめていたのかと問うているくだりまで読みすすめてきて、「どこ」と「何」が指し示すものをさがします。しかし、それはすでに読みとられていて知っているはずの「柵」のそばであり、「夏蜜柑」なのではないでしょうか。この文は、読者であるわたしをすでに知っていることがらへと後もどりさせることによって、読みとりの作業そのもののなかでわたしがそれらにみずから至りつくことを――すでに知っているはずのことがらをあたかもはじめて知るかのように感じることを――体験させる構造をしています。その一方、以前からすでに揺れていたはずの夏蜜柑があたかもそのときはじめて揺れるかのように感じられたという体験内容を記述しています。読みとりの構造が、その読みとられている記述内容の構造でもあるというように。》（「写生について」、「現代詩手帖」一三年九月号）。つけくわえるべきは、世界にたいする貞久のこうした思考には、「同語」が再帰的に反復される必然があるということだ。

詩集『明示と暗示』（一〇年）から、「空気」にたいしてもっとも繊細な感受性をもつこの詩作者がどんな境地にいたっているかを引例しよう――《空気をながめているときのものの感じられ方は、石ころがちではあるが草がところどころあかるく開き示された道にしゃがみ、あるとき空気をながめていて、それを外からながめているとも、内からながめているとも感じられる。》（「空気をながめて」）。江代の「黒球」が存在の内外にわたったように、貞久の空気への視は空気の内外に分岐する。視ることは分立点に立つことだと知らしめるのが空気だが、ほんとうは空気自体、視えず、「石ころがち」の「草」道の視えることが空気の介在をあかしするにすぎない。このような感覚の「蒙昧」＝「齟齬」が存在の本質なのだが、読みの齟齬をまねく詩文じたいがゆたかさへひらけている逆転がある。ここで「自明＝自明」の定言命題に変化が起こる。この命題の土壌こそがむしろメタモルフォシスを呼ぶのではないか。当然のことが予感的となるときにこそ、詩と哲学が震駭しつつ、読者もまた震駭しているのだ。世界はことばにより変革される。

メタモルフォシスは江代のものでもあった。また『黒球』をみよう。《〈七四年〉七月六日。／みゆき橋の夜。川の水面にホテルの明かりや真白な街灯のかげが揺れている。何の病的なものの故意もなく長い帯のように。／昼間東雲分校には、たくさんのオランダげんげが繁っていた。わたしはそこを歩いた。わたしのKになって。》（四三頁）。

『ア　ナザ　ミミクリ』（一三年）で評価の集中した藤原安紀子は、現代詩的記憶のるつぼとして在る。山本陽子、藤井貞和、吉増剛造、高貝弘也などの影響源はみやすいが、江代充も彼女の真芯にいる。発話者をフレーズの上に指示する書法は『梢にて』以降の江代「鳥」詩篇をおもわせるし、なによりも「ぼく」の主語選択に江代的＝遅延的なメタモルフォシスを感じさせる。江代的な「文体」なら第一詩集『音づれる聲』（〇五年）の次の一節にあきらかだ。《高台にある運動公園から暮れかけるとふたりの子どもがかえってくる木馬やロープウェイや草野球のあるなかで地上の子どもはいつもみえない位置をのぞきこんではなす　斜面には墓地がありよむことのできるなまえを得意げに呼ぶと　見上げる位置にはソボがいて呼ばれると愉しげに返事するようすで鳴き交わす二羽の鳥になっていた　たったこれだけのおおきさをもちつづけようとしてかさなる瞬き　地上にはかさなりがあり光の通路がとおっているめぐみとして受けうる　手は握りしめられて　いる》（三〇－三一頁、一行が十字分にそろえられ、字間空白が変化する原文レイアウトを単純に送りこんで引用した）。ここにはどの場所に立っての視点かというもんだいがある。そのなかで場所がかさなりへと還元（＝変貌）させられて、換喩的に「手」がうかびあがってくる、はこびの魔術が見事だ。

第二詩集『フォ　ト　ン』（〇七年）の以下のフレーズも事物の再帰性に没入することで、「それ以外」と「それ自体」——つまり融即の内約を分岐させる江代的な展開を聯想させる。《この樹はおおきくなった／いくつかのゆるい祖土に／枝をかざしたたかった／ととのえてまた振り捨て／見ごろしてきた草の想を／かぎりなく忘れこの樹は》（七三頁）。江代において事後感覚的だった世界分離は、藤原においては進取的になる。結果、再帰によってしるされていた江代の時空が、藤原詩では「未来内の」回帰性となる。そこを藤原的動態として「天使」、さらにはそれの部分化としての「羽」が翔びまわるのだ。そうしてミミクリー＝擬態やミメーシス＝模倣が、藤原のことばと主体の変身原理ともなるのだが、江代的な「遅延」がそれでも影を射すことから、藤原の未来には未到来の厚さが擬制され、多幸を招かない。こうした「屈折」こそが、いま詩が「在る」根拠となるのではないか。《「跨ごうとする白線を延長すると線路。ずっと耳あてて鼓動を、聞いているの。ほら、隣りへおいで」破れかけのうすい胸だった。しかし分身は奔って逃げ、顔面から顚倒する、だからといって不自由はなにもない。（ぼくは）ぼくは、（くりかえし）記憶を真似ていたい。》（『アナザミミクリ』二〇五頁）。「分身」は論脈のうえだけに現れているのではない。丸括弧が、その中身が、主体や時間の分身を出現させていることに、恍惚と恐怖の双方をかんじる。

むろん空白と異語と読解不能性とがうつくしく「交響」する、詩集というよりも「ことばの別組成」というべき『アナザミミクリ』を以上のような部分摘出のみで語りうるとはおもわない。それでも藤原が満を持して、江代的な真諦を招来させている点は銘記されてよい。上記、「記憶を真似る」がそれだ。しかしそれは記憶そのものには決してならない。ただのことばとなるだけだ。むろんそこに「詩は在る」。

この藤原の「真似」にたいする見解は、平成のいま、これまた「在る」ことを期待させる詩作者のひとり髙木敏次の、離人症的な世界把握ともじつは共鳴している。髙木の詩篇「帰り道」には過去と未来のどちらを視ているかわからない不安もあるのだが。――《辻では／ぬいぐるみを抱いている女の子／市場からの帰り道を探している人／ぬいぐるみには慣れないし／帰り道も知らない／もしも／遠くから／私がやってきたら／すこしは／真似ることができるだろうか》（『傍らの男』二〇一〇年）。

相似はもともと暗喩の起動力だが、その方向性が外され、名づけえないもの同士のアナロジーが口をひらくとき、「わたし」をふくむ世界がふと深遠化する。それはもはや、換喩の志向する「部分」視であらわせることがあっても、暗喩「だけ」は拒絶するだろう。「ありのまま＝自明性」についての不明性がひろがる世界光景だというべきかもしれない。喩ではない詩の原理はここにひろがるのだ。ほんとうならそれは記憶にも感覚にもゆきわたっているものだ。中村鐵太郎も『詩について』で、江代詩からそんなフレーズを過たず摘出していた。ぼくの所持していない江代の詩集に収められているそのフレーズを以下、最後に引いておこう。《方方へ風が吹くので／倒れこんだくさむらの窪みにわたしは似ていた》（江代充『みおのお舟』中「露営」、中村『詩について』一八一頁より孫引）。

（「ガニメデ」六〇号、二〇一四年四月）

排中律と融即

――貞久秀紀『雲の行方』について

一から三九〇まで序数をつけられた断章のつづく、貞久秀紀『雲の行方』は、哲学や詩論、さらには詩そのものに類する書き方をもふくんだ定義不能の「文集」だ。それは一般には聞きなれない「明示法」の定義から開始される。暗示法なら修辞学の一部をなし、その文彩がさまざまに追求分析されているだろうが、明示法とはいったい何か。貞久は枝のゆれをながめる体験をひきだしてくる。《枝のゆれに気がとまり、それをただながめているだけの単純なふるまいでも、枝がゆれるということそのものの意味がそのふるまいにおいて体験されているということはありえる。ながめているうちにこの枝のゆれが何かそれとはべつのふしぎに静かなものを暗示しているように感じられながらも、そのふしぎに静かなものとは何かと問われれば、それは目の前にあってすでに明示されている当の枝のゆれにほかならないというように》(「前書」七頁)。

吉田健一にもつうじるような、貞久の同語反復を換言してみよう。まず枝のゆれの静かなふしぎがある。それに感銘をおぼえるのだからそれが「何か」の暗示になっているのかとかんがえると、みいだされる解答は暗示の可能性の一切をはらい、それじしんの魅惑をただ「明示的に」つたえているだけだ。みている渦中でふたたびそのことが得心される。枝はゆれうごいている。だから魅惑も要約されない。のちの断章で貞久が用意する思考を先回りし、かつ評者の言い方でさらに加えれば、魅惑の認識は一回的ではなくそこに迂回と再帰が経由され（だからそれは物にまつわる時間を、厚みをもってつくりあげる）、自明性にかかわる問題をじつは無効化する。枝のゆれのもつ「何か」は「形容未然」――それじたいで自充する世界の部分――つまり「詩の生成的な細部の状態」ともいえるだろう。暗示＝暗喩ではないもの、部分としてひらかれているこの世界の現前は、認知言語学上は暗喩の対蹠――換喩とも呼びうるものだ。貞久の枝は尖端としてみられ、みることをゆらす。

貞久の「明示法」の核となる定義はもっと簡単に書かれている。《その文に明示されていることがらは何かを暗示するものの、その暗示された何かは当の明示されていることがらにほかならない》（「前書」八頁）。これまでふたつの掲出文の物言いが「当の……にほかならない」で一致している点に注意しよう。ふたたび「それ自体」に的中させるこの作用は、言及されたそれ以前にたいし再選択的だ。明示が暗示を追いやって明示のみがのこるこの図式は、ひとつは「Aと非Aを加えたものが全体だ」という論理学的な定義＝「排中律」を想起させる。同時に、「物はAと非Aをともにふくむ」という「融即」をも印象させる。したがってここにあらわれる的中感は非的中的だ。排中律、融即、このふたつを同時に運営するのがズレを生成してゆく換喩だとすると、貞久の明示法は、とりあえず「A＝A」の同一律、つまり暗喩の原理からだけは離れている理解となる。

むろん魅惑は、一旦は自明的に映る。ところがそれは脱自明性も組織している。その状態のことばのひろがりは、貞久の初期の詩にすでにあった――《あるきながら考えていると／考えながらあるいてもいた》（「体育」、『昼のふくらみ』九九年、所収）。ある法則がつたわってくる。同語が反復されつつ論脈がかわるのだ。ある語とある語が同語であることは「自明」だが、論脈が脱自明的にずれる。

この並行性が貞久のことばと認識の魔術だ。「体育」とおなじ詩集に収められている「桜」をあかしとして引こう。《花のころ／この世をはかなむ／ことをたのしんでいる／たのしみながら／この世にはかなくなっている／花におくゆきがある／というひとも／おくゆきのはてに花がある／というひとも／おあいこなのだった／極大／が／極小にひらいてふくらむ／と／花としてさいた／来年もまた／お会いしたいものですね／ひとはそういってわかれ／花のころ／会えたり／会えなかったりした》（全篇）。

『雲の行方』は自明的でありながら脱自明的な文の用例集でもある。《わたしはきょうあるひとと将棋をしたが、そのひとがたまたまAさんであったために、わたしはきょうAさんと将棋をした》（一九頁）。《階段をのぼるついでに二階へゆく》（六九頁）。《あるひとは今何時かときかれて、／「きのうの今頃は午後二時半でした」／と答える》（一四三頁）。いずれでも貞久は文例提出の奇異さを誇ってはいない。「自明性の奇妙さ」が「状態の必然」から生ずる事態を勘案しながら、安定を欠いてゆれるこれらから、明示とは何かを問うている。迂回と冗語そのものを省けばいいという冷酷な裁断もありえようが、冗語にあるオブスキュアなものこそを貞久は問題にしている。

明示性の奇態さには欠落、あるいは不釣合いもある。貞久がつくった奇妙な設問――《「この括弧内の文には何が書かれているかを述べよ」》（六四頁）。貞久の用意する解は、「この括弧内の文には何が書かれているかを述べよ」、ということが書かれている――つまり明示されているものを反復するしかないという、詩にたいしてと似たものだ。命令文には二人称の立ち位置とメッセージがからまっていて、相互が矛盾を来すと、命法じたいが内破するといわれる（例：「わたしのいうことに従うな」「シロクマについてかんがえるな」）。ただしこの命令文は非Aという外郭を欠いた、それ自体だけのＡ——つまり「不全な排中律」というべきではないか。だから貞久のつくった命令文＝設問が世界構造をつくりあげていないとも換言できる。

《あるひとが円を描くときは、円のみを描く》（一八四頁）と貞久がしるすように、書かれることの明示性は、それじしんを排他的に組織する。まずはＡとして書かれる。ところがそれが非Ａの顔を同時にもつとき、オブスキュアなもの——「何か」こそが書かれていることになる。もともと正岡子規いらい「写生」が金科玉条とされた俳句で、貞久がそれにとりわけ注目するのはこの融即効果からではないか。松本たかしの《我去れば鶏頭も去りゆきにけり》の引用（一五一頁）。相対摂理の自明だけではなく、それに気づいた作者の感銘が助動詞「けり」にあらわれていると貞久はいう。つまり意味ではなく、再帰のほうを彼はみている。一体に貞久は、何かを暗示するようにみえて、明示されている当のものにほかならないのが俳句だという観点をつらぬきとおす。自明俳句の系譜があり、夭折した喜田進次などもその名手だった。《霧の中巨大な烏瓜のまま》《大雨がやんで椋鳥まで直線》（『進次』二〇一二年）。物の持続、視「線」の直線性は自明なのに、自明をあらためて主題化すると、諧謔を超えた、物や人間の必然がうかんで胸をうつ。

枝のゆれ＝うごきを突破口とした貞久にならい、「みなうごく」を俎上に置いてみよう。西東三鬼《枯蓮のうごく時きてみなうごく》。一九四七年の作だから戦争で疲弊した国民を「暗示」しているともとれそうだが、中七、自明をしるす冗語＝「明示」がむしろ一句の肝だ。高浜虚子にも《晩涼に池の萍皆動く》がある。これらはうごくものにともなう「何か」、オブスキュアなものをつたえて戦慄的だ。これらの俳句で、換喩が意味形成的ではなく、運動転写的（もしくは方向付与的）なものだともわかるが、これを排中律にからめるとどうなるか。排中律を語る例文では「白と白でないものの合が色彩の総計だ」といった書き方が通例だ。けれどもこの白を灰色にかえると、排中律を経由したその他全体が白と黒とに離反した不安なハイコントラストを基調とするようになる。渦中に灰色だけがあり、その他に灰色以外だけがある混乱。三鬼「枯蓮」、虚子「萍」の「うごき」はこのようにオブスキュアなものではないか。

吉田喜重の映像論映像『吉田喜重の語る小津さんの映画』では、小津『東京物語』の冒頭がまず引用される。上京に際しての旅支度で鞄へ水枕を入れようとしているのだが、笠智衆には見当らず連れの東山千栄子を責めている。それがじつは目の前にあった。このとき吉田の次のようなナレーションが入る。「〔笠智衆の〕周吉は水枕を見られなかったが、水枕は間近にずっと周吉を見ていた」。物が視る——あきらかにメルロ＝ポンティ的な視座だ。『雲の行方』にもコップが見えている／見えていないという相反状態の考察があり（一一九頁）、高野素十の一句《アマリリスまでフリージアの香りかな》からは、フリージアがフリージアの香として嗅がれる際の体験の再帰性が、一旦、オブスキュアな自己を通過する経緯が考察されている（一六八頁）。序数を付した断章の連鎖から『雲の行方』はスピノザやヴィトゲンシュタインの哲学書に似た風貌をもつが、貞久と同質をえがくのはメルロ＝ポンティの現象学だろう。認識の再帰とはまさに自己への再帰のことなのだ。

以下、「他者」「物」を「枝のゆれ」に置き換えて、メルロ＝ポンティの『見えるものと見えないもの』（滝浦静雄・木田元訳、みすず書房、八九年）の一節を読んでほしい——《私が私は他者を見ていると言うばあい、実際に起こっているのは、何よりも私が私の身体を対象化するということなのであり、他者はこの経験の地平、ないしその別の側面なのである》（三二七頁）。《物の側には、決して何ものでもないものではなく、私をして、物自体はつねに遠くにあるといわしめるような眺望《パースペクティヴ》の増殖がある》（二一〇頁）。

貞久の緻密な文章は、三角形の図版をつかって終盤、オブスキュアなもの＝「何か」が、いかに認識の推移をとおして主体に再帰するかを考察してゆく。最後にそれが子規の一句《道尽きて雲起こりけり秋の山》の引例を契機に、眺望化、方向化をつくりあげてゆく。流れが感動的だ。何かの終了感があって、そこに雲がうごいてみえる。みえているのは雲であると同時に「今」なのだが、気づくとそれが「分節できない今」として意識に入りこんでくるのだ。次の貞久の感慨は矛盾をはらんだ生成論であるがゆえにうつくしい――《「今あそこにすでに浮いているちぎれ雲が、今あそこに現れてくる」》（二二一頁）。詩が哲学を代位する。最終章・二三九〇の全文――《道が尽きて雲が起こり、それに気づいたときわたしは何を体験したのだろうか。この雲が道に先立つように感じられただろうか。あるいはただこの雲が起こるのに気づいただろうか。／気づいたので今はこうして雲をながめ、それが浮いているのをながめているところにいると感じているのだろうか。それは何を感じているのだろうか。では、わたしは今何を見ているだろうか。雲ではないだろうか》。ここでは息の連鎖が認識のズレを組み、世界が刻々転位されている。

明示されているものから暗示性をとりはらい、たんなる明示性へと再帰する。このことは、絶望に絶望性を自覚して、それを自覚しない絶望をとりはらい、わずかに希望度をました絶望へ再帰することにも似ているだろう。

（初出「現代詩手帖」二〇一四年九月号）

夢からさめて、同一性に水を塗る

二〇〇八年ごろだったとおもうが、畏友・甘楽順治が貞久秀紀の「梅雨」(『昼のふくらみ』所収)をミクシィに転記打ち紹介をしてから、一挙に貞久詩のとりこになった。それまで詩壇のつくる「現代詩の主流」に眼をうばわれていて、貞久詩のような本質的な財宝が伏在していることを不明にして知らなかったのだ。一挙に貞久の詩集を蒐め、さらに畏れをふかくしていった。その記念となる「梅雨」をまずはていねいに俎上にのせてみよう。

縦
横
奥ゆきのいずれかをえらびなさい
夢のなかでいわれて縦とこたえた
めざめても縦がひとすじ
挿入

されているのだった
縦のあるからだで横になって
雨にたっぷりつかる
田
をみている
水はあふれているのだった

縦からあおく

「縦」「横」「田」の漢字一字で改行がなされている点に顕著なように叙法はかぎりなく簡潔だ。それでも誰からだされた問いなのか明示されない（とやがてわかる）第一聯の内容の奇妙さによって、しずかな衝撃が尾をひく。貞久的な問いは返答不能性とかかわりがある。たとえば『明示と暗示』中「演習」にも次の問いがあった。《「この括弧内の文には何が書かれてあるか、それを説明してみよ」》。「梅雨」の第一聯では、「縦」「横」「奥ゆき」は空間の構成要素として計量時はともかく、人間の眼前では不分離のはずだが、それを分離せよという理不尽な命法がここでまかりとおり、さらに不合理にも詩の主体が「縦」をえらんでしまう。くわえて夢からさめた身体にひとすじの縦の貫流を刻印されることになる。その「縦」の実質が線なのかひかりなのかわからず、ことば「縦」のままである点（つまり神秘体験ではない点）こそがこの詩篇の脅威なのだった。原理的なことばこそが身体を、ひいては身体の知覚する眺望を織りあげる、言語中心主義的な倒錯が全体を伏流している。

読み手は補足的に詩の提示している空間を想像＝創造することになる。梅雨どき障子をあけはなって、庭先の雨にけぶってのびている「田」を、のびだした稲をひたしている田水を、さらにはその水の一面へ直角にふってくる雨を付帯的に視る。身体に縦が刻まれた以上、それに同調する眺望でも縦の要素が「あおく」強化される。その強化は「あふれ」としてとらえられ、最終的に詩篇タイトル「梅雨」の、肌へもたらす感触がひろがってくる。表面上は、それ以外に詩篇の意味がない。詩篇にはなんの意味の隠匿もなく、すべてが「明示」されている。

だが、ふと気づく。「田」の字そのものが、どの四方からみても姿をかえず、それじたいが回転幻想をふくむ点で、一度目の眺望と二度目の眺望を「同一性」であやうくつなぐ「ネッカーの立方体」（貞久の詩論書『雲の行方』四八頁参照）だったのだと。この詩篇では条件づけられた縦－横の交錯のなかに、「田」の字が回転しているのではないか。となると、そこにニーチェ的にして日本的な「意味」がにじみだすことになる――「循環の抒情」がそれだった。なにもはらむことのないはずの「表面」が、「即非の論理」をよびこんで「ゆれる」、このことに詩の読み手がやがて驚愕するのだ。

「循環の抒情」という点では外して語ることのできない詩篇「夢」がおなじ『昼のふくらみ』にある。詳しくは本書（『現代詩文庫213・貞久秀紀詩集』）五六頁を参照していただきたいが、「夢」のなかのふたしかな身体実感を動力にして、「身めぐり」と「身のうち」が脱論理的ななりゆきで一致させられてしまう。直喩の符牒「ように」が、この詩篇では同一性どうしの接着ではなく、即非のズレ（＝換喩原理）をもたらしていて、貞久の日本語は簡明なのに独自だ。「梅雨」同様ここでも「夢」の作用力は現実の身体へおよぶ。身めぐりと身のうちの同致は、身のうちへ菊のみだれ咲く秋野をあふれさせる。詩篇は一読、抒情美を余韻させるが、「ふたしかなもの」のうつくしさがこの世ぜんたいへの畏怖につうじていると気づく過程すら後続するのだ。

それでも「うちがわ」「そとがわ」の位相学的な回転可能性は、貞久的な認識のリズムをつくる。たとえば『石はどこから人であるか』中「帽子」の以下のくだり――《帽子には中と外があり／中はせまく／外は／無限大に広かった／せまいほうに頭を入れ／おとなしくしている人がいる／それから無限大に／広いところへ入れたなら／さっぱりと、気持ちのよいことでしょう／と／頭をぬきとり／帽子の外をかぶっている人がいる。〔…〕》。位相学ではドーナツとコーヒーカップがおなじかたちだが、たぶん貞久的な認識ではすべての同異の基準が輪っかのなかにある空気を見定めるか否かにかかっている。空気は可視的で、それが内－外を幸福に混和するのだ。『明示と暗示』中「空気をながめて」――《空気をながめているときのものの感じられ方は、石ころがちではあるが草がところどころあかるく開き示された道にしゃがみ、あるとき空気をながめていて、それを外からながめているとも、内からながめているとも感じられる。》（全篇）。「外からながめる」視線は「場」にたいしては「内」向的だという逆説に留意する必要がある。

貞久詩の主体は、認識も行動も奇妙と映る。歩きながらいわばシャドウ・バッティングをする動作は、やはり空気型の貞久詩にふさわしく、「空気から」「空気玉を」「くりぬき」「打つ」と表現される（『空気集め』中「空気玉」）。虚構とふれあいながら、そのふれあいによって身体が実質化するこうした経緯はアフォーダンス的だが、記述形式がたとえば身体の反応側からではなく空気側からだというのが貞久の奇矯性だろう。そうして通常性から逆転された記述が、刻々の読解に抵抗圧をつくり、しかも世界認識の再帰性に新鮮さまでふきこんでくる。
それでは「水塗り」という職能的な動作はなにを意味するのか。『昼のふくらみ』中「水塗り」全篇――

水塗り
をしていきてゆくことを
水ぬるむころにかんがえた
昼のベンチにもたれていると
花でくらすひとらが
道をふみにじることなく
いたるところからあゆみきて
花をさかせようとしていた
この世をうすく
ぬらしてくらしを立てる
そんなひとはいたるところにいるものです
水塗りをするひとからきいたことを
昼の
あかるみにいてかんがえているとわたしも

花のひとらも
ひとみな
水塗り
をしていきているとおもわれた
水ぬるむころの
やわらかなこの世に

空気がやわらかくなりだした春の事物に、刷毛かなにかで、春のぬくみをたたえた水を「塗り」、歓喜の到来をうながす職能者（「わたし」もその一員になろうとしている）があたかも実在するようだ。復活神にも似たいとなみがくわだてられているらしいが、「花でくらすひと」との境界が詩中で意図的にあいまいにされている。ただし「水塗り」を生計にするひとは、水を塗ってもそれが即座に乾くのだから、いとなみの痕跡をはっきりとのこさない。この世に気配としているだけ——そうなって水塗りの生の「うすさ」と乞食の類縁性も意識されてくる。そうした移動生活のうすさがここではうつくしく、「うすさ」が最終行で「やわらかさ」へ転位する変化も魔術的に結果されてゆく。それにしても、「この世」ということばの、ふくみ多い同調促進力はどうだろう。空間を発明する貞久詩の最終局相が、「この世」のはずだ。

「この世」のはかないうつくしさはおなじ詩集に所収された「桜」にもゆきわたっているが、本書〔『現代詩文庫213・貞久秀紀詩集』〕「散文」篇に収められた、ジャンル分類不能の文「道」にも、この世の臨界が確定できない（しかも道の選択に有限性が刻まれてしまう）諦念につつましい認知がやどっていて、初見だったので驚愕した。全文を引こう――《道は妙なものに思える。初めてひとりで歩きだしたときから今ここに足があるところまで、足跡をつなげればどれほどの道のりになるだろう。複雑に歩かれた道でも、それが途切れなくあるかぎりは一筆書きで描けてしまう。この世の道を歩いてどこかを通りすぎることはあっても、この世そのものをすぎることはない。この世という大枠の中でどこかを通りすぎるとき、何をすぎているのだろう。》。

「道程」にまつわる高村光太郎の意気軒昂から、どれほど径庭があるのか計測されるべきだろう。その道についての原理的物質的把握ならば、『明示と暗示』中「トタンは錆びて」に「明示法」で書かれている。とおくまでのびる道が、どのような眺めの変転を経て歩きに実体化されるかが幸福感をともなってつかまれているのだ。《あぜ道とともにあるこの道をたのしくゆけば、先へゆくほど幅をせばめながら、ゆけばかならずおなじ道幅であるかのよう。》。遠近法がとうぜん介在しているが、身体を「容れる」道の、本質的な同一性も示唆されている。

「この世」にもどれば、おなじ詩集の「ことばの庭」に「この世」のもっとも単純な組成がしるされている。詳しくは本書（『現代詩文庫213・貞久秀紀詩集』八六―八七頁を参照されたいが、三人の顔見知りの立ち話にまじろうとする「わたし」にとって三人が「本人らと寸分違わずにいて」、かれらの発語が「話しおえてもなお口がうごいているとみえる」同質性の延長にあり、そこにこそぬくみをみている点に注意が要る。

さて先に引いた「トタンは錆びて」の部分の、ちかさからとおさへの踏破は、遠近の位相転換的な点滅という、貞久的な魔術をもひきおこす。『明示と暗示』中「薄にそいながら」――《ここにある薄は、道にそいながらふれてくるほど親しくつづき、ここではゆれているとみえず、遠くあのあたりではゆれている。／／しばらくここにいて、ゆれずにいるとみえるこの薄は、このままおなじ道をあるけば身近にいたりつくあの薄が、いまも目にみえて／／遠くそこかぎりでゆれているように、ながめていればゆれており、ここからは、おしなべてこの薄とあの薄でゆれる。》。一面の薄原で、「ここ」からとおい薄がゆれている点が明示されているが、間近の薄は第三段落ではたしてゆれているのか。同語が連続する錯綜的な文脈をほぐしてゆくと、哲学的に不思議な認識があらわれる。「おしなべて」の一語が驚異だ。くだいていうと、間近の薄はゆれていまいと、とおくの薄がゆれている反照をうけて、実質的にゆれているというのが貞久の見解なのだった。巨大な同質性のるつぼにはいって、差異が意味的にきえながら、じつは感覚内には遠近が残存しているという、茫漠とした連続空間。ここでは踏破の媒質が、あるきではなく視線の送りになって、それでこそ詩の主体が薄につつまれつくす。薄の季語性が原理的に、同語反復によって分解されているのもすごい。それは先に引例した「水塗り」中の「水ぬるむ」の域を超えている。貞久は俳句性を展開により原理へと分解する。

それにしてもなぜ「ゆれる」うごきがこれほど「明示法」を語りだした貞久にとって特権的なのだろうか。あらためて『明示と暗示』のエピグラフをみよう――《ある文によって暗示されることがらがすでにその文に明示されている――そのような文があるだろうか。ゆれている枝によってよびおこされるものが、ほかでもないそのゆれている枝であるように。》。枝がなにかを暗示しているようにおもわれるのは、ゆれのうごきにたとえば招きや警鐘や歎きなどを汲む人間の擬人化能力にその理由があるとして、じつはゆれはゆれているもの自体の物質的条件を変成しない。それでもゆれているものは、ゆれていないものとちがう――それが感覚の変更できない真理なのではないか。この意味でいうと、「ゆれ」とは世界が同一性「において」変転している生の証の徴候なのだ。これが「夢からさめて」事物に「水を塗り」、しかもその痕跡がすぐきえてしまう貞久的行為の作用力であり、確固たる身体をもたないことで、たとえばたかみに足場を組む大工を見やる姿勢をつうじ、見上げるすがたを組みあげられてしまう貞久的身体（『リアル日和』中「遠近法会話」）の、「ここからここへ」の、ゼロ変転の距離をもあらわしている。「ゆれ」は同一物のうえの異なる細部を異なりとして組み立てながら、その同一性を完成させる存在論＝認識論までつくりあげる。同致できない存在論と時間論とが並立されうるのは、空間にすでに時間がふくまれているためだ。『明示と暗示』中「日の移ろい」全篇を以下にみよう。

ともにゆれているいくつかの枝が、そのいくつかに分かれて風にうごき、うごきにあわせてゆれるあたりには、葉をしげらせたどの枝にも日があたり、どの枝についていていて、
まだ枯れない葉にも、そこからそこまでがこの木であるところで乾いた陰日なたをつくり、いまもこの世にあまねくひろがる日が、そこでは葉の数に分かれておのおののゆれうごく。

幸福と戦慄とを分離できない光景といえるだろう。とくに読解が遅滞するのは、連続しているべき連体節が行替えによって分断され錯視におちいった気にさせるためだ。世界の表情の多彩さは細部相反性、時間進展性の相互をふくむ。それが「写生」をつうじて認識順＝語順の等号性によって捕獲されている。もちろん貞久が私淑する、江代充の『梢にて』あたりの叙法が創造的に拡張されている。ところで読解の遅滞は、たんに了解の困難ではなく、読解にかならず空間化がともなう点からも生じる。それで直観的な発語の自動性と無縁だという認知が生起し、詩篇と真剣にむきあうまなざしがで

きる。

それでは同語反復的な詩の音韻性を、どう把握すべきなのだろうか。ここで、同語をくりかえしながら、文脈の折れによって同語の同語性が別次元へ変転してゆくような、虚の厚みを詩の本懐とした石原吉郎を対照に置いてみよう。石原の著名な詩篇、「花であること」（全篇）――《花であることでしか／拮抗できない外部というものが／なければならぬ／花へおしかぶさる重みを／花のかたちのま／おしかえす／そのとき花であることは／もはや　ひとつの宣言である／ひとつの花でしか／ありえぬ日々をこえて／花でしかついにありえぬために／花の周辺は的確にめざめ／花の輪廓は／鋼鉄のようでなければならぬ》。たとえばこの短詩では「花」がつごう八回登場する。同語は呪文性となって、音韻に円滑な調子をつくり、同時にリズム的な結節をもたらしているのも見てのとおりだ。ただしこの詩法を駆使した最晩年の石原は、構文上の断言癖をさらに癒着させて展開の予測容易性を病みはじめ、同語使用によるこの詩法をついに形骸化させていったとおもう。いっぽうの貞久は五感の得たもののみを書きつけるつつましさのなかにあって、みてのとおり断言を駆使しない。つまり貞久の同語法の肌理のこまかさは、断言の排除に拠っていて、この点がひいては認識を定番性から外す微細をみちびいているのだった。同時に余韻の感触も、「この世」の「有限性の無限」へのびてゆく貞久と、必死の抒情を定着してその達成感で読者を呑む石原とではちがう。

もともと貞久詩は、初期段階から同語法を自家薬籠中にもしていた。それが「循環の抒情」をつくりあげていたのだった。西田幾多郎の「主客一如」哲学をおもわず想起してしまう第一詩集『ここからここへ』中「山」をみてみよう――《なつかしい　一本の／木をゆすると／山ひとつゆれる／／という仕組みの／ひととして　一つの／山をゆすっていた／／すると芽ぶいてゆく／季節に　やさしく

／ゆすられているのは／こちらのほうだった／そういう　山の／仕組みとして》（全篇）。

さて、以上の論脈からだと、哲学詩人としての峻厳な風貌のみが貞久秀紀に意識されるかもしれない。ところがご本人は関西弁を軽妙にあやつり、しかも驚くほど筆まめなひとなのだった。飄々と身軽で、瞳は透明にかがやき、そのなかではかないほどの小顔が印象にのこる。これを定着させるべく最後に『リアル日和』「桜草」を引こう――《父母の血をひき／折りにふれて写真うつりが小さく／おや、と顔を寄せてみていると／くすんだ花に父母の相がうかび／社員旅行の記念の一枚も／浴衣のわたしに畳みこまれた父母が／フラッシュとともに／咲きこぼれそうであるのに／写真をわたされたとき／おや、と顔を寄せてしまい／丹精して育てるひとの／桜草の一ト鉢よりも／折りにふれて写真うつりが小さい》（全篇）。……貞久さんの顔がみえてくる。

（初出『現代詩文庫213・貞久秀紀詩集』二〇一五年四月）

断裂の再編
――杉本真維子「川原」を読む

「現代詩手帖」十二月年鑑号で評価の集中した詩集のひとつに、杉本真維子『裾花』があった。ただしその詩集には、「詩の被災」「意味の破壊」など暴力的な解読不能性を強調する評価が集中したとおもう。ところがこの詩集が創造するのはむろん愛着であって拒否ではない。つまり解釈（暗喩にたいするもの）が不全をしいられても、味読（換喩にたいするもの）については組織化がおこなわれるということだ。たぶんそれは詩篇内部に生起する「方向」と「感情」を読者が分有することで起こる。そのことがぼくの書いたものをふくめ言明されていない。これを是正すべく、以下、詩集冒頭詩篇「川原」を、実験的に、聯ごとに味読してみる。ただし「川原」が集中もっとも親和性のたかい詩篇だという点も顧慮にいれておくべきだが。

通路、が塞がれ、身長ほどにしか、心がない、日のなかで恐怖の種がわれる。蛍光灯で焼けしないか、ソファで溺れないか、窓で迷わないか、

わたしは、だれなのか

冒頭、「通路」のあとに、すでに息切れしたように読点「、」が侵入するのはなぜか。詩篇を想起したときに疑心がもたげ、同時に決意が詩篇そのものを進行させようとしている呼吸がそこに顕れているのではないか。つまりこの「、」において呼吸と葛藤が等号でまず結ばれる。

「通路」の現実性はのちにでてくる語から事後的に確定されてゆく。「蛍光灯」「ソファ」「窓」——室内で見聞できるそれらによって、通路を生活動線にかかわる展開可能性とまず具体的にとらえてみる。それが「塞がれ」ているのなら散文的には段ボールなどの荷物が動線上に置かれたとみることができるが、むろん「塞がれ」そのものには抽象的な逼塞も印象されてゆく。

つぎの《身長ほどにしか、心がない》では限定性、不安の語調によって意味がつくられている。けれど試しに《身長ほどにも、心がみちている》と置き換えてみると、身体の計測可能な符牒のうえに心情がそのまま一致=充実していることになる。となると語調の不安を引き寄せたのは、そのまえの「塞がれ、」の逼塞感に、次の文節が呼応したためだ。身体と心情が過不足なく一致する「まるごと」「むきだし」の状態が不快、不安と捉え返されているのだ。

こころと一致したからだに標的化が起こり、存在がフラジャイルな繊細さにゆれうごくことまで喚びだされてくる。「蛍光灯で焼けしなないか」——たとえば魚はひとの手でつかまれれば火傷する。だが蛍光灯で「焼けしぬ」ことはありえない。ありえないことは了解されていて、「死ぬ」が「しぬ」とひらかれている。「ソファ」も身体をささえるものであって、液状を呈してひとを呑みこむものではない。ということは、詩の主体のいる世界は逼塞しているのに、歯止めのない「底なし」という二重性をもっているのだ。そこに「窓で迷わないか、」も成立する。窓辺からひらける光景も底なしで、通路が断たれてそちらに眼路が向かわざるをえないとき、外界にはガラス一枚へだてて魅入られながら、それが底なしであることで、いる場所を迷う、といわれているのでないか。

これら一連の直前、「日のなかで恐怖の種がわれる」が、詩篇の感情を「恐怖」に固定することになるが、この文はズレをそのまま内包したように範囲確定が困難だ。「日」は日数の日なのか、太陽なのか。前者だとすれば、「日々の推移のなかで、潜在していた恐怖の胚種がほぐれるように発芽にむかう」となるし、後者だとすれば、「太陽の圧倒的な陽光をつくりだしているのは、ひかりそのものの破壊性で、それは恩恵と同時に恐怖をもたらす」となる。ただしのちに詩篇中にでてくる「闇」と遡及的に呼応して、ここでの「日」は太陽の意味を比率的におおくふくんでいたと事後判断がなされるだろう。

この第一聯では書かれていることばとともに、「書式」が感情生成をうながしている。一行二十字詰めの散文体で書かれだした詩篇が、やがて行分け形式に「分離」するのだ。「焼けしなないか、」「溺れないか、」「迷わないか、」といった生存不安の連鎖が、連鎖であるがゆえに「ほぐれ」を出来させる。それで「迷わないか、」のあとでついに改行が起こり、以後、詩篇は行分け体に再組織される。これは連打には余韻が要るという、詩篇主体からの要請だとおもう。読点「、」のもつ間歇性導入の必然だろう。書けば呼吸が生じ、書かれるものが分離する——これがまさに改行詩の生存理由で、このことで恐怖から主体が救出される。

最後、「わたしは、だれなのか」はアイデンティティ・クライシスの定番となる自己疑問だが、それが手垢にまみれた滑稽味を帯びないのは、それまでの疑問形の連打による。最後の疑問文は、ちいさいながらも具体的な疑問形の連鎖の果ての必然として、文脈的に特異化、特有化されているのだ。この一聯のあとに「＊」が入って、第一聯と二聯以下の断絶性が強調される。それはこの第一聯を、詩集全体のエピグラフ詩として分離しようとする意志がなかば働いたためではないか。

存在しない、ハンモックの
午睡でもいい。生まれた時刻までもどって
擦れる頭皮の、その熱の、
さいしょの突進を握って
（光について
尋ねられた）

午睡の理想の場所はハンモックだ。そこでは睡眠するからだが空中浮遊を同時に演じているとみえる特権性が組織される。だが、ハンモックは存在しないまでも、どこに架けられているのだろうか。前聯からは、室内にある午後のひかりの縞のなかに。詩文それじたいからは記憶のなかに（ハンモックは場所そのものに意外な遊戯的連絡性を付与する幼児期の触媒ともいえる）――これらが解答だ。これらの解答のうちの後者から、詩篇主体の最初時の「存在しない」身体記憶までもが俎上にのせられることになる。それが「出産時外傷」だった。

《〔…〕生まれた時刻までもどって／擦れる頭皮の、その熱の、／さいしょの突進》では、「突進」の運動性を純粋化しなければ、通常は、母親の産道をころげおちて此の世に顕れた「事実」が語られているとみるべきだろう（この見立ては暗喩解読というほどのものではない）。「頭皮」が擦れるのは、赤児の頭部にまだ頭髪が不充分だからだ。ただしこの世での最初の身体的記憶が、火傷、「焼けしぬ」ような摩擦熱だったとかんじると、にんげんには先験的な受苦が刻まれていることになる。この感覚が存在の本質で、産み落とされるときの受難が記憶として具体化されていなくとも、理知的にその総体的「突進」が「手に」握られることになる。このとき「忘れられた（＝存在しない）脳」と、「手」とに連絡ができて、それで生きる身体が本当に定位されるのではないか。

この第二聯は、書かれていることの意味が収められないまま（しかも改行結節も意図的に法則化しないまま）、まるで産道を異物が落下するように運動そのものが「ながれてゆく」。カタコトが連鎖しているとかんじなければならない。この呼吸もまた書かれていることとともに把握対象となる。いずれにせよ、第一聯の生存不安は、生存が確約された起点にまで遡行を企てるしかなかった。

詩を聯にわけて書くとき、聯の細部どうしには自然と「対応」がうまれてしまう。一聯中「焼けしに」と二聯中「熱」の照応、一聯中「日」と二聯中「〈午〉睡」の相応は見やすいが、二聯に「ハンモック」が出現したことが驚異＝脅威だった。「ハンモック」は「寝る場所」として一聯中の「ソファ」の変異だとまずわかる。ところが一聯中、「言外」に付された窓外光景には樹林があって、そこに架けられている幻想物でもあったのではないか。それは眼福であると同時に、樹間の「通路」性を「塞ぐ」（以上、一聯冒頭）障碍という双価性をおびている。しかもこれがやがて最終聯中の「磔」からにじみだしてくる十字架とも「ともに架けるもの」としての類同性を分泌することになる。詩篇はそういう類想をゆるす自己表出として書かれているだろう。

二聯の終わり二行は丸括弧に包まれ、しかも四字下に置かれる間接性がほどこされている。その

《(光について／尋ねられた)》は、それまでのながれからいえば、産道落下は同時に光との邂逅であって、否定性ではない意義を訊問された、と論脈化されるはずだ。ところが詩の作者は、このときの詰問者のほうを問題化している。具体的な人物が外傷にまつわる「光」の所在を訊ねたのではないだろう。問は超越的な位置から発せられている。それで聖性が詩篇の救済要素として出来するのだが、「尋ねられた」には、同時に不随意的な「自問」の影もある。このとき聖性＝自己という、昂然たる詩の主体の位置が言外に浮上してくる。

それは、一本の壜の中
光る傷口が、川上から、流れてきた
むかし、それを、竿で突いた
川原にさらして眺めると
石のほうがもっと眩しく
「くやしさのなかでしか生きることができない。」

第二聯の産道落下という運動は、「川にうかんでながれる」運動を立て続けに喚起しながら、方向性そのものは鉛直から水平へとズレる。こうしたズレを「読む」ことが杉本詩においては真諦となる。修辞のすべてを圧縮による意味破壊ととらえると読解に暗喩がまつわることになるが、味読はズレを堪能しながら、読むものを空間化、ひいては作者の「手許」をも詩篇の細部から「換喩」してゆくのだ。

被出産時の神々しい外傷は、第三聯では「光る傷口」として簡略化される。しかもそれは異様なヴィジョンをともなう。壜のなかに容れられて、川上から流れてくるのだ。「壜」にツェランの「投壜通信」の余栄をみとめるとすると、宛てのない未来に向けられた詩の（偶然の）コミュニケーションにおいて、まずつたえられるべきと作者杉本真維子のかんがえるのが、被出産時の聖なる受難という普遍的なものごとになる。投壜通信のなかにはいっているメッセージが未来の現在時の謎を解くものではなく、通時的な普遍性だというのは、カフカ的かもしれない。

その受難にむかうのは、自己再帰性でしかない。しかもそこには残酷な色彩まで添わせるのがただしい。それでながれてくる投壜通信は、「竿で突かれる」。そうした行為ぜんたいを拾いあげて、「川原にさらして」詩篇主体が「眺める」。自己領域に温存されているものなど、何ほどのものでもない。「光る傷口」にあった「ひかり」は、川原というかけがえのない場所では、物質的な「石」ほどにも「眩しく」ないのだ。記憶、あるいは記憶にまつわる潜勢態のすべては、実在性にたいして色をうしなう。なぜか。第二聯の一節にこたえがある。つまり、端的に「存在しない」からだ。

これらの感慨が集約されると、第三聯の結語となる――《「くやしさのなかでしか生きることができない。」》。自己再帰性と外延性の齟齬が、ここでは悔恨として捉えられ、生はその持続でしかないという自己超越的な見解が語られているはずだ。ところが自分の発語を「引用」したような（それで鈎括弧に全体が包まれている）「くやしさのなかでしか生きることができない。」は悔恨の必須をいいつつ、この語調が現世的・女性的に俗化されている。詩篇主体が自己の卑小さ＝悲傷さにむけておこなう愛着的な憐憫。形而上を語ろうとして形而下をまとってしまう女性性（と了解されているもの）の宿命が、この語調そのものに悔恨化されている。つまり「悔恨はつねに二重の状態で顕れる」。以下、第四（最終）聯――

一枚のひと、ひとりの肉、と、
硬貨のように数えている
ひたいの奥の整列が
炭火を燻らせ
闇のうらがわを舐めていく
穴あきの薄紙をかぶる、いやらしい文字、
から生まれてきた
（犀川の木屑にまだ、礫の痕がある）

まず従前の聯からの語照応をみよう。「ひたい」は第二聯「頭皮」からのズレだし、「炭火」は第一聯「焼けしに」、第二聯「熱」からの「飛び火」だ。それゆえ、各聯が連関を欠くという粗雑な鑑賞は換喩運動＝語レベルのうちにまず排除される。ただし、杉本的な狂言綺語は、最終聯にあって猖獗をきわめなければならない。猖獗は実際にある。ところがそれがどうじに静謐なひびきをもつ点が杉本のすばらしい特異性なのだ。むろん文学的文飾から杉本はもともと「動物的に」逸脱している。詩の優秀な書き手の多くにないのが、この宿命的な逸脱だとおもう。
「一枚のひと」と、ひとの数えかたがまず不穏に逸脱する。この一枚がどこから出来しているかといえば、第一聯「窓」でガラスを言外化したために、そこにあるべきだった「一枚」がちがう場所に補塡されたのだとかんがえる。逸脱は連打される、「ひとりの肉」と。ひとはたましいを存続させるが、その物質的な保証は、ひとまず作品づくりや他者との共存を度外視すれば、「肉」の生相にこそ顕れるしかない。ただし生の数の確認は自己から他へ、相関的・相補的に様相化されるしかない。

第二行「硬貨のように数えている」がさらに不穏だ。おんなの娼婦への変貌潜在性をクロソウスキーなら「生きた貨幣」と表現した。硬貨のように数えられるものは、関係の定常性を逸脱するものなのだ。ところが数えることには理知がともなう。ひとの「肉」の奥行に対応するのは、「ひたい」の奥で、それは数えることで整列状態をつくる。ひとりの産道落下が、ひとりであることで列をなさなかったのにたいし、数えることはひとの内在性を列の状態へと再編成するといってもいい。だから数えられる範疇にもはいる自己は、他を数える行為によって、「ただ」特異化する——つまり「列」の成員であるか否かを、「数えること」が保証しないのだった。

「炭火を燻らせる」には、信州のさむさとかよう暖炉の存在も浮上させるが、「数え」にともなう齟齬が一酸化炭素発生を内部的にもたらしているような感触もある。その自己燻製が、自己を「舐める」。「闇」は自己の「肉」を自己のうちがわからとらえた視界の全般であり、どうじに詩篇主体をとりまく物理的・抽象的な外界条件でもあるだろう。

それにしても、《一枚のひと、ひとりの肉と、／硬貨のように数えている／ひたいの奥の整列が／炭火を燻らせ／闇のうらがわを舐めていく》というように、進展してゆく行の「わたり」の素軽さは、なぜかくも見事なのだろう。ことばの単位そのものは「モノじたい」にすぎず、それは文脈をもって相互関係化されることでのみ個性化する。この個性化こそが（単位ではなく一連の）詩語性であって、詩語そのもののフェティッシュなどいまやありえない。となるとことばは、運動の圏域に参入されることでのみ、マゾヒスティックに色相化せざるをえず、その裁量権だけを詩作者がまさににぎるのだ。

　このときことばに実定化されている材料は意味ではなく、いわゆる「間隔の形成度」ではないか。だからことばは間歇的に「置かれ」ながら、その間歇をべつのなにかでやわらかに充塡することができる。この五行の見事さは、そうしたうすい充塡に、無頓着な表情で成功した点にあるだろう。むろん「数えている」が終止形なのか、次行の「ひたい」にむすびつく連用形なのか、その解答すら出ない。これが改行詩とくゆうの恩恵だということは、改行詩を真摯に書いた者ならみな知っている。

　杉本的な暴力はどこに実現するか。次行の《穴あきの薄紙をかぶる、いやらしい文字》が読者の人生経験のどこにも結実しない空振りをなす箇所にではないか（すくなくとも、この表現の内実がわからないぼくは、ここに詩篇に深甚にひらいている「穴」をみてしまう）。文字そのものが「いやらしい」のか、「いやらしい」文字があるのか。あるいは文字が上にかぶせられた「薄紙」の「穴」から透視されるときに、いやらしさを発揮するのか。ともあれ上の覆いが蚕食状態になって、文字のならびが部分視される状態がここから卑猥の質として浮上することになるが、そのように自分の非連続（とみえる）詩法をも、杉本が自己卑下していて、その卑下が詩篇ぜんたいを総括するのだろうか。詩篇が収束にむかう肝腎の箇所で判断がこうしてブレるのは、「穴あきの薄紙」の指示性と適用範囲がさだまらないためだ。ふつうの詩作者はこんな「暴力」をふるわない。

　しかも「文字、」と体言止めされながら、次行「から生まれてきた」で反転が起こり、名詞で切れていた断絶が、文の連続性に復帰する。そのあとの丸括弧でくくられた最終行を、全体が梱包された体言とみるか（そうすると丸括弧ぜんたいが「生まれてきた」の補語になる）、丸括弧ほんらいの付加＝補足とみるかで、文法的な解釈を暴力的にゆらすのだ。詩篇は穏やかな口調ながら、最後にきて狂奔をしるした。しかも以上述べた「穴あきの薄紙」以後が、それ以前とどのように意味的な連関をもつのかも確定できない。確定できないものは確定してはならないだろう。

とりあえず詩篇タイトル、三聯目に顕れている「川原」を、信州をながれている「犀川」の具体名に収束させる機能が最終行にまずある。詩集タイトル「裾花」が裾花川を指すとすれば、それは長野市の外縁をながれ、やがては犀川に合流する川だから、犀川にはいわば大合流の「祝言」が秘められている感覚にもなる。

その犀川には「木屑」がながれている。第三聯で「光る傷口」を容れてながれてきた「墁」がここでは「木屑」に変貌している（ズレている）。この木屑は礫（の十字架）にもちいられた木材の部分だと作者は言外に規定している。木屑に「礫の痕」を感知したためだ。では痕とは具体的に何か。それをおもうと、第一聯の「恐怖」が再浮上してくる。木材を十字に組んだ釘打ちのあと、処刑者の手首足首を釘で打ちつけた痕、流血の痕、「存在しない」絶叫の痕——それらがにじんでくる。にわかにイエスのすがたが幻視されるのは、この最終聯の二行目「硬貨のように数えている」に、イエスを売った対価として銀貨三十枚を得たユダの掌上のようすが暗示されるためで、しかも前行「ひとりの肉」により、ユダはイエスを精神から離れた肉と即物視することなくして売却（の苦悩）を敢行できなかったとさえ読めるのだった。

イエスの余栄がそうして杉本の在所ちかく、犀川の水面をながれている——そう試しにうけとってみて、詩篇全体を綜合する位置にいる自分をかんじ、そこに杉本じしんの位置をさらに換喩的に知覚することになる。結論は総括的ではなく、列挙的な分離状態でないといえない。以下、それをしるしてみよう。

○イエスの磔刑は死相の定着ではなく復活の予備だから、それじたいが世界内の産道落下として捉えるべきだ。○となると、あらゆる定着は「ながれている」。○ということは、「在ること」はそのままに「投壜通信」なのではないか。○このことを身体に知覚させるのが、地上の川なのだ。○見た目には通路は塞がれ、ハンモックで樹間は塞がれているが、定着そのものがながれだとすると、あらゆる通路性は塞がれていない。○このことを先験的に告げるのが産道落下だ。○それでもイエスとの照応において、「わたしは、だれなのか」という深甚な自己検問の余地がのこる。○いっぽう「くやしさのなかでしか生きることができない」は悔恨の必定であるかぎり、肯定性へと反転できる。なぜなら、「余地」こそが生の保証だからだ。

志向的に詩篇と併走すれば、この破壊的な詩から採取できる大意とはたとえば以上のようなものになるだろうか。読まれるとおり、大意にいたるためになした作業は、詩篇の細部を「数え」、それを再順番化する再編によってでしかない。その再編は詩篇細部が部分断裂していることに敬意を払ってのものだ。詩篇ぜんたいは、あきらかに意味を「いい足りていない」。だから要約を慎重に排除して、詩篇を前後左右に歩行、その体感を大意とするしかないのだ。ところがそれが可能なのだから、そこに破壊の表情からは想定できない愛着もうまれる。むろん、その大意の把握なり愛着なりは、読む者それぞれのやりかたでよい。杉本の詩篇は、内部的なのではなく、外部性によってひらかれている。

（初出「現代詩手帖」二〇一五年四月号）

第六回鮎川信夫賞受賞挨拶

詩のムーヴメントの中心にある思潮社が主催している鮎川信夫賞を、拙著『換喩詩学』が頂戴できたこと、たいへんに名誉におもっております。とりわけ詩作と詩論の双方の分野で、長きにわたり偉大なお仕事をつづけておられる北川透さん、吉増剛造さんお二方から、選考の評価を受けたことに、よろこびを感じております。ありがとうございました。

これからぼくのする挨拶では、ぼくがふだん「詩人」ということばをつかわず、それを、「詩を作る者」――「詩作者」とよびならわしている点をまずはご念頭に置いていただきたくお願いして、話をはじめます。

さて拙著の受けた賞が、これまた詩論と詩作にわたる偉大な先達、鮎川信夫の名前を冠していることはたしかに象徴的といえるかもしれません。拙著では換喩＝メトニミーを、暗喩＝メタファーと対立概念的にもちいていて、いっぽう鮎川信夫は暗喩型の詩作者、詩論家の代表とみなされているからです。拙著のオビの背には、《暗喩的戦後から換喩的現在へ》という標語めいた、挑発的な文言まで謳いこまれています。それならば拙著は、時代状況における詩作の変化を高々と宣言したものだったのか――。

その答えをいうまえに、まずは「暗喩」「換喩」という成語中の「喩」という文字が問題になるとおもいます。これを「喩え」というふうに具体的に分解して、その意識のもとに詩作をおこなっているひとは、現状、ほぼ存在しないのではないかとおもいます。比喩分類は古代ギリシャの哲学者がおこない、それが修辞学のなかに脈々と受け継がれてきたものですが、ぼくのかんがえではそれは、文芸の創作原理「そのもの」には適用できない。だからたとえば言語学者ロマン・ヤコブソンのしめした、「小説の原理は換喩」「詩の原理は暗喩」といった二分法が、極端だとおもったりもしていました。詩

拙著での「換喩」は、読まれたかたにはおわかりのように、拡張概念的にもちいられています。詩ではもともとことばが「剝きだし」——丸裸、ことばの物質性も顕わなままに出現しています。同時にことばのつらなりが、しめされて・いまある「それ」ではなく、「それ以外」になろうと一種の身悶えも起こしている。詩の保証は、この「それ以外になろうとする」「うごき」にこそあるのではないか。その意味で、喩えの「喩」を、「うごき」ということばに置き換えてもいいのではないか、とぼくはおもっています。

換喩はその「うごき」に関係があります。北川透さんは選評のなかで、ぼくのいう換喩を「ズレ」といううごきに集約してもいいだろうと卓見をしめされました。認知言語学的に換喩にかかわる例文を出しますと、「鍋が煮えている」というのがあります。煮えているのは鍋の内容物なのに、それが鍋という外側・容器で代用される。そこでは空間にズレが生じていることになります。そうなって、空間にはなにか厳密性からの「緩和」や「救済」が起こる。もののとらえかたに親密性が生じる。この言語学的な例文を、つながりをつくる詩作にまで拡張するとどうなるのか。ぼくの眼目はそういった点にありました。

ぼくには大学時代から社会人初期まで詩作に励んだ時期がありました。そのころは現代詩以上に現

代短歌をこのんでいたかもしれません。このときぼくにとって、個人的な大事件が起こる。当時、隆盛期にいた塚本邦雄から岡井隆さんへのシフト替えが起こるのです。塚本さんの短歌というのは、語と語が照応して、たとえば文節どうしが類似関係をつくりあげる。「かぶる」「かさなる」——これが拡張概念的にみた場合の「暗喩」です。一首の細部が二パートに分離しているとして、読み手は、その二パートの分離を、「分離ではない類似関係」として読み直し、その解答結果を出さなければならない。

塚本短歌は単語の短歌です。つまり時枝文法でいう「詞」が前面化して、「辞」の支えがほとんどない。この結果、「うごき」もない。この状態に疑問をもったとき、助動詞・動詞が鮮やかにもちいられ、しかも助詞によって意味や調べのゆらぐ岡井短歌の「うごき」が魅力的におもえてきた。岡井短歌には一首のなかに「ズレ」があり、ことばのつらなりにたいする時間論的な捉え方を自然にうながすやわらかさもあり、しかも一首が「それ以外」になろうとする余韻までもが豊かなのです。これら全体を拡張概念としての換喩といってもいい。だから本当のことをいえば、「暗喩から換喩へ」という標語は、無意識ではありましたが、短歌に親しんでいたぼくの若年にすでに兆していたといってもいいはずなのです。

さらに個人史をもうしあげると、ぼくはこの後、詩作から離れ、映画やサブカルチャーを土台にする仕事へと自らを移しました。やがて二〇〇七年当時に隆盛だったSNS「ミクシィ」で詩篇を発表し、それをまとめたものを当時大学の同僚だった詩作者・小池昌代さんに見せたら「詩集として出したらいい」といわれ、このときいらい詩作者としても扱われるようになりました。

換喩はさきほども申し上げましたように、空間上はズレを基盤にしています。ぼくはそのころ、自分の詩を、「一行一行、一語一語ズレながら書いている」という自覚がありました。詩作行為が完全に日常に定着したいまでもそうです。換喩が空間的にズレるのは、「あるものをしめすのに、それに隣接するものがもちだされる」ためであることが多いのですが、しめそうとするものが一種の「全体」であるならば、ズレとして出現するものも「部分」でしかない。この「部分」をもって「全体」をしめす喩法は、提喩——シネクドキ、と修辞学上は分類されていますが、これを換喩の下位分類とかんがえてもいいだろうとおもいます。

もともと「ズレながら書く」という換喩的な自覚があったうえに、詩作でその日その日の「自らの部分」を提示するという二重状態が起きました。このときSNSやブログに、自分の日常の部分を報告するネット文化そのもののありようが換喩的なのだとかんがえた。ほとんどの詩は政治意識を内包して、書かれてあるものが何を内包しているか・何に類似しているか、そんな暗喩にたいする解答をいまもとめていない。そのままを味読しながら、詩作者の提示する文脈やことばのズレを、読み手がそのまま親和的に生き、それで空間を共有するよう変化している。拙著はそれで、それらのうごきをつくりだしている「換喩的なもの」に着目することになりました。このとき援用したのが、吉本隆明やジョルジョ・アガンベンだったのですが、拙著がおこなったことはつねに「解釈」(暗喩にたいするもの)ではなく「味読」(換喩にたいするもの)でした。

「現代詩手帖」四月号、北川さんと吉増さんの選考経緯をしめす対談採録には襟を正しました。敬愛してやまない詩作者・貞久秀紀さんの『雲の行方』と詩論集部門で受賞をあらそったことがわかったからです。貞久さんの書かれたものは明示法にまつわる原理的な考察、それも断章形式のもので、ぼくのしめしたものはマニフェストの装いを借りた、多様な詩作者の検討でした。貞久さんの純粋性にたいするぼくの雑多性。ぼく自身は、拙著が賞をいただいたのは登場する詩作者が詩壇の趨勢に乗っていない、そうした多様な構えが評価されたためだとおもっています。

拙著は前半後半に二分されていて、前半はいわば「換喩をキーワードとした詩作情勢論」、後半は既発表原稿が収録されています。この二分性は本の一貫性としては弱いのではないかという自覚がありました。ところが文芸評論家の神山睦美さんが、いわばこの二分性こそが換喩的なズレを体現するものだというふうに、愛情のこもった見立て替えをフェイスブックでなさいました。換喩がズレを刻々つくるなら、ズレるまえのものは消え去り、ズレたあとの痕跡だけがのこる。ところがこれは逆にズレによってのこすものをしめすことでもないのか。

拙著での詩作者のとりあげかたは、すぐれた詩作者の「消え去り」をゆるさない一種の防備性がある——ぼくなりの言い方でいうと、神山さんの書かれたことはそのようにまとめられるとおもいます。このとき換喩は、サリンジャーの『キャッチャー・イン・ザ・ライ』、草原で遊ぶ子どもたちが落ちないように崖の手前で見守っているキャッチャーの位置にある——そう神山さんはいう。これはぼくの眼にした換喩にかかわる拡張概念のうち最もうつくしい把握でした。「共苦＝コンパッション」を自覚しながら思考対象が多様に空間時間をズレてゆく神山さんならではの知見だと敬服しました。

最後に、私信内容をおおやけにするのがゆるされるとして、さきほどの貞久秀紀さんからいただいたお祝いの葉書の一部につき申し述べたいとおもいます。貞久さんは拙著で提示された詩作概念のうち、「減少する喩」としるされた「減喩」が気になる、と書かれていました。これはぼくが生煮えのまま新規創造した詩作概念です。さきに換喩を「ズレながら書く」といいましたが、この減喩は「減りながら書く」という詩作態度をあらわしています。

たとえば貞久さんの明示法は「暗示」を抹消するという付帯作用をともなっていますから、やはり一種の減少を結果する。そのために同語がもちいられる。拙著のいう減喩も、意味・用語の減少をともない、結果、詩作者のもつ権能そのものが減って、読み手の参入領域が空間的にひろがる理想をもっています。暗喩は、たとえば断言をもちい、書かれてある謎を解け、というように、書き手の権能をつよめてゆく側面をもっていますが、こうした権威性をきらうなら、この減喩のようなものにたいする愛着がしいられるのではないか。

鮎川信夫は身近な戦死者を念頭に、その戦死者の「遺言執行人」の場に自分を定位しました。だけどもそれは定位だった。ところがいまぼくがかんがえているのは、自分自身の代理的執行人でありながら、そのことで自分を減らし、消すことなのかもしれません。ズレによって刻々ときえてゆく「ズレ以前」を、いわば自分の消滅によってしめしてゆくこと。さらには自分という不可能を、その不可能性のまま可能性とすること。賞の贈呈をうける晴れの場ではありますが、ぼくの願いは「自分を消したい」ということにしかありません。不吉でしょうか。そうではないとおもいます。自分を消すことでのみ詩作の共同性にはいるとかんがえるためです。舌足らずだったかもしれませんが、そう最後に思いを述べることでご挨拶に代えさせていただきます。

(初出「現代詩手帖」二〇一五年九月号)

近藤久也の四つの詩篇

初期アガンベンがその詩学＝言語学で換喩とともに強調したのが、シフターだった。「こそあど」ことば、あるいは一人称からはじまり三人称におわる代名詞として理解されているそれは、文の連鎖（位置関係／継起）を関係づけ展開させる因子や触媒となる。シフターがなければ文は生起ごとに新規化する苛烈さをおびざるをえない。その意味でシフターは了解にむけて進展を緩和させる、送り手／受け手間の架橋でもある。

近藤久也の一部の詩では、無媒介に語りがはじまり、語調のやわらかさにはんして了解が遅延する定則がある。これはシフターのあるべき位置が抹消され、シフターの出るべき衝動が一種の倦怠感により減殺されているためだ。詩行の連鎖はたしかにその瞬間にそれ自体でありながら、数行後に「読後了解」も生じてくる。詩行は隣接をのばすように進展するというより、まえの部分をうしろが併呑してゆく、「入れ子の外延化」として無輪郭にしずかに膨張するのだ。

近藤の第二詩集『顎のぶつぶつ』（一九九五年）から、詩篇「釣の夢の記憶」をとりだし、この近藤の詩法を吟味してみよう。意味形成の区分ごとに原典を引くが、じっさいは聯が存在せず、ぜんたいが空白行なしにぶっきらぼうにつながっていることをお断りしておく。

どこにいるのか
解らないんだ
陸《おか》の上で竿を握っているのか
鈍く光がさしこんでいる水の中で
息をひそめているのか
海底の泥にもぐりこんでいるのか
目や耳ってやつはどこにあるのか
つまり俺は
釣っている人なのか
釣られようとする魚なのか
震える竿先なのか
あるいは海の中の釣糸なのか

「どこにいるのか／解らないんだ」というぼやきには、日本語特性が活用され、主語が省略されている。「だれが」「なににたいして」そうおもっているのかが欠落したまま無媒介に書きだされ、しかも「ある」ではなく「いる」としるされていることで、事物ではなく動物の気配がうっすらとたちのぼってくる（これはその後の修辞でもつづく）。そのあと疑問文の連鎖で、「のか」の語尾がつづき、フレーズの繰り出しにリズムをつくっているのは見やすいが、じつは連鎖が空間の明瞭化ではなく惑乱をしるしづけるような異変がはたらきはじめている。

「陸の上で竿を握っている」から釣の光景がうかび、いったんは一人称とおぼしき「位置」が常識内に定位されたのち、視点というより発話位置がどんどん潜行してゆき、「水の中」「海底の泥」と想像領域がくらくひらけてくる。在ることを根拠づける空間上の座標がぐらぐらしていて、詩を書いている主体ではなくむしろ座標のほうが動物化してうごきだしている逆転がある。

そのなかで主体は、部位のない身体となる。まず「目や耳」の分節が不明瞭化してヤツメウナギのように形状そのものが退行し、結局「主客」が不明性のままに均衡する。「釣っている人」なのか「釣られようとする魚」なのか、という疑念。むろん「釣人」といわず「釣っている人」とされる修辞の間接法は、微視的にぎょっとさせる。そこにも離人症的な自己把握が揺曳しているためだ。

ともあれ引用部分のうしろから五行目の「俺」で、冒頭の無媒介性が是正される。シフターが遅延してあらわれ、疑問文の連鎖における「疑問発信地」を定位させたのだった。ところがそれに抹消線が引かれかかっている寸止め感のほうが、むしろこの詩の立脚点であることに注意しなければならない。

たとえば「(俺はじぶんが)／どこにいるのか／解らないんだ」というふうに、自己再帰をしるすシフターが冒頭から脱落したのか。たしかに無限定性こそが限定を待機させるという叙述の「こつ」もあるだろう。けれども自己再帰性をしめすシフターこそが減少や欠落にさらされなければならないという哲学がここに伏在しているのではないか。

でも
総じて釣の夢なんだ

釣の夢はいつだって
おちつかず
どきどきしてるんだ
永遠に
釣る、あるいは釣られる寸前なのだが
その瞬間はついにこない
朝なのか昼なのか闇なのか
そんな事もわからない

「でも」の二字で一行が形成され、まえの文脈からの逆転が印象づけられる。転調は語尾のもたらすリズムの面にもあらわれる。疑問形をしるす「のか」の連鎖は、冒頭の「どこにいるのか／解らないんだ」の「んだ」に復帰して、この復帰により、それまでの連鎖が無化されるのだった。

主客も、場所も、魚信期待の可能／不可能も溶解していた、意味論的には危なかった「以前のすべて」は「総じて釣の夢なんだ」という包含的な位置づけによって、付帯作用を分岐させてゆく。その「釣の夢」が、「おちつかず」「どきどきしてるんだ」と述懐されるとき、自己破滅、あるいは自己の位置の破砕がマゾヒスティックなスリルをともなっている点が問わず語りとなる。

近藤の詩は、「減算」を使嗾する。「釣の夢」から「釣」が引かれて、「夢はいつだって／おちつかず／どきどきしてるんだ」という構文が自然、錯視される。夢の属性そのものが不定の鼓動性につらぬかれてエロチックにあえいでいる、と事態が不穏当に歩をすすめる。しかしなぜそうなるのか。

夢に「朝」「昼」「闇」の弁別がないのは、夢が観察能力をうばわれ、関係性だけに意識をはらう徹底的な主観世界だからで、じつはそこに客観世界など現前していない。ところが現前は「寸前」におさえられていて、それが夢から脱出できず受動態でいる当の者を「どきどき」させる。釣る、釣られるの「一致」は主客の配分を割り、自己再帰性の媒質である鏡を割り、いっさいが破壊されてゆくおそろしさを予定するが、それがみられる夢であるかぎり、あるいは存在が意識として存続するかぎり、「その瞬間はついにこない」。

この言い方には諦念がひそむが、綜合すれば、「予感」は「諦念」に裏打ちされて(裏箔されて)、ほんとうの動悸的な「予感性」を完成させる(鏡面化する)、といわれているかのようだ。事態は「釣」を媒介に、意識論の真諦にまで突入した。単純化していえば、限界が無限界的なのが——あるいは無限界が限界的なのが意識だという、融即の法則が、近藤久也の詩文にはたらいているのではないか。

ねえ、
もしかして
生まれる前って
こんなふうでなかった?

「それ以前」をすべて括弧にくみいれて、「その後」の文言がさらに入れ子の外側をつくるということの詩の法則は、この最終四行によって完成をみちびかれる。夢の渦中の「こころもとなさ」が、なにかの圏域に内包される意識の通例だとすれば、それは母胎内の意識化できない体験に淵源があると示唆されているのだ。

麦秋をあるけば、からだをつうじて自分自身をあるかせる自己再帰性が運営される。朝顔にむけて飯を食えば、からだをつうじて自分自身を食餌にみちびく、可視性のなかの不可視性がゆらめく。ところが母胎内に「いる」ことだけは、自分自身をそこに「いさせる」再帰性ではなく、「いることじたい」であるほかない。なぜなら「いないこと」と「いること」の融即性に、母胎内存在が充実しているためだ。

「釣」→「(釣の)夢」→「母胎内体験」と、この詩は展開領域を入れ子状に変化させてきたが、最後の「母胎」にいたり、遡及的に「それまで書かれていたこと」を変質させる。すべて「生まれる前」とおなじではないかという、疑問じっさいは比喩によって、「いること」と「いないこと」のあいだに融即が生じ、結局、魚信を待つ「釣っている人」も「釣られようとする魚」も無差異性を完成させ、釣の実景も釣の夢も同一になり、「一致」と「寸前」も等価となる大融合がおこる。つまり「意識」は大融合の寸前にある不如意をかこつことにより、逆に意識として完成される哲学がみえるのだ。

これは達観だろうか。ちがう。やはり近藤久也のほかの詩のありかたをみても「不如意」というべきだ。それこそが近藤の詩の「味」なのだった。

近藤久也の詩は、感情の質が良い。それはもしかすると、筆者とは二歳年長なだけのひとの、体験の共有性によるのかもしれない。不如意、疑義、倦怠、反骨などがけして「それらを表明することの多幸」として現れない抑制がまずかんじられる。それが「減らすこと」がみちる諸詩篇の組成そのものをつくりあげている。
サニー・テリー（ブルースハープ）、ブラインド・ボーイ・フラー（ラグタイムブルース）、ジャック・エリオット（フォーク）など「渋め」のアメリカンルーツ音楽への親炙を、詩篇をつうじあらわにする近藤の、たとえば高校時代の嗜好、その全体を同世代であれば類推することもできる。どんな映画に心ひかれたか。どんなマンガをふるえながら熟読したか。

マンガなら筆者とおなじくとうぜん「ガロ」系だろう。それもとりわけつげ忠男なのではないか。近藤久也の第二詩集『顎のぶつぶつ』、第三詩集『冬の公園でベンチに寝転んでいると』（二〇〇二年）の表紙には近藤祈美栄（夫人だろうか）の装幀によって、筆をさっとながしたような絵があしらわれていて、これらの絵の筆触がたしかにつげ忠男をそのままおもわせる。

つげ忠男のマンガはその「種類」を大別できる。まずは戦後闇市の無頼群像。そこでは記憶語りをつうじて「とおさ」と「ちかさ」のせつない分離不能性が、力動的な線の粗さからもたらされる。実際、写実を超えた写実の位置で、風や陽光や影の線描が人物と等価にコマをあふれだすマンガ作家はつげ忠男しかいない。停止と躍動の見分けがつかないそこにこそ光景の異境が現出している。

つぎは家族画。この分野では「潮騒」という超越的な傑作がある。家族でいった海水浴に、七〇年前後の新聞記事の引用が重層化して、一家族に固有な悲哀が作品のおわりにむけて相対化されてくる。いっけん家族、あるいはその価値までもが卑小とみえるが、彼らの背後でうねっている世界のながれもまた卑小だと気づくと、大融合が起こる。そのつげ忠男の最後の分野が釣好きの近藤と同調する「釣り」マンガだった。

つげ忠男をおもわす詩篇は、近藤久也の詩集ごとにはいっているが、『顎のぶつぶつ』から以下の詩篇を全篇引用してみよう。のちの論述の便宜として、各行頭に序数をふることにする。

理由

1　雨の動物園に行った
2　妻は傘
3　娘はかっぱ
4　私はサングラス
5　片足の鶴などみていた
6　ゴリラはガラスの部屋で
7　気分を悪くしたのか
8　食ったバナナをもどして
9　またそれを寝そべって食っていた
10　居るはずの
11　ライオン、トラ、キリンなどは
12　どこかに行って居なかった
13　子連れはいなくて
14　アベックばかり
15　体をくっつけて虚ろな目つきで

みるともなく
爬虫類をながめていた
雨はひどくなり
私は肩をぐっしょりさせて
ノイローゼのシベリア狼をみていると
書き忘れた息子が
黄色いかっぱをひらひらさせて
きつね、きつねとわめき散らすので
妻と顔を見合わせてにたついていると
早くお帰りにならないと
動物園から出られなくなりますよ
という放送が
おこったように流れてきた
娘は夜になるまで
檻の陰に隠れていましょうよ
と妻の手を引っぱった
雨滴が幾筋も幾筋も
私のサングラスをつたっていくので
泣いているように見えると

妻は言ったが
泣く理由など
何も無いのだ

主語の省略、動詞の割愛など、詩篇の書きだしが簡潔なのは近藤詩のいつもの流儀だ。あえて冗長な補足をすれば、1－4行は以下のようになる。「（私たち家族は）雨の（日にあえて）（ひとさみしい）動物園に行った（ご苦労なことだ）／妻は傘（をさし）／娘はかっぱ（をまとい）／私は（くらい日和なのに）サングラス（をかけていた）」。リズム意識が作用されてこの「いわずもがな」の括弧が減殺されると、じつは私たち家族そのものの像や属性の減殺までもが付帯しはじめる。私たちは「足りない」のだ。

結果、4－5行のわたりに錯視が起きる。《私はサングラス／片足の鶴などをみていた》が、「片足だけの存在に欠損して」「鶴さながらに痩せさらばえている」私と、「サングラスをかけて不敵な」鶴とに、像が二重化されて分岐するということだ。日本語では成立する「私はサングラス」という構文の換喩的な縮減性に、英語でいうなら「I am sunglasses」という看過できない文法の錯誤が揺曳している。

5「片足の鶴」が鶴のたたずまいの通常を描写したにすぎないのに欠損の予感を漂わせた――これを皮切りにして、嘔吐と食餌に弁別がなく、食そのものへの振舞が汚く頽廃しているゴリラ（6－9行）、不在そのものが動物磁気を不穏に発している、おそらくは倦怠と不機嫌がならいになった「ライオン、トラ、キリン」（11行）。「獅子」「虎」「麒麟」という表記の尊厳を奪われたのは、子ども向けに擬人化が図られたためで、そのことから動物は神話性を剝奪された。かたちそのものが異形もしくは不具といえる「爬虫類」(17行)。

そのあとに20行目の「ノイローゼのシベリア狼」が出てくる。上顎、下顎が突出しておおきく割けた口から、それじたいが喘ぐ大蛭のような舌がだらしなく垂れている。瞳は蒼白で、そこひのようだ。雨の日なのに薄暗さを眩しんでいる。シベリアンハスキーの白黒に整った配色にたいし、ぜんたいが灰と茶を脱分節的にくすんで溶け合わせた毛並み。おそらくは群れでいて、肉を嚙み取られた骨片を舐めしゃぶるためのヒエラルキー闘争がマンネリ化している。狼たちは無意味な周回を狭い閉所のなかでつづけ、顔の表情のみならず、行動がノイローゼをおもわすように病化している。

19行の「私は肩をぐっしょりさせて」は安価な傘、傘のさしかたのまずさ、雨脚のつよまりなどを理のうえで印象づけながら、実際は私の身体が動物園の空間から屈辱的な反映をうけている「感覚の上位次元」を暗示している。むろん動物の幽囚への抗議などない。動物と同位化してしまう脆い身体への諦念が、それが「世界」への架橋だというように入れ子外延するだけだ。ここでは「自足のないこと」が自足だという融即が、いつもの近藤詩の法則どおりに生じている。

もともとが酔狂だった。子どもの欲求に促されて、雨の日に動物園に行くことじたいが、憂鬱をつかんでしまう行動の蛇足だったのだ。私たち家族は恥しい「例外」に位置づけられる。それをつたえるのが、13–17行、《子連れはいなくて／アベックばかり／体をくっつけて虚ろな目つきで／みるともなく／爬虫類をながめていた》。雨の日の閑散した動物園でのデートは、たがいのからだを「くっつけ」る好機とはなる。だから入場にもとりあえず理由がある。

ところが光景の寂寥によって、所期の目的が壊滅的なまでに無化されてしまう。彼らでさえも(さみしい異形か不具の）爬虫類に存在同調をしいられ、俄かに自分たちが交情に適した「にんげん」なのかどうか心もとなくなる。自分たちの芯をつらぬいているのが充実ではなく、「虚ろ」だと予感せざるをえなくなるのだ。しかも私たち家族はそうした彼らを媒介にして、さらにさみしい立脚へと相対化されてゆく。

この詩のユーモアは、まず21行目中の「書き忘れた息子」から生ずる。2－4行目でいったん定位された「家族成員」に遺漏があった理由はこの息子も「かっぱ」を羽織っていたためだろう。同語説明の面倒がきらわれるうちに「うっかり」存在を割愛されてしまったのだが、22行目「黄色いかっぱ」の形容「黄色い」が上乗せされることで、息子は「上乗せ」的存在へと、出現した途端に昇格させられる。家族の行動選択の誤謬を上乗せするように、20行「ノイローゼのシベリア狼」を23行「きつね、きつねとわめき散らす」のだった。

お稲荷さんなどで見知った犬の異種「きつね」だけが識別台帳に登録されている「息子」は、既存の手持ち項で「シベリア狼」を越権的に類推表現するしかない。狼を既知の犬ととらえずに一応は「きつね」として犬と区別したのだから息子としては得意満面だろうが、類推がもともと越権だという点は詩の書き手である作者には意識されている。その息子の愚行を夫とともに「顔を見合わせてにたつく」「妻」（24行）も、夫の詩作営為の本質を理解しているのではないか。その理解はたぶん寂寥と背中合わせのはずだ。おそらくは近藤詩のぜんたいに、類推がない。類推とは「詩人的」想像力のいとわしい「自足」だからだ。

いずれにせよ、嘘寒い「雨の動物園」は家族の社会的孤立をしるしづけるものだから長居に向かない。それを運営する動物園側も知悉していて、25－28行、退園を促す園内アナウンスが、「好機を逃すとここから出られなくなる」という恫喝とともに、「おこったように」流れだす仕儀となる。寂寥そのものがそこからの脱出の契機をうばうアリジゴクの様相をたたえている。

ところが弟を反射してさらなる「上乗せ存在」になった「娘」が29－30行、「夜になるまで／檻の陰に隠れていましょうよ」と、動物園にいつづける奇怪な提案を妻に強調する。むろん直截の動機は園内放送が無慈悲にひびいたことへの反抗なのだろうが、娘の言動から家族哲学が、そしてこの家族がどんな「裏」の像をともなっているかが、問わず語りされる。

まずは家族が成員の欠落なく蝟集していればそこがすなわち家庭だというフレキシブルな見立てが娘の言い方には成立している。社会的な孤立こそが紐帯の別名だということ。これはどの局面を切りとっても「類推的」ではない。

もうひとつ、帰るべき家に帰ることと、雨の動物園で一晩をすごすこととに価値の優劣がなく、選択の勢いから後者が嘉納される点には、彼らの過ごす家庭そのものが褪色を体現しているという予想も立ってくる。娘の主張にみえる「錯誤」は、錯誤そのものがもつ本質的な価値をもただよわせて、なおかつ詩の主体「私」を、家庭運営責任者としてのよわさ、くわえて詩の思考者としてのヴァルネラビリティ、その双方で挟みこんでいる。「私」は雨に、動物園に、雨雲のむこうの暮色に、さらに家族にまで、「愁殺」されかかっている。

ところで前述のつげ忠男のマンガでは——とくに「戦後闇市の無頼伝」系列では、サングラスが人物表象の特権的な道具となる。32行から最終の37行、かつて4行目で示唆されたサングラスが「私」に再誕するが、その表面は雨水の筋をつたわせて、涙眼そのものと妻に「類推」されてしまう。

雨水を筋状につたわせるものすべてが涙眼なら、壁の塀も、柱も樋もみなそうだろうが、問題はサングラスがときに骸骨の眼窩のように凹んでみえ、眼を代替する眼の上乗せ、換喩的な隣接物として、そこを眼以上に眼にする越権のほうにある。その越権が泣いている、となると、妻は「類推をきらうあなたにこそ、類推の魔が巣食っている」というメタレベルの示唆をしているのではないか。「私」は雨水のつたいにより泣いてはいないし、「私」の眼はサングラスとの隣接によっても泣いていないが、「私」の心奥をえぐった妻のことばによってなら「泣いている」。

不足がみちるという点に、ある類型の詩作者はとりわけ意識的だろう。しかもそれは詩の表面的な図像性のもんだいをも喚起する。詩行のわたりでは不足が詩行をうごかすみちびきだ。ならば逆に、各詩行が同字数で揃うことは、いわば「死のような膠着性」で詩行のわたりを視覚的に固定する気持わるさとなる。この詩篇「理由」では、近藤詩にはめずらしく最終三行が《妻は言ったが／泣く理由など／何も無いのだ》と、すべて六字でそろっていた。

これは意識的だろう。詩行のわたりを死にちかいもので止める禁忌へ「ことさらに」触れているのだ。そこから感情がみえる。「泣く理由など」「何も無いのだ」というマニフェストは嘘言か、あるいは「泣く理由のないことが泣く理由になる」メタ次元がここで示唆されているのではないか。詩行の字数揃えは、減退という強度を発現させているのだ。

コクトーのなにかのフレーズに、「ぼくは泣こうとした。けれども泣けなかった。だからぼくは涙をながした」という洒落た逆説もあったはずだ。あるいは音楽好きの近藤久也なら、七〇年代中盤のエリック・クラプトンの、ゲスト参加の多彩さにより、自分が他と融合するか稀薄になることで逆に名盤性を獲得したアルバム『ノー・リーズン・トゥ・クライ』が念頭にあったかもしれない。このアルバムタイトルはどう訳すか。英語が不得手な者は「泣く理由などない」と訳すかもしれないが、じっさいは「泣くには理由などいらない」、もっといえば「わけもなく泣けてくる」「泣きっぱなし」こそが正解なのだった。これは近藤詩の世界では、たしかに入れ子外延するだろう――「ノー・リーズン・トゥ・リヴ」へと。

つぎに近藤久也『顎のぶつぶつ』から標題詩篇を全長で引いてみる。まえとどうよう、詩行あたまに話の便宜のため序数を付すことをゆるされたい。

顎のぶつぶつ

1 畳の上にすわって
2 片膝を立て
3 その上に
4 顎をのせる
5 背骨のラインは
6 くっきりとしているが
7 なにか苦労じみてみえる
8 その姿勢で
9 新聞や本を読むのが好きである
10 私だけかと思っていたら
11 或る日

妻もそうだと告白する
(人はなかなか快楽を他言しないものだ)
さいさい顎を膝にのっけていると
そこの毛穴がぶつぶつと
隆起してくるものだ
そのぶつぶつを妻と時々
撫であったりする
ちゃぶ台をはさんで
私と妻は顎を膝にのせ
向かい合ってなにか文字を読んでいる
(私は原始のひとの姿を想った)
正座や胡座では
そのままじっと残れぬが
この姿勢だと
そのまま何千年か後に
化石となって残れるような
妙な気分である
幸いこの姿勢には
正座や胡座といった呼び名も無い

だから
何千年か後に人が
私たちの化石を目にした時
これはきっと人類とはちがう生き物だ
けれど何か苦労じみて見える生き物だな
そんな感想を顎と背骨のあたりに
感じてくれぬものか
そんなふうにうまく騙せぬものか
顎のぶつぶつはもう消えていたとしても。

1―4行、「すわって」「片膝を立て」「その上に／顎をのせ」、足もとにひろげた新聞やら本やらを読んでいるすがたは、厳格な父母になら見とがめられ、だらしがないと叱声をうけるたぐいだろう。背中が猫になるし、字の書かれた神聖なものもゆかに置いたりしない。だいいちゆかが畳敷きなら新聞印刷のインクあぶらでよごれてしまう。

22行目にこのポーズは「原始の人」を想わせるとあるが、それは詩の主体の都合良い思い込みで、実際はやることのない檻のなかのサルたちの姿勢に該当する。そのように腕が長くみえるのはよくない し尻と「地べた」の直接感もなにか「にんげん」として陰惨なかんじがする。だいたい「姿勢」（8行、25行）ということばは、石原吉郎の詩篇ではもっと由緒正しく崇高なものだったはずだ。

7行め「苦労じみてみえる」が最初の関門だ。まずそこで主観客観のふれあわない惧れがある。つまり「苦労じみてはみえない」という異見があるはずなのだが、それがすでに発語の途端に遮断されているのだった。

ただし「苦労じみてみえる」「だらしのなさ」は、じつは言語論にまで飛び火している。ライトヴァースに仕組まれた、近藤の言語感覚のするどさに直面せざるをえない。同音反復語の頻用がそれだ。これらがそのまま発語のうえで「苦労じみて」「だらしなくみえる」のだった。

列挙しよう。「なかなか」(13行め)、「さいさい」(14行め)、「時々」(17行め)、「まま」(24行めと26行め)。そして同音反復語頻用の高密度地帯に、満を持してこの詩篇の主題、生理的に気持わるい「ぶつぶつ」(初出は15行め)が登場する。通常は稀用語彙だろう「さいさい＝再々」が斡旋されたところから、同音反復語のパレードがこの詩篇の言語論的な主題だとあきらかになる。この「さいさい」が29行め、類音の「幸い」へ変貌するのもみごとだ。

同音反復は詩篇ぜんたいの修辞に、間歇を挟んだ反復をも組織する。たとえば筆者は詩文が「である」の語尾をもつと途端にげんなりするが、意図的・揶揄的な「である」であれば承認する。9行めと28行め、二度にわたる「である」は天秤のように釣りあって間歇のつくる時空をささえているし、「苦労じみてみ〔見〕える」(7行／35行)、「正座や胡座」(23行／30行)もどうようだ。二度あるものは実在をつくりあげる。

14－16行《さいさい顎を膝にのっけていると／そこの毛穴がぶつぶつと／隆起してくるものだ》。「ものだ」という語尾の魔法。いつのまにか読者への説得を完了させている。ところがこの構文、掲出2行めの「そこ」が、「顎」「膝」のどちらを指すのかで一瞬、判断がゆきまようのだ。だいいち、直後の17行めでは妻にもぶつぶつがあると判明する。けれどもじっさいは妙齢である中年おんなの膝はエロチックにつるつるしているのではないか。顎なら、ぶつぶつがヒゲを生やしてくる毛穴だという思いがつよくなる。どっちか——解釈のすすみがいったん脱線したのち、詩篇タイトルをおもいだして、「ぶつぶつは顎に男女かまわず生ずる」という了解が起こるだろう。「そこ」の不明と、じつは顎を片膝にのせる姿勢に「正座」「胡座」などの「名称」がないことがここで拮抗している。なまえのないものこそが「原始」的というか起源的なのだ。中原中也はその領域を「名辞以前」といったし、ベンヤミンの純粋言語論でもそこから命名がはじまり、やがては罪障としての命名過剰までも出来するとかんがえた。

ひとのするポーズはすべて名称化されているのか。うつむきや臥目ひとつでも微差の体系をつくりなして、あいだにあるそれぞれのニュアンスがちがう。それは理知的には怖気をふるわせるが、「名辞以前」領域の温存という点ではじつは世界を純粋さのなかへ防御するものでもあるだろう。

ここでの「ぶつぶつ」は内実から表皮への異議申立ではないか。つまり「実在的ではない」のではないか。妻にもそれがあるからそんな判断になる。サブイボにつうじる、怖気の形象と異変。なぜそうかといえば、からだのぜんたいをじつは「名辞以前」が支配していて、表現による捕捉をからだそのものが逃れている不安がにじんでいるためだ。

おそらく田村隆一の意志力にとんだ「立棺」幻想への、近藤の興ざめがある。名辞以前の身体を詩の主体とその配偶者がもっているとすると、それを端的にしるす姿勢のまま化石や即身仏となって、死後発掘で出現した残痕まで名辞以前にさせようとする想像の越境が生じるのだ。現にあるものの相対化。その振幅が、「何千年か後」(26行/32行)へと跳躍する、想像の大技。これによって「いまあるもの」が「かけがえのなさ」だけのこして無意味化してしまう。「私」「妻」もけしてその例外ではない。

その名辞以前のすわりかたで発見されたミイラや化石は、名辞以前だからとりあえず「人類」(33行)と未来人からはみなされないのだろうが、名辞以前こそが「にんげん」の本質なのだから、双方を併呑すれば、発見されたかたちから「苦労じみて見える生き物」(34行)という惻隠までもがともなうことになる。自己から自己への惻隠が、「何千年」の時の振幅をもって予想されたとき、この詩篇がささいな身体論をとびこえたスケールをもってしまったとわかる。この「ありえなさ」が可笑的なのだ。発語が換喩的にずれていった結果なのだが。

むろんそれは「騙し」(38行)にすぎない。しかも本質は、名辞以前の奇怪な「座りのポーズ」ではなく、デカルト的な自己再帰性への怖気=「頸のぶつぶつ」のほうにある。それは微細で、他者からの感知の域をほんとうは超えている。そういうもの=ほんとうの固有性もしくは特異性は、発掘不可能なものだ。それが最終行のつくりあげる「言外」だった。

ところが、句読点を排した書き方をつらぬいたこの詩篇の末尾で例外的に「もう消えていたとしても。」と「。」が使用される。これは単発化した「ぶつぶつ」、すなわち「ぶつ」とよぶべきものなのではないだろうか。最後に解決できないそうした予想をにじませて、このおそるべきメタ詩が終焉したのだった。

「名辞以前」が詩想の源泉だという着眼は中也のみの特権ではなく、ありうべきすべての詩作者が共有するものだ。じっさいこの主題は近藤詩のひとつの系列を貫通している。第三詩集『冬の公園のベンチで寝転んでいると』(二〇〇二年)から「頭の中の深い霧」全篇を引いてみよう。引用のあとすこしだけかんがえをつづることにする。

頭の中の深い霧

旅に出た遠い土地の
霧に煙る河口で釣りをしていると
不思議な生き物と遇った
ところが帰って
スケッチブックにうまく描けない
そのくせ
レイチョウレイチョウと
私の舌と唇を動かすのだ
するとそいつを鳥だと思いこんだ
鳥類図鑑で調べてみた
鳥に詳しい奴にきいてみた
動物園に捜しにいきもした
仕方なく
ひとりで姿かたちを
おさらいした
伽藍鳥《ペリカン》のように

獲った魚を口にためこんで
ゆっくりと静かに食べていた
食べること以外
為すことはないといった後姿
黒い影のような後姿
霧の中の
滲んで染み込んできそうな後姿
そうして
ほんの少しずつ少しずつ
雨の中の深い霧から
霊鳥の後姿が現れつつあるのだが
河口でみたのとどこかずれたままなのは
どうした理由か
ずれたままで親しく
レイチョウレイチョウといってみる
そんな鳥はどこにもいないと
いいきかせる

霧中、河口の釣ででくわした黒い影の未確認物体。神々しさだけはつたわる。それは「名辞以前」

のものだったが、後知恵で「霊鳥」と規定されはじめる。ところが見たときにつぶやきに出てしまった「レイチョウ」は「名辞劫初」に属していて、そのような規定不能性は、鳥類図鑑にしめされている鳳凰などの霊鳥とはけして似ない。吉本隆明的にいうなら、例の「う」と名辞成立後の「海」に、衝動面で埋められない深淵がひらいているということになる。

だいたい「レイチョウ」という稀用語彙を漢字熟語化しようとすると、宛先がぶれるのではないか。たとえば「玲鳥」「冷鳥」「麗鳥」などと。あるいは「鳥」のすがたを認知したことじたいが錯誤で、それは「霊長類」だったのでもないか。筆者は近藤久也のこのむつげ忠男から兄のつげ義春に思いをはせ、その『無能の人』中の「鳥男」をイメージしてしまった。

しかも「後姿」というもんだいがさらにくわわる。「そのひと」「その鳥」を名辞以前にするために、霧中という恰好の条件のほかに、「後姿」までもがまじわってしまったのだった。「後ろ」は縹渺として陰気だ。ことを俳句系列でみよう。

山頭火《うしろすがたのしぐれてゆくか》。放哉《墓のうらに廻る》。耕衣《後ろにも髪脱け落つる山河かな》。「後ろ」が眼「前」にみえるのは世界の異常ではないか。それでやがては「前後」そのものまで霊的な惑乱になる。郁乎《桐の花いちど生れし前後を見る》。完市《まうしろへ白い電車が夏野来る》。阿部完市にいたっては中七と坐五のあいだにみえにくい「切れ」がある。主体のまうしろに白電車があり、視界前方に夏野があるのだが、方向を混在させてみせるしずかな客気がつたわってくる。

はなしをもどすと、「霊鳥」ならぬそれ以前の「レイチョウ」は、かならず「レイチョウレイチョウ」と、リトルネロの状態で主体の脳裡をひびかい、くちびるをうごかせているのに注意しなければならない。劫初とはひとつの反響性なのだった。このまえにかかげた詩篇「顎のぶつぶつ」での「ぶつぶつ」の同語反復性もじつはそれだろう。それらでは規定をのがれるものがずっと反復している。だから回帰のなさが回帰そのものをつくりあげる。ほんとうの「減少」とはそんなすがたをしているのだ。

綜合すれば「頭の中」「頭の芯」「脳髄の傷」の真相＝深層にあるのはリトルネロではないか。詩篇「頭の中の深い霧」の「霧」は、発語の誘惑である「反復」こそを霊妙につつんでいた。

（二〇一五年五－六月）

中本道代について

『現代詩文庫197・中本道代詩集』には未収録だが、第一詩集『春の空き家』（一九八二年）にみえる詩篇「夜」も彼女の代表作のひとつだとおもう。全篇、転記してみよう。

夜

コップの水が
飲まれた
水は
どこにもなくなった
コップの中の空間はゆがんで
ゆがんだまま固定した
コップには
うすい影があった
立っているものにはみな

うすい影があった
しだいに白熱する電球の下で
女の顔が　ガラス窓に
仮面のように
固定した

冒頭《コップの水が／飲まれた》がすでにして不穏だ。受動態構文が採られることで、水を飲んだ真の主体──「わたし」が詩文上、消去されているのだ。この詩はその消去のあとの残響が主題になっている。

水を飲めば、水はわたしのなかへときえる。コップはガラス面の水滴をのこし、なにもなさを湛えるようになる。ところが「水がきえたこと」と「水があったこと」とのあいだには時間のゆがみがあって、そのためコップのなかはむしろ「いまも」ゆれている──作者はきっとそうみている。

冒頭の受動態構文で「わたし」が消去されたのと似た機微がこの詩篇にさらにある。《うすい影があった》の一行挟んだルフランがそれだ。べつの言い回しが二度目の出現時に消去されているのだ。しかも二度というルフランの最小単位により、「すくなさ」がぶきみなしずかさでもたげてくる。「薄い」とせずに「うすい」としたことで視覚性は聴覚性の残響とつながる。

「わたし」は水を飲み、食卓のかたわらに立ちすくんでいる。コップにあった水と、「いま」「わたしに」「きえてゆく」水とが、ゆがみながら橋渡しをされている。すくない世界では同質性の置き換えが反響空間をつくる。水を湛えていたコップがガラス質であったことと、「わたし」のいる個室にガラス窓のあること、これら入れ子状態の同質性がさらに作者に意識される。このとき、冒頭二行で省略された「わたし」に図像的な反響が敢行される。それでガラス窓に「わたし」が写っていると気づかれるのだが、それは「女（の顔）」というように、突き放された客観状態で形容され、「わたし」は固有性をきびしく剝奪される。「しだいに白熱する電球」が急迫を演出している。ひかりによって、ものはうすまる。

みられるように、中本道代の詩篇、その基本は「すくない」。詩的修辞と語彙と構文の種類が最小限に抑えられ、声はくぐもる。たとえばナルシスの自己愛の危険を気づかせるエーコーの女声なら、それじたい魅惑や豊饒をしるしていてだから振り向かせることの蹉跌が哀しさにもわたったはずだが、中本の空間的な詩は、いわば提示された「うつわ」のなかで交響性を途絶えさせ、結果的には「うつわ」のみをのこす。だから彼女のすぐれた詩では、読者の側からの図示の欲求がおこるが、「うつわ」は「うつろ」のみをあふれさせて、図示の欲望に歯止めをかけてしまう。

『花と死王』（二〇〇八年）の丸山豊賞受賞のあとの打ち上げだったかで、中本さん、井坂洋子さんと酒席をともにしたことがあった。中本さんはおよそ以下のことを語った。自分は膂力が「すくない」。だから一篇の詩はそのすくなさで精いっぱい「書いたきり」で、ながさを圧縮しているわけではないのだ。中本詩にきびしい推敲の痕を幻想していたぼくはおどろいたし、同席していた、彼女と長年の付き合いの井坂さんも、「推敲派」だとおもっていた、と驚愕を隠さなかった。つまり中本詩では、「すくなさそのものが書く」のが土台であり、「書いたものがすくなくなる」のではないのだった。「すくなさ」は空間や時間とむすばれる。それで「空き家（廃屋）」、「水」（形象のすくなさを実現する）、「その先」（「ここ」「いま」のすくなさを反照する）など、語彙上の媒質ができてゆく。奇妙なのは、「すくなさ」と双生関係にある「うつわ（のなかみ）」という語彙のない点だろう。このことがむしろ中本詩の空間性を確定する。なかみが具体化されるのだ。空間性と減喩が不即不離な点こそが中本詩の独擅場だろう。

「すくないこと」は通常、目減りの「事後」のようにいっけん捉えられるが、中本詩にあってはそれすら目減りの「事前」なのだった。もっというと、「すくなさ」「減り」は事前と事後にはさまれる「渦中」そのもののうすさがたたえているのではないか。この極点を見据え、中本的主体は異変に気づく。そうした事件性は受苦的存在に特権的なものだ。事前と事後を漸近させて得られる渦中のほそさ。第二詩集『四月の第一日曜日』（一九八六年）からその事例を出そう――

昼のいちばん深いところで
たえきれなくなり
ふいに自分を手放してしまう人がいる

（「祝祭」部分）

女は自分の腕に口をあて
しだいに自分自身を吸いとり
形を崩していく
ついには小さくひからび
だれも見たことのないものになり果てる

（「悪い時刻」部分）

これらでは「減少」と「自己蚕食」とが直結され、すくなさは刻々実現されるものとして、事件的で酸鼻な光景をくりひろげている。この詩脈を追求してゆけば、中本は恐怖詩の達人ともなったことだろう。部分的にそういう着想の実現される詩はこの後もいくつかあるが、その全面化をゆるさなかったのが、たとえば彼女の詩の美質「さみしさ」だったとおもう。

中本道代『ミルキーメイ』（八八年）はぼくが唯一所持していなかった詩集だったが、『現代詩文庫197・中本道代詩集』に抄録され、それで原本の雰囲気をはじめて摑むことができた。この詩集から字下げと行あきの多様性を彼女が駆使しだしたとわかる。もともときびしい「すくなさ」「減喩」のなかに力線の錯綜をくわえていた彼女の詩は、こうした詩行レイアウトの自由によって拡散を明示しはじめたのだった。ただしはっきりいうと、彼女の詩はこの段階であまくなった。このことと、構文末尾での、女性会話語尾の積極的導入とが相即している。

むろん名手中本だ、抑制はたもたれ、聯ごとに字下げがことなってもそれは恣意ではなく自己法則につらぬかれている。たとえば「私」の一次記述、客観記述、内心の感慨、それぞれのたかさがちがうことで、「私」が、立体化というより弱体化し、あわさがみちびかれてもいる。減喩の主体から散喩の主体へと「私」が変化したのだ。それでも〔yellow〕と〔red〕に二分された集中「Winding August」が、字下げヴァリエーションをはらみつつもその詩行の、クルマの走路の進行と対応する「単純な」水平加算によって時空をひらいた佳篇となっている。

このころの中本は「ことの生起」が分離的にみえていて、それが天付詩篇の体裁の厳粛をほどいたのではないか。詩のことばが光景をかためるのではない。光景が時間推移によって分離する刻々は分離するレイアウトでこそ可及的に追われ、しかもその発語も必敗でなければならないと。

必敗はどうあらわれるか。たとえば迅速とスローモーションを分離する感覚の失調としてあらわれる。「Cracked November」には字下げによって孤島化された以下の群がある。《このごろあなたは／このごろあなたは目に／このごろあなたは目に影》《小さな円／もっと小さな円／中くらいに小さな円／別々に音をたてている／小さく確実な音》。引用後者での、音の存在の多元化に注意してほしい。デュシャン〈階段を降りる裸体〉の意義とはなんだろうか。うごくものにむけたマイブリッジやマレーの分解写真の、絵画への我有化というだけではたりない。分解こそが生成の基盤でありながら、その生成が多数化し統合されない失調がこの分解によって逆証されると、その意義をいわなければならない。眼が負うのは証言ではなく逆証の機能なのだ。そのことを事象の散喩をとらえるこの時期の中本のうつくしい眼も知った。だからこそ以下の秀抜なフレーズがある。

雨が階段状にふる
知らない人々のざわめきが
雨の音に混って再生されはじめている
（「通路」部分）

雨域はちかづいてくる。そこでは雨ではなく段階が降っている。じっさい雨域に「私」がはいると、降雨は分離が不可能となる。そうして降雨の迅速とスローモーションとが弁別不能ともなる。くわえてこの不能感が雨を空間ではなく音そのものにし、それでそれは人声にまで変化を遂げる。たしからしさなどすべてないということが雨を契機にして捉えられる。すばらしい耳目だ。

『ミルキーメイ』随一の佳篇は、それでも天付を護持した以下の詩篇だとおもう。全篇を引用しよう。

緑

目がさめるとすぐに窓をのぞくのが習慣になった。このごろではもう私が起きるよほど前に夜は明けきっている。窓の外ではまたあれが増えている。私はそれを確認するために外を見る。

私は窓をあけて身を乗り出してみる。今日の気温を測ってみる。半袖の服か長袖の服か決めるために。朝の匂いがする。冷たくて甘い。

何か夢をみたと思う。大勢の人といっしょだった、ざわめいていた、と思う。それでもどうしても思い出せない。

私は体温計をくわえて歩き回る。すぐに口の中に唾液があふれてくる。

窓の外ではまたあれが増えている。あれは全く音もたてずに毎日増えていく。あれの間には区別がある。色も形も少しずつ違っている。それでもあれはみな同じものだ。同質のもの、同一の欲望を持つものだ。

私は夢について考えようとする。大勢の人々。そのざわめき。口の中の熱。それでもどうしても思い出せない。

一読されれば、この詩篇の命が、「あれ」＝代名詞＝シフターだという感慨が生ずるだろう。中原中也「言葉なき歌」中の「あれ」、その最終不明性＝永遠が、中本に意識されているかもしれない。ところが中原の「茜の空にたなびく」「あれ」が茫洋とした一体性なのにたいし、この詩篇での中本の「あれ」は朝ごとにあらわれ、おもいだせない夢の残響という性質をもち、しかもそれは説明すら試みられて、その奇妙きわまりない分節性を指摘されているのだ。

音のないもの。毎日増えるもの。そのなかに区別のあるもの。それでも同一性として一括されるもの。欲望をもつもの。それはなんだ、と問われれば謎々めくが、おそらく解答は出ない。解の不能性こそが、「あれ」を実質化させ、永遠の捕獲目標にするからだ。

だからそれはたとえば「私」のゆううつや不如意のように定位できないし、矮小化もできない。むしろ中本は空間や時間の遠近をつづるシフターが、遠地に置かれたときのあられもない不可能性を剔抉している。それが「あれ」という亡霊、すなわち時空の自壊要素なのだった。むろん詩篇タイトルが「緑」なのだから、「あれ」はその緑を指すという一次的な読解も可能になる。だがその読みはアリバイ探しに似ていないか。創造的に読むなら、「あれ」の解答はない。

それよりも中本的な空間がここでは「窓」としてあらわれているのに注意したい。それは「うつわ」内外の境界であり、希望めいて開口していて、身を乗り出すごとの異変ともなり、しかもひとつの窓は、第五聯冒頭「窓の外ではまた」により、時間上べつの窓として矩形連鎖さえしているのだった。

じっさいは詩篇に時間がながれていて、「私」の「口の中」も、何かみたようにおもう「夢」も時空ごとにばらまかれている。ひとつの「これ」にたいし、おなじものが「あれ」として連鎖している「区別」。区別を基軸にすれば統合不能であるものが、同質性を基軸にすればすべて無差異・無媒介になるとして、「この窓」「あの窓」、「この夢」「あの夢」がつらなっている。つらなりをみることは空隙をみることに帰結する。だからそれはみた夢のように可視対象とならない。

『ミルキーメイ』につづく中本道代の第四詩集『春分　vernal equinox』（九四年）では巻末に置かれた「母の部屋」を全長で引こう。

母の部屋

病院の午前四時に母は退院する
私は母と車に乗ってハイウエイを走る
夜明けが近づいても知らない　夜明けはもういらない

病室はただちに静かな空室にしなければならない
廊下は夜中息づいて様々なものを抱きこんでいる
私も廊下と同じ息づかいになった

苦痛が生み落としていく汚物
私もそれになった

ハイウエイの上の母と私
見知らぬまっ白な夜明けの部屋になった

恢復か寛解をみたのか、入院先から実母を家に連れ帰った事実にのった体験詩のようにいっけんおもえるが、一行目の「午前四時」からして現実性があやふやだ。常識ではその時間帯にひとは退院しない。舞台装置に「夜明け」が必要で、現実が歪曲されたということなのか。そうではないだろう。稜角がばらばらな水晶を覗きこんだようなゆがみは詩篇ぜんたいにわたっているのだから。

母の退院ではなく、「部屋をつくること」「部屋になること」がむしろテーマなのだ。部屋は三段階に変化する。「母のいる病室」「母の退院によって生じた空き室」「母と付き添いの私を運んでゆく、クルマという部屋」。後二者に曙光が浸潤し、ここでも「区別」と「同質性」が綯い混ぜにされている。結果、「これ」から「あれ」を分光して進展する矩形が、詩の進行にしたがって連鎖している感触がうまれる。

さきにみたように、おなじものの生成はちがうものを分離する。これが永劫回帰だとすると、この詩篇は生成動詞「なる」にたいし、ドゥルーズのように意識的だ。「私」は無生物へと生成する。なににでもなれるのが少女性なら、無生物への生成がもっとも少女的生成を過激化する。中本にはいつでもそんな残存がある。そうしてすばらしいフレーズがまず出来する——《私も廊下と同じ息づかいになった》。

中本は自分には信奉する詩語がないとあかすように、たとえば「汚物」など倦厭語彙をすすんでつかうきらいもあるが、第三聯一行めで唐突に出現する《苦痛が生み落としていく汚物》とは何の喩なのか。理知的には走行するクルマの排気ガスかもしれないが、この暗喩の解のおさまりはわるい。「汚物」は母の属性をかすめ母を汚物と規定し、それが「私」にも反射するためだ。第三聯には修辞の精確さが意図的に欠けていて、だから《私もそれになった》の二行めもでてくる。文法的には「それ」は「汚物」だが、この聯は暗喩のズレを感知させる点で換喩的だといえるだろう。

さきに言及した詩篇「緑」で「あれ」が解不能だったように、この詩の「それ」も解不能というべきではないのか。つまりすべての時空を整序づけるはずのシフターすべてが不可能だと中本はいうのではないか。なぜなら差異が同質に連鎖して同一性のかたまりが人界にできるためだ。「このひと」は「あのひと」でないのと同程度に「あのひと」だという同一性内部の乖離、分解。

だから《私もそれになった》の一文は、最終聯（第四聯）で《ハイウエイの上の母と私／見知らぬまっ白な夜明けの部屋になった》へと変成する。「それ」があっさりずれたときの時間の亀裂がみえる。最終行の語尾が「部屋にいた」ではなく「部屋になった」という生成文を喚起したことの、ずれのちいさな衝撃。ところがこの衝撃は同時にミニマル音楽のように脱衝撃的だという点が、このちいさな詩篇の味だろう。こうした「すくなさ」のなかで母と私とクルマと曙光が差異をもったままひとつに「なる」。
〔＊この文章を中本さんご本人がお読みになり、みずからの詩作意図とちがう読みにつきお手紙をいただいた。詩篇は母堂の病院での死をつづったものであり、午前四時の母の退院もご遺体の引き揚げだった。『空き家の夢』（二〇〇四年）中「MOTHER」にはその自作自解もある。あろうことか同書は中本さんご自身から寄贈いただいており、一級文献にあたらなかったぼくが粗忽なことはむろんだ。ただし中本さんは、上にしめしたぼくの読みは事実と離れ、独立的に成立していて、ことなる読み筋に驚いたと書かれていた。それで救われた。〕
さて中本道代を「水の詩作者」と認識するひとは多いだろう。たしかに四大のなかでもとりわけ水の登場頻度がたかい。ただし当初、中本の水は、作用性の水——たとえば降雨だったり、作用域の水だったり（《すべての汽車が海に墜ちる》〔「花」『春分』〕）、水の一作用としての鏡面性だったりした（《水面に映るものは揺れる／揺れながら不動である》「鏡」同）。水の物質性、つまりその無形、透明、瀰漫、自己形成性のさみしさに分け入ることはなかったといえる。たぶん中本は水への愛着のうちに恐水病を罹患していたのだ。
中本道代の第五詩集『黄道と蛹』（九九年）、第六詩集『花と死王』（二〇〇八年）は、ともにゆたかな多様性をうかがわせる円熟した詩集だが、やはり「すくない」「減喩の」詩にすごみがあり、そのいくつかが水にむすびついている。井坂洋子は『詩はあなたの隣にいる』（二〇一五年）中「ふたつの山の上に」で、山村暮鳥を導入項にしつつさらに中本『花と死王』から『黄道と蛹』へとその「水詩篇」ふたつを逆走してみせた。具体的には前者所収「高地の想像」、後者所収「湖」だった。ここでもその手順に倣ってみよう。

高地の想像

ヒマラヤの湖に
夜が来て朝が来ても
ただ明暗が変わるだけ
そこでの一日とは何だろう

風が訪《おとな》い続けて
そこでの一年とは何だろう

ヒマラヤの湖に
だれかが貌を映すだろうか

ヒマラヤの湖に
小さな虫が棲んで
何も考えることなく
くるりくるりと回っているだろうか

（全篇）

風のおとなう場所は風「のみ」がおとなう場所として純化される。唐突に想像へあらわれた「ヒマラヤの湖」は高地にあり、地下水からおおきなくぼみににじみでた水のしずかな湛えだが、それは川としてあふれだささずにそのまま地下水としてまたほとりのさきを沈めてゆくようにおもわれてしまう。空間連接が断絶的になっていたそれまでの中本詩からの聯想かもしれない。そこはつめたさにより魚も生息できない。途絶した場所なのだ。

プランクトンもいない。最終聯に「小さな虫」とあるのは、プランクトンではなく、「ないもの」を形象として幻影化した逆転ではないだろうか。それが「くるりくるりと回って」宇宙的な舞踏をもたらすのなら、それはただ想像の次元でのみ感知される共振というべきだろう。

風は万象を愛撫する。「場所」に依拠している生存在を、その場所こそが絶望だとあらあらしく気づかせる。湖面にさざなみがたつ。ただしそれは表面のもんだいにすぎない。底まで清澄をとどかせている湖は、もっと無為な時間推移の映写幕へと、この詩では陥れられている。「明暗」が変わる。陽にひかり、夜に暮れる。朝夕には恥じらいの色をうかべるかもしれない。魚がおらず、だれもおとなわない、忘れられたヒマラヤの秘密の湖では、それだけが一日なのだ。いや、それだけが一年なのだ。湖に雪がつもらないのは何の懲罰だろう。いやそれはやがて凍る。凍れば雪をたたえ、しろそこひのように盲目化するかもしれない。

一日のひかりの推移、一年のひかりの推移をうつす映写幕など、どこそこの壁でもどこそこの道でもこの世には無限にあるのだ。ただしそれらは人影もうつすだろう。ヒマラヤの湖面はおそらく高地にありすぎて人影どころか鳥影すらうつさない。場所の孤独。第四聯、《ヒマラヤの湖に／だれかが貌を映すだろうか》では、じっさいは、ひとのおとないが想像されていないだろう。中本詩のもつ「さみしさ」は純然たるもので、俗情とは無縁な域に非親和の状態で自己露呈する。だからそれはこう読まれなければならない。「いない者」だけがそこへきて、「ない顔」を映す、と。そうしてヒマラヤの湖が荘厳される。

むろん虚心に読めば、「だれかが貌を映す」「くるりくるりと回っている」にみられる「動詞」は、女性的な優艶をつたえるフリルと一見うつる。ところが「そこでの一日とは何だろう」「そこでの一年とは何だろう」の畳み掛けが修辞疑問文の色彩をもつかぎり（解は「何でもない」になる）、貌も回転も見消《みせけち》へと反転してしまう。するどい虚無がぎりぎり修辞となっているすごみをむしろ掬すべきなのだ。

この機微といわば「出し入れ」になっているものがある。「ヒマラヤの湖に」という書きだしが聯頭におしなべて出現、頭韻的な結構で対象をえがこうとしたもくろみが、途中ふたつの一行聯「風が訪いつづけて」「そこでの一年とは何だろう」でほどけてしまったのだ。井坂洋子は前述文章で山村暮鳥「風景——純銀もざいく」（『聖三稜玻璃』）での「いちめんのなのはな」の連鎖につき言及したが、そうした連鎖の蹉跌を中本「高地の想像」は隠している。一種、膂力の瓦解というべき事態だろう。

湖

高い山の上に湖があり
湖はその深い水底に魔物を匿っていた
あなたはボートに乗るの？
湖の中央まで漕ぎ出すの？
そんな小さなボートで

高い山の上で
ボートとあなたは水の上にあって
天に向かっていた
その水平線は非常に薄く
在るとも言え　無いとも言えた

見下ろせば水は青緑にどこまでも深く
魔物はどこにいるかもわからないのであった

けれど

魔物はゆっくりと泳ぎ上って来る
あなたはそれを見ることはできないのだが
天とあなたと魔物は今　一垂線をなす

（全篇）

さきに掲げた詩篇と同様、水＝湖は高地にある。天空の水は水を高潔化するが、それは水と天空との連絡をかすかに秘めて、じっさいは天空の組成物質が水ではないかという疑念までいだかせる。そうなったとき地上から天上への「上下」に目盛がきえるのだ。

この湖は火山湖だろうか。ともあれ湖が天空の域にあることは、空にちかづいているぶんだけ、「水平面」を「非常に薄く」し、天空との境をみえがたくする。「青緑」としるされているが、それが同色一系であることで透明とおなじだとするなら、天空と区別できない湖は、水ではなく天空そのものを湛えて静まりかえっているともいえる。そこは魔域で、舟などうかべてはならないはずだ。「観光施設」が侵犯を使嗾するなら、おおかたの案内が地勢への畏怖を欠いているのかもしれない。「あなた」はリアリズム文脈なら中本の配偶者とうつるかもしれないが、読者個々であってもかまわないだろう。うすい水面（しかしかんがえてみれば水面はいつでもうすい）にうかべられたボートは水面にうつる天空にささえられ、もはや「天に向かって」いる。修辞の魔術に留意が要る。そこに気配がしのびこんでくる。気配は本質的には非親和だ。気配そのものがすでに破局、災厄の片鱗だからだ。

湖の内容は青緑をしている。測りがたい深さだ。測りがたいものは本質的に魔的だろう。だから湖に「魔物」がいる（この「魔物」をのちに中本は「死王」とよびかえたのかもしれない）。ボートの真下へとそれは「ゆっくりと泳ぎ上って来る」。うごきのなまなましさ。それにたいする「あなた」の油断。ボートが転覆すれば、水のつめたさに「あなた」は即死するだろう。詩は見事な文体で、その手前の衝迫をもって寸止めされる——《天とあなたと魔物は今　一垂線をなす》。

上の「天」－中の「あなた（ボート）」－下の「（泳ぎ上って来る）魔物」——これら上・中・下三層を貫通するものは「線」でしかない。貫通は神秘的な被雷であり、見神だ。そうして恍惚の絶巓でひとが死ぬ。ただしこの貫通は中層の水面、その「うすさ」が上下をよびよせるものともみえる。むろん地上の「うすい」人間にも適用できる災厄可能性だ。

ともあれ中本的な換喩は、図示の誘惑をもつ。この図示が事柄をざんこくに縮減するのだ。それでひとは天空・「あなたとボート」・湖中の魔物（上方への矢印付）を図示する。即座にその図示は矢印が「あなたとボート」さらには天空へまで伸びる余勢を付帯する。それで描かれた図全体に否定の縦線がひかれることになる。じつはこのうごきまでをふくむことが、この詩篇の鑑賞になるのだった。読者は詩篇のおそろしさに気づく。書かれたものを読者側の想像が超えるように配備されているのなら、書かれたものにもともとあったのが縮減だ。だからおそろしいのは減喩そのものなのだと換言できてしまう。

支笏湖や十和田湖など具体地をおもいうかべず、「天空ちかい」火山湖という詩篇の設定にのみとらわれれば、そのほとりにちいさな埠頭があり、そこにボート乗り場が敷設されているとは、読者は「かんがえない」かもしれない。詩篇は「呼びかけ」を隠していて、詩の書き手をエーコーに擬する。それもあって現実味を自ら否定するような読みを読者じしんがつくりあげてしまうのだ。

もともと水がもたらす魔術ではないのか。おおきくたたえられる水に直面することは、水死の希求をかんがえなくても、そのまま夢うつつの境、あるいは幽明の境を超えさせるような使嗾をふくむ。このとき中本の選択するのが「笑い」なのがおそろしい。「残りの声」(『花と死王』)の以下のフレーズ——《夢の中では／緑色のとろりとした水面に光が射していた／夢の外側にからだを向け／わたしは笑いかけていた》。

さきの詩篇「湖」では、風(エーコー)の呼びかけに反して、湖面に貌を映す「だれか」のナルシス的な振舞が詩文の一瞬を擦過した。ところが岡田温司のイメージ論を俟つまでもなく、どんなに澄んだ水面であっても、そこに捉えられた像は「ありのまま」の当人の似姿ではない。その像はかならず減衰しているのだ。とすれば水の像を愛する自己愛は、実際は自分の減衰そのものを愛する瞞着へとむすびつくことになる。『花と死王』から——

陽炎

花びらの降り止まない日
くちづけの中にどこまでも
行方を尋ねていく

敗北の長い影を負って
枇杷のつゆに濡れた口で

わたしたちが
時の中からあらわれ
枇杷の種を吐き出して
短い眠りに沈む

水の輪の下で
揺らいで消えていく文字とともに
約束は何度でも消え

わたしはなぜ生まれたのか

先立つ未知のものたちの息づかいが迫り
けれど　遠く
擦れ違っていく場所で

ひっそりとあふれる水に
もうわたしのものではなくなった貌を映す

終結部、なぜわたしの「貌」は、「もうわたしのものではなくなった」とおぼえるまでに減衰して

（全篇）

いるのだろうか。本質的にエーコーであろうとする中本詩の主体は、その呼びかけ対象であるナルシスであることを縮減してゆくしかないのだが、それを措くと、春から初夏の季語でとりかこまれることで遍歴化した「わたしたち」の「くちづけ」によって（それはエロチックでうつくしいイメージだが、かすかに粘液性のきもちわるさや罪障をふくませている）、「わたし」そのものが減衰したためだ。

しかもすでにくちづけはみずからのいる空間の波紋生成にかかわって、空間を水に変え、しかも「揺らいで消えていく」のはわたしの形象ではなく、「文字」「約束」だという逸脱までくりひろげて、それで「わたしはなぜ生まれたのか」というあられもない自己疑念がうまれてくる。こうした無差別性がそのままに妖精的だといえ、それで詩篇はナルシスと妖精という（ちなみにエーコーは声の精だ）分離的形成をあいまいに溶かすのだ。

この溶解のはてに、水に映る「わたし」の貌が減衰している。減衰の動因は溶解なのだ。いっけん恋愛遍歴、そののちの加齢のかなしみをうたったものとみえるだろうが、そうした理路よりも自己減衰の無方向性にこそ戦慄すべき詩篇だとおもう。もう一篇、きわめつきの水詩篇が『花と死王』にある。

夢の家

バルコニーは海に面していて
といっても
手すりの外はもう海であって

滔々と
夜の海が流れていた
暗く冷たく

それは海峡で向こう側には陸地が見え
北の海へと通じているらしかった

素敵な家——
わたしは海に手を浸し
塩からい水を舐めてみた

海と家の境界はあいまいで
海が家へと逆流することも
人が海へと引き込まれることも
ありそうな暗いバルコニーだった

どんな人が棲むのだろう
家の奥深く隠れて　揺れている人々を
うらやましいとわたしは思った

（全篇）

「空き家」の主題系列。これも図示したくなるような空間提示的な詩篇だ。それでも読者の描こうとする図はこころもとなくなるだろう。もともと水は浸潤性をもち、空間の多孔質を悪用する。そうした危険なトポスにこの「夢の家」は立地している。こう換言してもいい——この家は境界に存在しているのではなく、家そのものがすでに境界なのだと。バルコニーははっきりとはしないが、「海に浸されている」。となればそれは永続できない束の間の均衡によって、やっと存在していることにしかならない。

境界のむこうにきえることが死なのでなく、あらかじめ境界そのものが死なのだというこの詩篇の隠れた見解は、罪がすでに罰だという花田清輝的なかんがえにもつうじている。だから「どんな人が棲むのだろう」という問にたいして「罪びと」とこたえることもできるだろう。

最終聯にはさらに逸脱——フライング（境界の踏み越え）がある。《どんな人が棲むのだろう》という問の次元では「人」はまだ「棲んでいない」。そのはずなのに、ここでは文体魔術が使用され、次の《家の奥深く隠れて　揺れている人々を》では人々の家のなかでの隠棲がいつのまにか自明化され、しかもその自明化こそが「揺れている」のだった。

結語＝最終聯最終行《うらやましいとわたしは思った》がまたおそろしい。「あいまい」な「境界」に「揺れている」隠棲者たちに、引き込まれるように「うらやましい」が発語されているためだ。つまり減衰、もっといえば自己縮減、自己消滅が希求されていることになる。それが「たてもの」の描写のあとの最終聯のたった三行に、ちぢむようにしのびこみつつ、それでも余情がひらいているのは、詩のかたちや構成のうえでの奇蹟といえる。

見逃せないのが第二聯だろう。第一聯の「夜の海」を受けての第二聯では、そこが「海峡」で、向こうに陸地のみえる視野の狭隘がかたられている。つまり「夢の家」という境界のある場所を、もっとおおきな境界がとりかこんでいるのだ。ところがそのよりおおきな境界は「北の海へと通じているらし」い。よりおおきな境界はそれで自壊している。というか、境界は自壊するという法則がこの詩篇で内在的に示唆されているのではないか。

井坂洋子は『詩はあなたの隣にいる』で、中本の水詩篇が「情緒的なことばを一掃している」としるした。それでもそのどれにでもさみしさをかんじるのはなぜなのか。ひとつは材料が、語彙が「すくない」ためだろう。もうひとつは、語調の張りそのものがもたらす自壊の予感が原因かもしれない。ところが「夢の家」ではひとつの例外的な感情形容詞「うらやましい」が末尾にあらわれた──「さみしい」ではなくて。

そういえば、もともと「さみしい」にしても、中本詩にあっては自己矛盾的なのだった。さみしい、と語らないことが、さみしい──そこまでのひだを、中本詩から読者は忖度する。清潔な詩のもたらす二次作用というべきかもしれない。この機微をおもわず中本じしんが書いてしまったうつくしい詩篇がある。『黄道と蛹』から最後にその詩篇を引こう。

無声

音のない春の夕方
どこまでも一人きりで時が進む

松の高い梢を見上げたり
まばらな草むらの小さな花に見入ったり
空き家の椅子で休んだり
昼はそんなことばかりしていた
ふと見ると林があさみどりに燃えたって
藤の花は白くやわらかく光り
八重桜は重すぎるほどの秘密を抱えて昏み
狂おしく時が身もだえていた
やがて闇が降りてきて
私はさびしくない　　ことがさびしいのだと
遠くの方で教える声がした

（全篇）

（二〇一五年七月）

江代充について

I

江代充の第三詩集『みおのお舟』（八九年）、その巻頭（つまり大切な位置）に計七行、短詩といっていい詩集標題作「みおのお舟」が収録されている。まずはその全篇を引こう。

みおのお舟

みどりのおい繁る洗い場のかげで
ながれるふかい水のなかへ
ねずみとりの柄をさげしずめていた
すぐに身をふるわしてうかび
金網にゆびをまげきつくなめらかな
唯一のかおをこすりつけると
仰向いてみおのま上にながれていった

詩集『みおのお舟』は所蔵しておらず、まずはその抄録形を『現代詩文庫212・江代充詩集』（二〇一五年）で読んだ。おそらく冒頭標題作であることで作者の自認がつたわってくるこの詩篇（の意味）が当初まったくつかめなかったのをおもいだす。再読三読するうち、「ねずみとりの柄」「唯一のかお」がまず理解の障碍になっている点が確信できた。

ねずみとりを生家などでつかったことはないが、害獣＝ねずみを餌でおびきよせ、ねずみを捕えるその器具は形態的にはどうも二様に大別できるようだ（ネットでの画像検索による）。ひとつは板状（板上）器械で、おびきよせたねずみの自重で発条が作動し、おりてきた四角の金棒でねずみのからだを一瞬にして挟みこむもの。いまひとつは金網もしくは金柵でつくられた牢というか籠内にねずみを誘い、ねずみが入った瞬間にそれまであった入り口が下りて確保するもの。詩篇であつかわれているのは、「金網」の語があるから後者だろう。ならば「柄」とは、その入り口をあげたときに取っ手として摑めるようすをあらわしているのではないだろうか。

そのように（とりあえず）把握してみて、ようやく詩篇がその理路の全貌をあらわしてくる。そのまえに注意すべきなのは、「ゆび」「かお」という身体部位の所有格がしめされていない点だ。省略されている所有格は主語どうよう主体だとする日本語原則を適用するのではない。文脈から補うべきだという江代詩の個別原則がかんがえられるべきなのだ。端的にいうと、「ゆび」「かお」には「ねずみの」が文脈上のせられる。このときのひらがな表記により、ねずみのゆびさきのほのあかさ、かおにかたどられている眼の黒点のちいささもうかびあがってくる。作者はひそかに、対象にあわれさといとしみをかんじている。

バカみたいだが、これからする江代論の導入部なので、読者の便宜をはかり、不恰好だが詩篇を冗語もいとわず補ってみよう。（　）内に補足を添え、上記詩篇を再転記してみる。

（周囲に）みどりのおい繁る（山中の川の）洗い場の（、周囲の視角からふと隠れる）かげ（とよばれるべき一角）で
（川の）ながれるふかい水のなかへ
（ねずみを捕えている籠型の）ねずみとりの（入り口部分をひらき）柄（としてその扉をもって）
（籠）を（水中に半分ほど）さげ（て）（わたしは）しずめていた
（籠のなかのねずみは）すぐに（環境変化に反応し）身をふるわして（籠の天井部に）（反転し腹をみせて）うかび
（籠の）金網にゆびをまげ（つかみ）（そのうち）きつく（哀願するように）なめらかな
（そのねずみだけの）唯一のかおをこすりつけると
（さらに）仰向いて（いるすがたのまま）（スローモーションでもみせるように）（ゆびを離し）（籠の入り口を水流にまかせてすりぬけ）（川の）みおのま上にながれていった
（わたしはそのようにして捕えられたねずみを解放し）
（ねずみとりのその籠をいったん「水脈の御舟」と見立てた）

こんなだらしなくもある措辞で、江代詩にある峻厳な省略を穴埋めしてゆくと、江代詩読解のむずかしさが「たりなさ」によるのかとおもいがちだろう。たしかにまずは、同語によって構文どうしを

つなぎあうことで判明性をたかめる配慮が切断されているとわかる。詩は「たりない」。構文分布が空間的もしくは論脈的ではないのだ。この詩篇には代名詞＝シフターが同語反復の忌避と同様に存在しておらず、それで逆にその静謐な詩のリズムにふかい透明性が浸透している。このことが個人的な「聖画」をなす必須条件であるかのように。

江代詩は体験想起を原資にしている。その想起じたいは精確なのだ。のち、『梢にて』（二〇〇〇年）で築かれる詩的文体をかんがえればこの点は自明だろう。ところがその想起では、書かれるうちに「自然と」省略や視点の多元化が起こり、複文形成による過重化がともない、さらにはそれを詩として書く動機にあたる措辞の偶発的な詩文化すらもたらされる。しかしそこにいわゆる詩語への耽溺がない。

体験が対象とするのは、「出来事」の「かたち」――いわば時間推移のなかにある事象変化の「枝ぶり」への注目だろうが、江代はそれらを一気呵成に書いてしまう。このとき「枝の分岐的明示」により、「ない」「幹」まで「あらしめる」想像を読者側へ託す。

つまり理解という事柄をつうじ、江代詩は読者へ強圧をかけているのではない。これほど挑発性のない詩作者は稀ともいえる。詩は詩であるために「たりない」が（「世界」とおなじだ）、読者の想像はそこを蹂躙してかまわないとうながしているのだ。開放性。ところがそこで起こる逆転が計測されている。読者は世界の組成素たることばのありのままにつつまれて、詩の極小的細部を歩行しながら、自分自身の想起を元手に、世界の透明性への畏怖をおぼえるしかなくなるのだ。

江代詩は原理的で、しかも独自のエシロ語でしるされている。独自とは秘教の意味ではない。認識と記憶力が固有だというていどにすぎない。しかし類例がないのだ（あるいは最近の川田絢音の詩に係累性があるかもしれない）。この点をおさえると、江代詩には二元論をささえる「片方」が適用できない、ともわかる。具象的な抽象的か。むろん、どちらでもなく、その両方なのだ。絵画的か音韻的か。これもおなじだ。

ただし速読が可能か、遅読がしいられるかは別途のもんだいとすべきだろう。速読可能な、すばらしい詩はおおくある。速く読めば読むほど身体的なスパークが脳裡にひらめき・もつれ、それが詩的体験の中枢をなすのだ。ふるくはシュルレアリスム詩がそうだろうが、たとえば甘楽順治の脱臼的なずれをはらむ詩なども速読によってその段差がおおきくなる。小峰慎也もそうだろう。

速読可能な詩から遅読のふさわしい詩の作成へと、詩作者が系統発生的な変化をしるすことはじっさい多いとおもうが、それらはことばの「跳ねない落ち着き」「省略のふかみ」「音韻のしずかな平定」「想像力や言語展覧の抑止」「理解度のハードル上げ」などをつうじて実現されるというのが、詩作にたずさわる者の経験則だろう。ところが江代詩の「遅読生成」はじつはこうした範疇に置くことができない。

遅読生成が素軽さを放棄したはての重みとなる、というのなら論外だが、江代詩読解の一回目はまず錯綜体験として生じる。よほどの読解力でないと、初読で詩篇を十全に把握するのは困難だろう。ところがなぜかひかりのきよらかな滲みがあって、読解は「わからない」という否定をもってしても放棄されない。読者は即座に二度目の読解にはいる。そのために江代詩のおおくが短詩のかたちにひらかれているのだ。すると詩篇の理路が、その絵画的細部をあかし（やや）明瞭になってゆく。いずれにせよ、世界そのものは理路のすがたなどしていない――因果ではなく多発性と推移性で構成されている真理がその詩に温存されている。

即座に二度目に読むときのこっているものがある。それは初読がもたらした音韻の残像だ。その音韻残像にのって二度目が読まれるとき読者が体験するのは、二度目が（消えた）一度目のコーラス＝ルフラン＝リトルネロになってしまうという、エシロ語でしかありえない倒錯だろう。

世界は多元化され錯綜していて、体験は枝分かれしつつ枝の交錯部に小鳥めいた宝石をともし、この場所があの場所に、この数があの数にいつの間にかすりかわりもするが、それらの世界構造をあかすのは世界の実在性そのものではなく、世界への想起のほうなのだ。そういった構造じたいが江代詩では「みえない」「あらかじめの」ルフランのように反響している。「徐々に」という顕れの様相は、主体側の想起が移動する際の、未加工状態にすぎない。つまりそれは「遅読生成」とは関わらないのだ。

わかりにくいかもしれないので、もっと説明をくわえてみよう。詩作者の手許という視点を導入したい。たとえば「かさね（重ね＝累ね）ながら書き」、詩の時空間の内包度をたかめてゆくのが暗喩詩だろう。逆に、「たえずズレながら書き」、詩の時空間の外延性を志向し、座標でくくれない詩篇の容積を（つつましく）つくりあげるのが換喩詩だ。詩作者のからだは暗喩詩よりもこちらのほうに「うるわしくにじむ」。ここから敷衍して「減りながら書き」、空隙そのものを生成対象にするのがぼくのいう減喩詩だろう。これは速読可能な詩でも成立する（もういちど廿楽と小峰のなまえを出そう）。

江代詩の手許はどうだろうか。「想像」を峻拒し、「ただ想起しながら書く」——たぶんこれにつきるとおもう。記憶の基盤と、記憶された結果の二重性、その中間に江代詩が存在するが、記憶されたものの結果は宿命的に想起に負っていて、そこにみられる錯綜や省略は、もともと基盤にこそ伏流していたものだ。その伏流状態を江代が崇敬しているというしかない。

換言しよう。江代は「二重性になりながら書き」「錯綜が錯綜のまま精確になるように書き」「世界構造のように書き」「要約から離れて書き」「視点にあたるものの移動を書き」「想起が想起対象の推移のなまなましさをたどるように書く」のだ。顕れが峻厳だからいっけん江代詩も推敲の賜物ととらえられるかもしれない（現に、『現代詩文庫212・江代充詩集』にはそうした論旨で書かれた往年の稲川方人の論考が併載されている）。だが江代は「想起しながら書いている」にすぎない。そうした「ありのまま」が錯視性をともなうのは、もともと錯視性をもつ世界構造への熟考が詩作を下支えしているからだ。

想像による加工は、想像した作者がどんなに独自性をみとめていてもそれは普遍につうじ、けっきょくは作品の顕れを馴致してしまう。ほんとうは世界では原理だけが奇妙なのだ。想像を峻拒し、想起だけを旨とする江代充は、ほとんどの詩作者が習いや同調によって「そう書けない」特異性をある時期から実現している。厳密の魔と錯綜が同在的であること。しかしこれを発語の病理性ととらえる向きもあるだろう。たとえばこうした資質が「溶融」という踏み外しを結果することもあるためだ。

おなじ『みおのお舟』から「藤棚」の全篇を引こう。前述した稲川方人の論考が直截の考察対象とした詩篇だ（稲川の論考はいつものように惆喝的な原理提示によってしるされ、詩篇そのものを端緒とした「解釈詩学」が放棄されている）。論議の便宜上、分かち書きの各行頭に序数を付す。

藤棚

1　道をまがると何だかひくく磊落になったきもちにつれ

藤におどろいてそれをくぐりぬけるため
かげのあるすずしいまだらの道を
あるきはじめたこのものはただしいのか
藤はなだらかに藤棚からたれこめ
乾いた色がわたしのひたいにもふれてきている
ながめていこうひとびとの前で
ふるい肋間がいたみはじめ
ゆるやかな房の真下を区切るようにすすんで行くと
棚が切れるまえにあゆみもとまり
おそらくは自他の声もきこえなくなることだろう
それからさきは藤のたてがみを馴らすとか
その藤とわたしのような
しきりとわからない関係になるのだとおもった

支倉隆子の「藤棚」（『琴座』七八年、全篇は阿部『換喩詩学』二三二－二三三頁に引用）の末部にあるように、《世界のはずれに／藤棚はある》としるされる藤棚は、藤の花の咲く季節、世界内の多様性をしるす幻影的な点在となる。そこに花房が無数に垂れている。だから藤棚を予感した者は鉛直性にたゆたう不確定性として自己身体をとらえかえすしかない。支倉の「藤棚」のうつくしい書き出し——《藤棚のみえるところで／だれかが手をはなしてくれた／彼女はうつくしい湯気になる／二重唱もきこえてくるだろう》は、藤棚の鉛直性にたいする身体の鉛直性の対応と捉えることができる。

だからこそ、「藤棚」はそのしたをとおると危ないのだ。西脇順三郎は『Ambarvalia』中「馥郁タル火夫」で危機をつげる警鐘を鳴らす。《何者か藤棚の下を通る者がいる。そこは通路ではない。》。「そこ」は鉛直性の下部であり、なにかが届くまえのぎりぎりのすきまであって、地上のひとつの狼藉なのだ。以下、江代「藤棚」にもどって、付した序数ごとに詩篇細部の再出現を考案する。

【1】散歩のよろこびは「道をまがる」際の眼路の変化の意外性にきわまる。世界がふえた錯覚が生じる。だから道はほそく、垣根などにかこまれていなければならない。「まがる」ことは直進性にとっては「ひくく」おもわれることだが、ひとの散歩はいつでも余禄をもとめる。それでまがりごとに「磊落」になる。そんな「きもちにつれ」——

【2】眼路にあらわれた藤棚の「藤」の盛りに「おどろ」く。西脇の訓戒にもかかわらず、そこは通路として「くぐりぬけ」を使嗾している。

【3】【4】「かげのあるすずしいまだら」は藤棚の花房のゆれがなす地面の光景だが、その木漏れ日のゆれは上方物による遮断の結果なのか非遮断の結果なのか、それじたい「藤色」にみえる。地と上方の隙間、絢爛たる光景の狼藉を「あるきはじめたこのものはただしいのか」。恐怖がまさってくる。だから自分を自分とはよべない。幽体離脱的に「このもの」とよんでしまう。となると自己規定の起点がすでに「わたし」ではなく、上部の藤棚に移っているのだ。わたしは湯気のように稀薄に蒸散している。

【5】【6】藤棚をみとめ、侵入し、そのましたを藤の花房のひとつとなるべく通過する。藤棚は通過者の縮減装置だ。縮減は上方からの働きかけで起こる。働きかけには重力とそれ以外が混淆してい

る。ときにながく垂れた花房が「わたし」（「このもの」はいま「わたし」へと復帰した）の「ひたい」にふれる。愛撫をこえた、戦慄の感触。藤の花房は遠目には世界の鬖髿をあかす湿りのようだが、間近には即物的に乾いているのだ。おまけに匂いが動物のようにきつい。

【7】【8】わたしのほかのひとびとは、神性をみあげるように首までのばし、下からみあげてはならぬものを「ながめて」憩っている。歩をとめて、それぞれが鉛直の停止になり、配列が絵画のようだ。ひとの配列に沿うものが「わたし」の体内にもあり、それが「肋間」だが、「自他」（【11】）の相違により、肋間の内在は「いたみはじめ」――

【9】【10】【11】花房の空間的な連続が集中させる鉛直方向のちからにたいし、それを交叉するように「区切るようにすすんで行くと」、だんだんに精気が吸われて、「棚が切れるまえに」膂力が尽きてしまう。「あゆみもとまり」、他のひとびととおなじように歩をとめてしまったかぎりは「自他の」弁別（それは差異の境の「声」として発露される）も感知できなくなって（「きこえなく」なって）しまう。「わたし」の肋間はきえた。そのように「きえるようにして」わたしは捕獲された。

【12】【13】【14】わたしも他人とおなじく自分の通過している場所の魔性に気圧されて、停止して藤棚をみあげ、この世の光景の狼藉をかんがえざるをえなくなる。藤棚はぜんたいがなにかのおおきなどうぶつで、花房の垂れは「たてがみ」ではないだろうか。それを眼で梳くことが「馴らす」ことだ。しかしそうやって試しに藤を馴致してみて、かえって「その藤とわたしのような」互いの互いへの効力が「わからない関係」が生成されてしまう。そのわからなさとは、わたしが藤棚と同一化したことに起因するのではないか。しかしわたしはいつ、この足だまりを解除できるのだろう、ひとびとととともに。ともあれわたしは、ひとびとといっしょなのだ。

ぜんたいで十四行あるにもかかわらず、詩篇そのものは四文で形成されている（それぞれの文尾は4「ただしいのか」、6「ふれてきている」、11「ことだろう」、14「おもった」）。もし動詞終止形で行のわたりが連続するなら、それが藤の花房の垂れと形象的につうじあう。そうならないのは、主体が藤棚のしたを通過しようとしているためだ。鉛直の藤が水平に「溶ける」そのことが、行の連用形連鎖、もしくはそれに類似する「長い息」の効果をよびこんでいる。

連用形連鎖はたとえば江代の『梢にて』の時期にうつくしい猖獗をきわめることになるが、この詩篇での行のわたりは、歩行に付随する空間的な開放性をゆるやかに織りあげている。そのゆるやかさは、稲川のいう「推敲」の選択肢除外性とはまるで印象がことなる（いくら稲川が「推敲」にたいし、《書きつつある作品を言語の鏡面に密閉するのにそれ以外のいかなる反映もない》状態と独自に規定していても、いわれていることがアクロバティックにしかひびかない）。

この詩篇の力学は、あるときの「わたし」のあゆみを「藤棚」とともに想起しなおしたとき、最終的に「わたし」と「藤棚」が分離できなくなってしまう経緯を、想起「そのままに」ゆるやかに詩作に展開した点にある。想起を主軸に置く詩作態度は江代的だが、わたしと藤棚の錯綜は明示的に定位されていて、展開そのものが錯綜をはらみ、それが世界構造につうじてゆく江代詩の真諦とはちがう境位にうつくしい抒情性が蒔かれている。だから詩的修辞の穴埋めもまた身体抒情的になり、峻厳性と抒情性が並立する。この並立は江代詩そのものというよりは、江代のある方向での精神的な双生児・貞久秀紀の詩作を先どりするもののようにおもえる。

もんだいは最後の行の「しきりと」にあるだろう。江代的再帰性は対象（このばあいは藤棚）との渾沌未分へとくりかえし漸近してゆくのだ。自己は減る。やがてはきえる。ところがそれが自己の世界化をつかんでゆく。いいかえれば江代的想起の迷路は、その一角にのみ自己を一点としてのこす。そのイメージこそが詩篇の読解を最後の最後に聖別的に「救済する」。「推敲」に「言語の鏡面」（イメージ論だろうか）をキメラのように交錯させた稲川のいかめしい所論では、空転が目立ち、江代詩の特異性へなにもとどいていない。解釈詩学の具体性がないのだ。

対象への「溶入」という江代的な特性をもう一例、みよう。江代の第四詩集『白V字 セルの小径』（九五年）所収「底の磯」がそれだ。この詩篇は詩文庫には未収録。なんと「溶入」の対象は「ねむり」のなかの「沢蟹」なので、溶入は入れ子の境界消滅的な溶解構造までともなっている。それなのに、いきものとしての主体への共感をせつなく掻き立てる。全篇――

底の磯

わたしがねむり
川端の宿舎からながい光が出ていくと
沢蟹は青い山襞を降りたところの
凝土でかためられた
人工的な白い川床の隅にいることが分かってきた
そこまではひと筋の道があってわたしより多くの木が生い立ち
あかるい太陽と
道をその日はじめての枝葉表記がおおっている

共に川辺に行きついたとき
それはあらかじめそこにいたのではなく
ねむりの門口でことばをうしない
よく意味もつかめずにその家を出掛けたまま
道の途上になり
そこに沢蟹と名付けうる生きものとして
わたしたちは混在した

「宿舎から光が出ていくと」「(沢蟹の)(川床に)いることが分かってきた」という因果提示に注意がひつようだろう。斬新といっていい。あるいは「わたしより多くの木」という措辞にある冗語ぎりぎりの機微。さらには「枝葉」で済むところを「枝葉表記」と「表記」そのものがずれ、現下に書かれている一節に枝葉末節の感触がともなうこと。たぶん「わたし」「沢蟹」の再帰性が、そのような冗語構造を付帯させていて(これが貞久秀紀ならそのまま詩論的詩篇の主題となる)、気づくと「凝土」と書かれたコンクリートと、最終行の「混在」が再帰的・頭韻的な反復関係にあるとわかる。コーラス＝ルフランは詩篇に内在されていて、それが「ねむり」そのものの質をも体現しているのではないか。

「わたしたちは混在した」という結語がわすれられない詩篇だが、「ゆめ」ということばが注意ぶかく峻拒され「ねむり」のみが二箇所現れているこの詩篇において、「沢蟹」がどの審級に存在しているのかが定めがたい。その定めがたさと、措辞の、意外性に富みつつ混迷する展開が共生し、そうした沢蟹と「わたし」が「混在」したのであれば、「わたし」もまたねむりのなかにかろうじてしるしづけられる、えがかれた沢蟹どうようの「ふたしかなもの」にかわってゆく。ところがこの変化の方向が、凝縮できなく、外延にむけての稀薄な拡散なのがうつくしいのだ。

この詩篇は、「藤棚」とことなり、行のわたりを追うとき、一度目は読解に齟齬をきたすとおもう。ところが即座に二度目、この詩篇の細部をたどってゆくと、前言したように一度目ののこした音韻の残存が、コーラス＝ルフランになる。つまり沢蟹と「わたし」との交響は、初読と次読との交響にひとしく、最終的にはこうした構造が、現実と「ねむり」との二重性さながら鳴りひびいているのだ。これをうつくしいとかんじたとき、「途上」の「川辺」で沢蟹と「わたし」の「混在」する規定不能のキメラ、それこそを「わたし」と再規定する縮減の運動が付帯してゆく。最終的にはこの付帯こそが心をうつのだ。そう、江代詩の「効果」のひとつは「付帯」なのだった。それは「わたし」の通過に「藤棚」が付帯して、通過が停止してしまった感動と似ている。

2

前回書いたことで、江代充の詩は「たりない」——だから読者は文意を補って読むひつようがある——もしそうおもわれたとしたら、それは誤解だ。ことばは、たりなさにめぐられたそれぞれの真芯に、かえって充実している。理路はたりないが、ことばはそれじたいで間歇しながら自立し、たりなさを過激に放散しているとみえるのだ。

そうした過激さにこそ「ただ」むかうべきで、文意を補い、読解の補助線をつくってゆくのは個々人の嗜好できる二次的な作業にすぎない。最初は「たりなさ」や錯綜に直撃され、ことばのつらなりの「不全なうつくしさ」にゆきまようべきだろう。わたしたちは苦悶する信徒のようにまよう。つまり読んでも意味のとれない（とりにくい）一回目の江代詩の体験は、そのわからなさにおいてこそ至純なのだといえる。そこに神学的体験との類似をかんがえることもある。

ある種の純粋さが江代詩にあるとしても、それが詩のなかでこれみよがし、自己再帰的に謳われることはない。禁欲的というよりも、至純さの構造がちがうのだ。江代詩は布教しない。信義の一点を俗情にむけ露出しない。至純はうすまってこそ瀰漫し、ことばの肉の内界をひろげる。聖なるものは一条の可視的な恩恵ではなく、たんに空間的・時間的なひろがり「として」、うすあかりのとらえがたい量感をもつだけだ。

ことばの時空は、ことばの時空それ以上でも以下でもない。そこをさまようことはできる。そのさいにさまよいの邪魔になるものが、詩篇から抽出されてしまう主張や教義だ。江代詩にそれらはなく、ことばの時空間だけがある。このことを、詩の純粋さといっていいだろう。修辞の手柄意識さえ江代詩では稀薄にうつる。

一例を江代の第二詩集『昇天　貝殻敷』（八二年）から出そう。詩篇「ダリア」――恋愛詩だ。この詩集から江代調、エシロ語が確立された。江代の著作中もっとも短詩のあつまる詩集で、この点からいまでも馴染みがふかい。考察では「たりなさをなるべく補わない」という自己戒律をまずはもうけてみる。

ダリア

石の上の黒いダリアを　見る姿で祈るかたちになり
舞いあがる胸　私は塀の向うへ曲がる

棘のある花のように　渇いた腕が束ねられる
肉と枯木の時刻　同一の　あなたの体も黄色く
石から肌が独立してみえ
わたしの踏みしめる足の下に　ダリア・ダリアの道はつづいた

かずおおい花瓣が放射状、幾何学的にひろがって肉厚の球形をなす洋種のダリアは、東洋起源の牡丹よりもさらに豊満華麗と映る。「花王」とよびたいほどだ。品種改良が盛んな園芸種で、朱から紫、黄、白と、色彩幅もおおきい。赤がつよくまされば黒ダリアとよばれる妖種もまぎれこむ。

いつものように二行目「舞いあがる胸」、三行目「渇いた腕」の所有格がわからない。前者は生命感にあふれ、後者は病弊にくるしむ。これと同様の配置が四行目（アキ行をかぞえない）に圧縮されている。《肉と枯木の時刻》がそれで、生命感と病弊の矛盾共存は時間性にも適用されているとわかる。その《肉と枯木の時刻》の直後、飛躍にとんで《同一の　あなたの体…》と措辞がつづく。この「同一の」に詩篇の詩的構造が集中している。つまり時刻とあなたが同一であり、その「体が黄色」いとしるされて、時刻＝あなた、さらにダリアにも架橋がなされる気色がうまれてくる。

この四行目は詩篇にちらばったことばの関係性を「中心の点在」として集約する箇所だ。このことから「それまで読んでいた各所」が再編成される。二行目「舞いあがる腕」はダリアの生気を想像力によって注入された「あなたの」腕になるしかなく、しかもそれは同道する「私」が「塀の向うへ曲がる」とき得た束の間の印象にすぎない。行間空白があって時間が飛躍すれば、あなたの顕れは途端に「棘」を生じて、仕種・姿勢を逼塞し、生命的な乳房をおおうように、「渇いた腕」が胸のまえに「束ねられ」てしまう（ここまでにもちいた「補足」が、「同道する」と「胸のまえに」に限定されているのに気づかれるだろうか）。

「あなた」の「みえかた」の盛衰が、時間の盛衰、個々のダリアの盛衰とともにあっても、あなたのからだはおのれに似た周囲に溶融同調しない。「石」を背景にしてもその「肌が独立してみえ」る。そうさせているのは、「わたし」の視線が「あなた」の本質をえぐろうと干渉的になっているためではないか。「あなた」に「渇いた腕」を「束ね」る防備の仕種をとらせたのも、この視線なのだ（ここでは補足は「背景にして」と「わたし」の視線にまつわる言及にふえだした）。

それじたいのなかで盛衰をゆらすものが聖なるものだ。その聖なるものは、時間とダリアへの類縁性をもった「あなた」として詩の中央から前半に浸潤して、「舞い上がる胸」「渇いた腕」を「あなた」の署名にする。この遡及的拡張運動こそが愛そのものの属性だろう。属性は「うごく」。このことも聖なるものの質なのだ。それで全篇が聖なる恋愛詩へと、読むそばから変成し、多様なダリアをながめるように、色を変えてゆく。たった六行なのにすばらしい。

さて以上の分析からとりのこされたふたつの行がある。最終行と冒頭行だ。前者から論及すると、最終フレーズ《ダリア・ダリアの道はつづいた》では、中黒で連鎖された「ダリア・ダリア」の措辞が異様とうつる。唄う感覚にとんで、恋愛の昂揚をつたえるかのようだ。しかもそれは、江代的な命名行為にもかかわる。江代の恋愛詩では、対象として「エリカ」の名が頻出する。朔太郎が恋人・馬場仲子を洗礼名の「エレナ」でしるしたようなものだろうか。となって、「ダリア・ダリア」は、「実際の花・恋人の呼び替え」の構造をもつのではないかと思料されてくる。

冒頭行《石の上の黒いダリアを　見る姿で祈るかたちになり》だけが四行目から恋愛感情が四方に横溢しているこの詩篇の行構造のなかで、他に馴致されない孤独な浸潤不能性をたもつとかんじられてくる（再読をして、とくにその感触がきわまってゆく）。黒いダリア——ダリアの魔的な異種が気づくと足許にあって、それを俯瞰する視線。この瞰下ろしが憔悴の様相をたたえ、それが自己祈禱のひろがりまでにじませてゆく——となると、見ることは祈りとおなじでありながら、憔悴ともおなじと言外に語られている気になる。これがこの詩篇でなされるべき最大の「補足」だ。

気をつけるべきは、「姿かたち」という連鎖的成語がありながら、それが分離し、しかも動作の振り分けが上乗せされて、《見る姿で祈るかたちになり》という措辞がうまれている点だ。ここから「姿」のはらむもの、「かたち」のかたどるものがかえって稀薄、もっといえば無にちかづく反作用が生ずる。このフレーズにうすくかんじられるのは、虚辞、減喩のたぐいで、じっさいここで減っているのは身体なのだ。

この身体の所有格がだれかといえば、「わたし」と捉えたい。結果、「わたし」にかかわる一行目と、その後の「あなた」「わたし」さらには「ダリア」「時刻」の錯綜する二行目以降に恢復しがたい寸断線がひかれている読みになる。これらの読みは発散される意味以上に、行構造からもたらされるのだ。

万物——とりわけそれがいきものならば、「姿」をもつ。自明の理だ。「姿」のないものはいきものではないのだから、姿は個別性を示唆されない純白の姿のままでは、いきものの質どころか存在そのものすら保証しない。この鉄則を侵犯した江代詩がある。エシロ語が完全確立されるまえの第一詩集『公孫樹』（七八年）にはタイトルではなく序数のみをつけられた詩篇が間歇性の印象つよくならべられているが、そのうちの以下が「姿」にたいする江代の異様な見解をしめしていて忘れがたい（『現代詩文庫212・江代充詩集』には未収録）。

60

鳥はあがっている　わたしが姿をしている
棚で花瓶が折れて
やわらかい割れものは出ている
鳥はあがっている　わたしが姿をしている

エシロ語が未発達というのは、遅読作用が形成されず、初見でスッと読まれてしまうためだ。それでも簡潔な主述により連鎖されている諸構文からその暗喩の奥行を吟味する余地が生じてくる。まんなかから行こう。

《棚で花瓶が折れ〔る〕》——動詞の誤用により、（こわれた）「かたち」から「姿」が顕れている。

それが《やわらかい割れものは出ている》とさらに「姿」を強化されるが、いいおおせた途端に、いっさいはまた「かたち」に再還元される——そんな認識の振り子運動がここにあるのではないか。ところが回収されないのは「こわれたこと」、その事実の厳密さだ。

侵犯的認知もある。「割れもの」とは「こわれてしまった」花瓶そのもののはずなのだが、それが花瓶の亀裂から、その内側をもりあげるように露出していて、「かたち」としての花瓶の範囲が脱自明化するのだ。「かたち」を規定性、「姿」を脱規定性ながら感知できるものと二分してみるといい。「割れもの」が「やわらかく」「出ている」という措辞は、姿の姿であるゆえんも複雑に脱臼してしまう。

揚雲雀をおもわせる《鳥はあがっている》はどうか。春、どこまでも空の高みをあがり、眼路のはてへときえてゆく生命力あふれる雲雀は、たぶん「かたち」と「姿」の共存だろう。その共存は詩的直観によってしかほどけない。永田耕衣の名句《腸のまず古びゆく揚雲雀》がそれだ。運動の渦中に頽勢を予感すること。耕衣には《天心にして脇見せり春の雁》もある。そこではさらに明瞭に、かたちから姿が微分されている。

そうしてもんだいの《わたしが姿をしている》の出番となる。生物が姿をしているのは自明と前言したが、ここでは「姿」の実際が欠落し、記述されていない。まさに減喩だ。結果、「姿」の脱色により、「わたし」の匿名化・無名化が遡及するようになる。「なにもいわれていないこと」がここでいわれていて、それが「わたし」の「姿」をからめてゆく恐怖が感知されなければならない。この回転的な消却運動に、「かたち」という「わたし」の余波がやどる。

ところがこの「60」の意味性は、これら構文の質を「姿」「かたち」に腑分けするだけでは完成されない。一聯が最終聯に反復＝ルフランされている行構造そのものが吟味されなければならない。二聯が「かたち」の「姿」への脱自明的な移行を最終的に示唆しているとする。すると、その意味形成前の第一聯と形成後の最終聯では含有物の反射性がことなるのだ。中間を省略して結論をのべれば、繙読経験のまだ純白な第一聯は、そのものが「姿」の抹消をともなう「かたち」であるのにたいし、最終聯は、「姿」の抹消をともなう「姿」そのものへと転じているのではないか。ただこうした見解は穿ちすぎた内分割ととられるかもしれない。

江代『昇天　貝殻敷』から、さらに自らをユダに擬した熾烈な恋愛詩篇「ユダ」をかんがえてみよう。全篇を引く。

ユダ

私は水を把握しようとし
石のように持つことができず
血ばかり流した

かわいた木の枝から
女のように恋人の家をうかがうと
背後にはエリカの枯木が見え
わたしの肉体が先取りされたようで

暗くなっていくことを覚えた

前半は述懐で、「水」「石」「血」によって暗喩化されている。ただし「水」を「石のように持つことがで」きないのは、ものへの「把握」の必然的にたどる自明性の域にあるとしかいえず、だから「私」は自明性にたいして流血したと三行を縮約してかまわないかもしれない。似た感触をもつ述懐としてジョン・レノンの「マザー」をおもった。「ぼくはあるけなかった／なのに、はしろうとした」。

後半――錯綜をほどいてみる。季節は冬場。「わたし」はいまでいうストーカーに似て、対象執着のつよさを抑えられない。ともあれ「見たい」。それで敷地の裏側から恋人＝エリカの家を「うかがうと」、エリカは窓のうちがわに人間のすがたとして顕れず、家の背後の枯木のすがたとしてみえてしまう。生身よりも弱体化したものとして憧れは顕れるのだ。ところが枯木であるエリカは、枯木立のなかにいる「わたし」の場所を反映しているにすぎない。愛されないかぎり、見ることの欲望は不可能性に逢着してしまう。

枯木を媒介に、わたしとエリカが対照されることとは、枯木がエリカにみえるわたしの衰勢があかされることと表裏だ。枯木がわたしの「みること」であり「肉体」なのだ。わたしはそのように対象と視線の質を自らの行為のなかに「先取り」されているようで、肉体を暗くしてゆく。さらにいうと、この自覚が「みること」と「肉体」の不分離、あるいはエリカと枯木の不分離なのだ。

気づかれるように、詩篇を意味化しようとすると、意味の再帰性が「肉体のように」わだかまってゆく。これに気づくことがこの詩篇での読解線といえるだろう。理路があやういながら簡潔な措辞。それは顕れとしてあきらかに「たりない」が、そのたりなさへの充塡が充実にむかわず、おなじものの再帰だけを蓄積してゆくのだ。最終行《暗くなっていくことを覚えた》。単純で再帰性をふくむ言い回しのなかにある冗語性のたわみ、そのうつくしい衝撃。

もちろん詩篇タイトルにつけられている「ユダ」が詩篇全体を包含する意味形成をさらにうながす。単純には、「ユダ」はこの詩篇の一人称「私＝わたし」への形容で、一人称に裏切り者の色彩を付与するほか、わたしの対象＝女＝じつは「エリカ」に、反作用的に聖性をともす。この聖性のなかに枯木もあるということになる。

さらには「私＝わたし」の恋人の域への侵入（未遂）を口実（寓喩）にして、ユダそのものの属性考察が詩篇細部に脈打っているととらえかえすこともできる。「水」と「石」に弁別をつけられぬ者は流血する――イエスと銀貨――もっというと愛と憎悪に弁別のつけられなかったユダがみずから縊り果てて精液をながしたように。

「呪われよ」――それがイエスのユダへの愛のことばだったし、ユダはその呪いにはいることで結果的にイエスの復活劇と永遠化を宰領した。そこに共謀や黙契をみる者もいて、福音書（偽書）すらある。だが枯木立から対象を見ると対象が枯木の場所に枯木としてみえ、そのことが窃視者の肉体を暗くするというのは、ユダのイエスへの視覚そのものを高度にいいあてていて、ここからユダの役割をたかめようとする詭弁に、作者が与していないとつたわってくる。

それでも結局、そのユダの位置に詩篇の主体「私＝わたし」が折り返される残酷が不変だった。自己穿孔的な恋愛詩だが、ところがその自己は減喩によりどこかで定位未然となる。この構造がすごい。「わたし」は詩篇内に実際は結像していない。結像があるとすれば、それもまた「枯木」のすがたなのだ。そこで身の毛がよだつ。なのにうつくしい。アクタイオンとディアナ、キリスト教にとっては異教的な神話構造を、詩篇が秘匿しているためかもしれない。

神性を対象に期待すると、対象から神性が分離し、対象そのものはきえる――そういう逆説があることも若い日の江代が意識していたかもしれない。「想起」のよびだす「分離」が、想起主体を修復不能にしてゆくこわさがこの時代の江代の詩にはあり、想起が円満化した『梢にて』の詩作とは様相がことなる。

もう一篇、『昇天　貝殻敷』から「顕現」（全篇）。これは詩文庫に収録されていない。ただしいわれているのはたったいま述べたのとは逆のことだ。神性の降誕を期待すると過去の恋人が顕れ、その性交記憶が神々しさに変転することで、神がそこから分離し、過去の恋人も性夢に出現した役割を終える――詩篇の砕片性を「復顔」してゆくと、あらわれてくるのはこんな認識だろう。

解説は付さない。ただし読解は、「あなた」「恋人」「似た者」「あのひと」「あかり」「同じ神」を腑分けすることにかかわる。このとき「眠り」「夢」「部屋内の点灯」という時空の変転が付帯してゆく。「分離」が江代詩の効果なら、「付帯」もそうなのだ。それと注意したいのは、詩篇「ダリア」で考察した「同一の」という措辞が、ここでは最終行「同じ神」に変化して、おなじ効果を発揮している点だろう。となると、「同一性の分離」が「付帯」だという江代詩の真諦がかんがえられるかもしれない。

顕現

あなたの顕現をはかるために

再び起きて　悲しい眠りにふけらねばならぬ
するとこの夢のなかに
過去の恋人に似た者が突然あらわれ
あのひとがわたしに　交わったときを知らせたまい
汚れた机上にあかりが点されると
そこにふたたび　同じ神はい給う

さほど「遅読生成」の顕著でない——それゆえに取扱い容易な江代詩篇ばかりを対象化してきたかもしれない。その反省にたち、初読と次読が「分離」し、措辞の原理性・原初性に畏怖した見返りに、読者の自発的な補足をしいられてゆく詩篇を、『昇天　貝殻敷』から招聘しよう。詩集タイトルの一角ともなっている「昇天」（全篇）——

昇天

手のあたたかな冬　わたしが速く流れ
土砂とともに水に燃える
砂利と砂利　身を曲げて馬の腰にのり
地膚の見える所まで血を投げかけても
守護の天使が見る者のからだにさわり

地につきまとうとはどういう傷か

「まったくわからない」者が出るかもしれない。「速く流れ」「水に燃える」「馬の腰にのり」「血を投げかけ」「守護の天使たち」「どういう傷か」と、各行ごとに意味形成の障碍フレーズがちりばめられ、そこに詩篇の厚みや奥行がやどるとかんがえても、最終行中「とは」でそれまでの総体を引き受け、間髪いれずに「どういう傷か」と急転直下する成行が、修辞的な衝撃をおぼえても、意味的には了解できない——そんな感慨になるのではないだろうか。

むろん音韻がすばらしいのだから、荒々しいことばの顕れと連関をまるごと掬せばいいという見解も出るだろう。ところが呪文は解読されなければ、呪文ではなく時間に意義が生じないとするかんがえもある。後者の立場にたち、この詩篇の難関を突破できるだろうか。「みおのお舟」でつかった方策をふたたび採用してみる。（　）により詩篇の脱落部分を補足することで読解線をまずは近似的につくりあげるのだ（「みおのお舟」よりもずっと読解者の恣意の混入度がたかまる）。そのあと、ちがうことをいおう。

（しばれる砂礫の外気のなか）（それでも踏破の情熱をもって）手のあたたかな（とおぼえる）冬
　わたしが（連戦も厭わず馬にのって）（遍歴地を）速く流れ
（ふきあげるかわいた）土砂とともに（騎乗をはげしくゆらし）（結果超える川の）水に（みずか
　ら）燃える（錯覚までかんじる）
（川べりの）砂利と砂利（砂利につぐ砂利の悪路）（とおい射手を予感して）（矢を避けるため）身

を曲げて馬の（背ではなく後方の）腰にのり
（それでも回避にしくじり）（矢をつらぬかれ）地膚の（まぢかに）見える所まで血を投げかけ（る
ようにしたたらせ）ても
（天空にある）守護の天使が（「見る者はまもる者」という信念をくずさず）（地上の艱難にむけて
降臨し）見る者（である十字軍のわたし）のからだにさわり
（それでわたしに付帯したまま）（馬ともどもほうほうの）地につきまとうとは（わたしのすがたに
とっての）どういう傷（にみえる）か
（それは癒えないことですでに癒えている不死のあかしなのか）

ところが詩篇をこのように潤色してみると、穴埋めのむなしさに逢着するしかなくなる。つまり「たりないこと」が疎外され、ことばの荒々しい、謎にみちた連関がむしろ矮小化されてしまうのだ。読まれるべきは意味ではなく——むしろ馴致できない用語とその物質感にとんだ「語順」のほうではないか。たとえば「水に燃える」には感覚主体も感覚対象も途絶していて、詩篇のながれの須臾に「侵入」してくるなにかの暴圧だし、「馬の腰にの」る騎乗の謎もついに解けない。

最後の「傷」は「ありもの」だけで愚直に、文法的に解釈するひつようがある。試験問題的にいうなら、「傷」は「血を投げかけ」ることと関連があるようにみえて、直截には、「守護の天使が見る者のからだにさわり／地につきまとう」ことで現象化されているのだ。「わたし」の「すがた」の外在性のひとつを言い換えたとすら捉えられる。

ところが結語（疑問文だが）に向けた「とはどういう傷か」の急転直下じたいが、そのまま傷の感触をもち、「どういう」のシフターによる意味布置より先験的に、「傷とはどういう傷か」という同語反復疑問文の衝撃をつたえてくる。ならばそうした気色をうながしているものはなにか——くりかえすが、それこそが用語と語順の即物性なのだった。

この即物性が江代の言語感覚のするどさに並行している。結局、語順への惑溺は意味のとりこぼしまで付帯する——しかもそれは補足とは絶対に相容れないのだ。「それでも」詩篇はたとえば上記のような恣意の介入によって、抒情化される。「ないもの」が「ないままに」抒情化されるときは、かならず「あるもの」が捏造され、それが読者側の罪を形成するのだ。けれども江代詩に敗北した悲哀はいつも生じない。「ないもの」が「ひろがっている」空間の余裕。それがあらかじめ読者を救抜している。

「語順」のもんだいにするどく邂逅した趣の断章序数詩篇が第一詩集『公孫樹』にある。

73

12の耳に海がきこえた
わたしは砂にちらばり
飛びあがる鳥が舞う
影がうつるあのひとの体を
動きながら見た

（全篇）

ごつごつと異物感のある「語順」で、ふつうの詩作者はこのようにしるさない。凡庸さと円滑にむけさらに助詞を添えて訂正をおこなえばたとえば解はこうなる――《砂にちらばって／やがて飛びあがる鳥の舞う／その鳥影がうつった／あのひとの体を／わたしは鳥を真似て／動きながら見た／12の耳に海がきこえた》。ところがこれは普通の詩篇であって、エシロ語で書かれたものではない。エシロ語は語彙ではなく、むしろ語順（の不適正と捉えられがちなもの）によって生成される。

語順は抒情を「73」のように遅延させる。抒情は最終的に皮一枚で読者を救出の域に寸止めされるが、これが反転し、粕谷栄市的な恐怖に連絡してしまうばあいもある。因果の脱落がそのまま因果となる――という意味で。序数断章「46」の全篇を、最後に解説を付さずに引いておこう（それにしても『公孫樹』からの引用は「鳥」にかかわるものばかりだ）。ちなみにこれは江代の現代詩文庫には未収録。

46

内部に拷問を受けている
完膚の鶴が舞いあがった夜更
刺客はひらかれた窓からしのび
いるひとの後頭へ剣を入れた
いるひとはわからないので
片足をあげ　鶴を真似た

3

江代充の詩にかかわる印象として共通していわれるのは、「静謐」「敬虔」だろう。うち「敬虔」についてはのちに解析するが、「静謐」なら（とくに日本語の用例として）吉本隆明が『言語にとって美とはなにか』で展開したような分類も可能だ。まずはそこからはいる。

「うるさいもの」という逆元をとってみよう。それは「情動の露呈」「説明過多」「自己主張（とりわけ才能にかんして）」などの共通項をもつと即座に理解される（現代詩のおおくはそればかりだ）。間投詞や感嘆符が「うるさい」のは自明だとして、品詞でとりわけうるさいのが接続詞ではないだろうか。それは論理性の補強として文脈にあらわれる。これが過多になると読者は作者の運転にクルマ酔いするようになる。江代詩ではこの接続詞がおおかた欠損している。

句読点がうるさいのも理解されるだろう。文の連鎖は内在的に分節と呼吸を指示することができる。となれば句読点の頻出は、文の呼吸にかかわる顕在と潜在の一致、それゆえの二重性の露呈であって、過剰なものと映らざるをえない。改行詩は、句読点配置のかわりに折り返しをもちいることで、ことばのつらなりをなだらかに時空間化する。ことばのつらなりを束にするのは時間的な等質性だ。それが意味形成より先験するのが、詩なのだ。

作者の個癖もまたうるさいが、これが自己主張と連絡すると、重複が結果されてくる。まずは強調のための言い換え。江代的な「文」は、冗語をはらむとみえるばあいがあるが、じつは想起された領域の分離にともなうものであって、冗語のあるときは時間的微分、さらにはそれともつれあうゲシュタルト崩壊まで結果する。原理的冗語とよぶべきだろう。

これにたいし通常の強調冗語は、冗語そのものに未整理な感情の翻転がからみあって独立する。詩作者のおおくはそこに感情の証をもりこんだ気になるだろうが、それは「おまえ」にのみかかわりのあるものであって、世界とは無縁なものにすぎない。カフカのいうように、世界とおまえとの闘いでは世界に支援しなければならない。

とうぜん論理提示と主張が野合する語尾「である」（その弱拍形である「のだ」さえ）も詩ではうるさい。「である」は文脈を断ち切る乱暴さをもって、使用直後に空白（休符性）をもたらす脱臼効果としてのみもちいるしかない。「である」が過剰使用されがちな暗喩構文「A is B」さえあらかじめうるさいし、その詩的感興をうたがうべきだ。

ぎゃくにbe動詞ではなく一般動詞を主体にし、平叙体のなかに過去形であれ現在形であれそれが間歇的に配置されると、しずかさが湧く。江代的な感覚であれば、複文構造を駆使して文末動詞の頻度を低下させる意識さえはたらくだろう。

小説を主眼においた文章指南では、過去形あるいは現在形に統一された動詞文尾が連鎖すると単調が結果されると説かれる（三島由紀夫など）。そのため体言止め（倒置が内包される）、疑問形、形容詞文尾をまぜ、文尾にヴァリエーションをもたせてはと提案がなされるのだが、これもよけいなことだろう（自由間接話法だけが、換喩と関連して、ほんとうの意味の、他在的なヴァリエーションをつくりあげる）。同一性においてこそ連鎖のぜんたいが表面性のひとつ内側にしずんで、読者と作品を媒介していた文字の直截的な現前に寡黙をまとわせてゆく。いま現前しているものが目前にありながら再現的だという疎隔感覚のほうがむしろ読者を深部へとおろすのだ。

詩発想が病んでいると気づくときがある。徴候の特異点が品詞上ある。格助詞だ。とりわけ「に」

がおおいのだが、なぜかおなじ格助詞だけが舞い込んでしまう文連鎖が出来することがあれば、発想が病んでいる。文そのものをつくりかえないのなら、別の格助詞で可能なかぎり置き換えて是正するしかないだろう。江代詩の格助詞はあるときは意図して誤用的だが、それにより、同一格助詞の重複が避けられている。種類ゆたかな格助詞により文連鎖をささえることが、世界を多様性によりみつめる視点をたんじゅんに裏打ちしている。

いずれにせよ、江代的想起が想起の順に精確に展開されるとき（これがのちの「写生」につながってゆく）、視点もしくは主体位置がいつのまにか移動しているのは、世界をおりなし、むすびの全景をつくりなしている「関節」を一方向からたとえば仰角しない制約が内在化されているためだ。

格助詞は多様性をともなって分岐し、それで書かれている構文そのものが多様に並立する。あるときは構文どうしの因果すらはっきりしない。そのありようが、世界光景の「ありのまま」とつうじあって、静謐がもたらされてゆく。このように詩世界の細部がべつの視点でささえられ、分裂が瘢痕なしに統合されているものいがいに、詩などありえない。

約言すれば、語義矛盾のようにみえるが「同一性が多様性をわかちあっている」調整的なながめが江代詩だ。そうした江代詩を読んだ直後に、べつの詩作者の作品を読んでそこに荒蕪や脱色をかんじない例は稀だ。江代詩の内在的反響性は、江代詩だけの再読をみちびいてしまう。

けれども江代詩が他領域にゆるす繊い線が確実にある。貞久秀紀、とくに最近の川田絢音など。静謐さの横溢のために、表面的な理路を否定する一群だ。そこでは「わかりやすさ」「抒情の同一性」がかんがえられていない。ことばの存在意義だけがしずかな呼吸でおもいつめられて、それが自発的に流露する。

以上、江代詩の「静謐」にかかわる使用言語／文法（分布）上の組成をみた。ところがじっさいのところ静謐は詩そのものの主題とも密接にかかわる。「生成のきざし」「それによる関係の微細な変化」がそれだ。以下にそれを分析してゆくが、『昇天　貝殻敷』『みおのお舟』期に考察を集中させるひつようがある。その後ではとくに「写生」の主題が、「生成のきざし」にゆるやかに添ってくるためだ。現段階では「写生」は分離しておく。それではまず『昇天　貝殻敷』から、現代詩文庫未収録「父」の全篇——

父

なつかしいとうちゃんの仕事場の
なつかしい職人の投げ出した足をこえ
消えゆく薄荷の匂いに導かれて
その意味はなぐさめの
特有の顔へ移っていく
地に向い
かがんであるくあのひとのかげ
その影から身をひいて立ち去るときも
わたしは正確に仰向いて
苦しむ顔を模倣していく

現代詩文庫に併載されているインタビューによると、江代の実家（静岡県藤枝市）の生業は洋服の仕立て屋で、おおくの職人をかこっていたという。繁忙期は徹夜にちかい作業を職人みながしていたのではないか。毛布にくるまり、ゆかで仮眠をとっていた職人たち。

仕立て屋の空間には奥がある。幼年のわたしは奥へゆくひつようがあった。ひとりの職人がうすみに上体をおこし、わたしの挙動をぼんやりみている。わたしを許容している。やがてたちあがって、たとえば水を飲みにあるいてゆく。疲弊は色濃く、そのからだの移動をじかではなく影でたしかめると、すがたに俯きがかんじられる。

ちいさなものを許容する者にある赦しの本質――わたしは職人たちのなかでひとり、その職人を「あのひと」とよぶ聖別をこころにしるしている。仕事ぶり、容貌などに差異があるのだろう。わたしはその者と別方向へむかう。このとき影と実在、あるいは俯きと仰向きの差をこえて、「わたし」の顔が「あのひと」の顔とおなじに「生成」されてゆく。どちらもくるしみをかたどるためだ。ところがそれは自然な生成ではなく、わたしの自発的な「あのひと」への「模倣」によっている。

江代の詩世界内部にある幾段かの階梯を踏みわけるひつようがあるかもしれない。まず詩篇の全体イメージが「聖画」化するとき、とくゆうの呼び名が顕れる事例がおおい。「エリカ」がそうだし、「あのひと」もそうだ。どちらも具体名の脱色にかかわっているが、多くシフターが排除される江代の詩法則にあって、「あの」という指示性で名指された「距離を置く存在」は、礼拝対象になる趣をたたえる。「ここ」から「あそこ」へは渇仰の予感がわたるのだ。そうして地上にふつうにいる者でも「あのひと」と抽象化されて聖人化が起こる。「あのひと」の措辞はそのまま生成の一契機となる。

主題はみられるように、顔から顔への、主体だけに意識された反映だ。しかも江代的な世界では「模倣」と「生成」に弁別がない。なぜなら主体が生与的に敬虔・謙虚で、「なること」は「なぞること」でしかないという自己限定がともなっているためだ。

以前「ガニメデ」へ寄稿した文（本書「喩ではない詩の原理」）では、江代の達成のうち、この点にかかわりふたつの箇所をひいた。日記体裁（しかし日記的な事実性がたぶん部分的に詩性へと再編成されている——その意味で「文集」というよりやはり詩集とよぶべき）『黒球』（九七年）、その七四年七月六日の日付をもつ記載。《みゆき橋の夜。〔…〕わたしはそこを歩いた。わたしのKになって。》。「相似」のとつぜんの成立としては——《方方へ風が吹くので／倒れこんだくさむらの窪みにわたしは似ていた》（長詩「露営」、『みおのお舟』冒頭）。

顔から顔への反映はむろん「愛情的」だ。たとえばそれで接吻もすでにくちびるどうしの接触のまえに自他の溶解をたたえる。接吻では溶融が接触するのだ。ところが、接触が予定されなくても顔への反映が成立する。このためにはむしろ遠隔が作用する。ベンヤミン『パサージュ論』に超越的な一節がある。《人間の顔は星の輝きを反射するために作られているという箇所は、オヴィディウスのどこにあるのか。》（『パサージュ論』Ⅱ、岩波書店、七八頁）。顔は遠隔性からのエクランだ。江代詩では、そうした映写幕のようなものが仕立て屋の仕事場で、職人とこどものあいだにゆらめいたのだった。「みあげること」は江代的な仕種のなかで生成を付帯させてしまう。その動作をみちびく恩寵が梢のなかにいてさえずりのみをつたえてくる小鳥だ。江代詩において「鳥」は初期から特権化されているが、のちには鳥と「わたし」のあいだに同一化生成が起こり、やがて鳥が科白として詩を吐く「鳥詩篇」の系譜が、『梢にて』、さらには『隅角　ものかくひと』（〇五年）にあらわれてくる。そうした系譜の端緒にあたる位置に、以下の『昇天　貝殻敷』所収詩篇がある。

秋

プラタナスの葉がブリキのように曲がる地上の秋
雑踏する暗い胸が幾何の鼓動で大空をめぐり
どこかの入口からぬけ出した一羽の鳩が
つちつちと悲しみにぬれながら過ぎさった
わたしは羽音からきた金属のさえずりを持てあまし
探るような額で路上から仰いだ天使だった

（全篇）

叙景のつらなりを保証するのは「わたし」の視点だが、みられるもののほうが先験されれば「わたし」が消去される。ところが江代的聖画では最後の最後、「わたし」がつつましく可視化され、聖画世界の一角にとりこまれる。

詩で鳩、もしくは鳩の周辺におわされているものは、「ブリキ」「曲がり」「幾何」「金属」と存外にきびしいものだが、それは外界のもつ親和性がまずは非親和性として出現する事実に対応している。「羽音」が変成した「金属のさえずり」がつづくから、「わたし」は音の出処を渇仰するしかない。そのとき「わたし」は天使へと生成される。むろん単純な位置付与によるものだ。《わたしは〔…〕天使だった》と縮約されてしまう最終構文はけして自己愛的ではない。意志の場所はいつも疎隔状態に置かれる――そうした天使の立脚がわたしに作用しただけだ。
江代は小鳥類の鳴き声にオノマトペをつかう。朔太郎の「鶏」(『青猫』)にしるされるその鳴き声《とをてくう、とをるもう、とをるもう。》ほどには創成的でない。「とを＝とほ」「くう＝空」をふくみ、詩ではしののめの時間帯がつづられるので、朔太郎の鶏は空に鳴き声を投げながらも、「るもう」で自己再帰的な反転をともなうように、たしかに「かんじられる」。つまり「こう聴えた」以上の形象化をこの秀抜なオノマトペがふくんでいる。江代はそうした形象化を「減らす」のではないか。「つちつち」はたとえば「キチキチ」にちかいが、「土・土」と異言化される潜勢をにじませる。空から大弧をえがいて降下し再浮上した鳩の群れのなかで(通常の飛翔軌道を超えて)空の「入口」から脱出してきた「鳩」にもじつは生成がまつわっている。その飛翔軌道の「曲がり」は黄葉して枯れ散るプラタナスの葉片の曲がりの反映をうけているのだ。プラタナスは地上から伸びている。だから鳩の「羽音からきた金属のさえずり」(とはいえそう書かれて、音の発祥基盤がどこなのかゲシュタルト崩壊する)が「土・土」とひびくのだった。
この詩には根底的な不明性がわたっている。「わたし」はどこを仰角視したのか。鳩の飛翔軌道にたいしてというのは一義的な読解で、冒頭一行、葉を落とし裸木になりかかっているプラタナスの樹冠部分すらふくまれるのではないか。「わたし」の「天使化」は透明なものを経由しての大俯瞰のもとに位置づけられる。この詩は、鉛直性を方向として読者が得るひとつの換喩構造のなかにしかない。そのきびしさが自己愛を峻拒する。気をつけるべきは、生成が多方向で、しかも徴候的だという点だ。それらが総体で均衡をつくりあげている。だから静謐なのだ。そこを「つちつち」が割りこむ。
生成は転移をともなう――これも江代的な法則だろう。それをしめす詩篇をさらに『昇天　貝殻敷』から召喚しよう。現代詩文庫未収録の詩（全篇）――

白鳥

私が魅せられた窓の女は
別の場所で私にはげしく触れてくる
別の女に酷似していた
星がのぼる冬
寮の裏手にしのび
輝く汚物焼却炉をのぞいていたとき
わたしたちが怖れたのは
そこの暗闇にかくれ
足から血を流している
もう一羽の白鳥だった

前回紹介した「顕現」と似た変容がみとめられる。終わりから四行目「わたしたち」とはだれとだれで構成されるのか。最終行「白鳥」になぜ「もう一羽の」という文節がうわのせされているのか。試験問題的な解釈ならば、一行目「窓の女」がわたしにくわわる「もうひとり」にならざるをえないが、それが三行目「別の女」をも包含しているというのが詩的な解答ではないだろうか。

「窓の女」「別の女」の分岐が「もうひとつの」というオルタナティヴを予感させ、結果、わたしと窓の女が「汚物焼却炉」の「暗闇」にみいだしたのもオルタナティヴということになる。

さらに問おう――そこではなにが「もうひとつの」という意外性をもともなって顕現しているのか。「別の女」「窓の女」を「先験的な白鳥」「別にあらわれた白鳥」に反映させ、なおかつ白鳥と女にもともとの反映があるとするなら、わたしの窓の女が焼却炉の暗闇にみたものは、ほんとうのところ、「窓の女」「別の女」「先験的な白鳥」「事後的な白鳥」、それらの分離しがたい混淆体＝キメラではないのか。

それは分離しがたいのに、その「しがたさ」があらかじめ分離している。逆転のようだが、それが生成のかたち――きざしだと詩がしずかに、しかも恐怖感をもってかたっているのだ。『昇天　貝殻敷』から別詩篇を。これも全篇引用するが、ここで分岐のかたちで生成されるのが、場所ひいては時間だということが気づかれるはずだ。

内海の死のほとり

海は海自体で反響している
わたしはうしなわれた波の上で
あなたへの声が自分にさえ聞えないと知った
わたしはゆうべどんな理由で
あなたの近くにいたのか

静謐さのなかで、いくつかの驚異すべき点がある。一行目、空気や風とこすれあわないそれ「自体」の内部のうごきは、はたして反響として聴えるのか。つまり荒れ狂う海は水のなかを鳴らしているのか。物理的な水準でよくわからない。二行目「うしなわれた波」は凪につながって海のとどろきを消す効果をもつはずなのに、三行目、耳を聾せんばかりの波音によって、「あなた」への発語をみずから聴認すらできない事態がえがかれている。撞着かと捉えると、ふと二行目が《わたしはうしなわれた／波の上で》に分離してゆく。

主体が自ら（の発語）を聴くことが思考だとするデリダの音声中心主義は江代に参照されていないとおもう。声の喪失の多元化が主題になっていて、海自体の反響すら海のなかでは反響ではなく水流だとされているのではないか。「わたし」の自己発語はそれを模倣しているのだ。

四行目以降が、行空白なしに飛躍する。これも静謐の技法だ。《わたしはゆうべどんな理由で／あなたの近くにいたのか》と自問がなされれば、「愛の理由で」というのが解答だろう。ところがその解答は、自己内反響が水流になり、その声の判別がうしなわれる。とつぜん場所の代置が起こる。それが最終行《内海の死のほとり》だ。それはかたちのうえでは「あなたの近く」と同格で、このことを了承した途端、遡行が起こり、冒頭「海」との同定／非同定、あるいはおなじ場所の様相のちがいが「ゆうべ」からいまにかけて問われることになる。

理路が混乱する。「聴えていること／いないこと」「海／内海」「いま／ゆうべ」が論理的に弁別不能だと確認されてしまうのだ。一種の「様相の潰れ」（入不二基義『あるようにあり、なるようになる』)が顔を覗かせようとしていて、しかもすべてが寸止めの手前にあることで奇妙に静謐なのが、この詩篇の「場所」ではないのか。

それらが末語の「死のほとり」という天秤皿にのせられ均衡がはかられているが、ならば「もうひとつの」天秤皿にはなにがのっているのか。均衡であるかぎりおなじものが載っているとしか答えられない。つまり弁別不能なものどうしがつりあっていると使嗾する恐怖がこの詩篇の主題でもあった。『昇天　貝殻敷』につづく『みおのお舟』では、「想起」にたいし(妙な用語になるが)「事実生起の写生」の気味合いがよりつよくなり、ほんのわずかだが、詩篇の趨勢が「よりながくなる」。気をつけるべきは、江代詩では回想が想起にずれる換喩的な鉄則のある点だ。そのとき「だれがだれを」という関係性が、いわば「世界原理」に逢着して不安定にゆらぐ。まずは以下を全篇引用——

隣家の庭

ながい午後の土間をとおり
ひとのいる部屋のまえを見舞って
友の名を呼びながら
あかるい戸口から庭のなかへ出ようとすると
見えない友の
寝たきりの祖母が
その友の名をはっきりと呼んだ

いまはここに
わたしひとりしか居てないので
まだちかいところへ
裏木戸からのがれでた
埋もれたとりでのうえから
友の声音でこたえようとするわたしなのか

計十三行が連用つなぎの複文の駆使で、たった二文で構成されている（それぞれの文尾は七行目「はっきりと呼んだ」、最終行「わたしなのか」）。その構造じたいに錯綜感がある。「わたし」は場所の移動をともないつつその過去像を想起されていて、この不安定要素により、隣家の友の寝たきりの祖母が気配をかんじて友の名を寝床から呼ぶその声に、惻隠のあまり「わたし」が友の声音でこたえようか否かの葛藤が起こる。

「わたし」から「友」への生成が起ころうとしているが、詩篇の最終時制は、その寸止め的直前で、「――しようとするわたしなのか」という奇異な構文をつくりあげ、静謐が確保されることとなる。「わたし」にかかわる再帰的疑問文は、もともと逸脱的だ。現に問うている者と回答を第一に期待される者が同一だという自己言及パラドックス。詩ではそこに「わたしという亡霊」が二重化する。二重なものが一重に「潰れている」様相は静謐だ。杉本真維子の自己再帰文の奇妙な一節をふとおもいだした――《わたしは／やさしいか》（「やさしいか」、『袖口の動物』所収）。

「わたし」もまた隣家とどうようの祖母をもつのか。あるいはもともと「祖母」というものに弁別などないのか。そのような根源的な不安におちいらせるように、『みおのお舟』では「祖母」主題のべつの詩篇も置かれている。「隣家」では「声への応答可能性」だった主題が、つぎにしめす「蛇」では可視化のむずかしい幻影が主題となる。書かれていることがわからないのは、カフカ的な精確さが過剰なゆえではなく（たとえば「父の気がかり」における「オドラデク」の描写）、「想起」そのものにある錯迷が「たりなさ」と手をむすび、それじたいの場所が余白となってしまった、倒錯的な光源化のあるためだ。その全篇――

蛇

白い手をつつみこみ
よこたわった祖母のいる物静かな部屋も
わたしのいる廊下も全部あかるいが
それはほかの者が暗い場所で
眠りつづけるからだろうとかれはおもった
わたしの膝頭はひかっている
よく転ぶ子どもだったからだ
白い蛇が廊下を這ってゆくと
近づいた部屋の障子に立ちあがる
おおきな鳥の影が仰ぎみえた

それはいっぱいに羽根をひろげ
わたしの白い手を孔雀のようにつつみこむと
またしずかによこたわって
うごかなくなった

対象が想起内の視点移動により「よびかえられる」江代詩では、五行目「かれ」と直後六行目の「わたし」はおなじ人物だ。祖母が（病）床に寝ている気配。家人のほかも寝ているとすれば、それは休業日の朝だろう。「子ども」の「わたし」のみひとり起きて、ひまをもてあましている。白い蛇が家の廊下を這い、その不吉な気配におどろいた鳥が羽根をばたつかせ、空中に逃げようとする状態を、わたしは障子ごし、鳥影として仰ぎ見たのだが、そのうごきにわたしの手がつつまれ、その手のなかで鳥はおどろきをしずめて、またしずかにうごかなくなったと、のちつづられる。想起内容そのものの理路がこわれているのは、子ども時代のおぼつかない記憶が想起されたためだろうか。

江代的想起では自他の弁別があいまいになり、その曖昧化の推移に、世界様相が定着されるとすでに何回かくりかえした。この法則を過激化すると、廊下を這う白い蛇もまた「わたし」であり、その「わたし」におどろく「おおきな鳥」も「わたし」というさらなる逸脱が起こる。

この詩篇でいちばん咀嚼しがたいのは、冒頭一行「白い手をつつみこみ」が浮いている点だろう。独立して「わたし」の再帰的な動作がしめされているととりあえず了解すると、かたちをかえ終わりから三行目《わたしの白い手を孔雀のようにつつみこむと》が出てくる。当初予想された「自己再帰」は「他者干渉」に変貌しているが、本質的な差異がないと達観したとき、「わたし」「白蛇」「おおきな鳥」それらの差異性が同一性にむけて「潰れて」しまう。しかもその潰れすら、最終二行の再平定によって、あったかなかったかがわからなくなる。

江代は回想を起点とする想起そのものの不可能性を再帰的に想起しているのではないのか。これは無から無への一巡しかつくりあげない。そのはずなのに、ことばが具体的な連鎖としてつらなってしまう。けれども発語の前提がそうであるかぎり、ことばは静謐にみたされてゆくしかない。

いずれにせよ、江代はなにかの「中間」、その様相の本質的な静謐を想起している。最後に『みおのお舟』から現代詩文庫未収録詩を全篇ひいて、その奇妙さの内実とふれあってみよう。

沈んだ娘

波打ちぎわのふれる浜辺には
大腿骨に似た白い木切れがおちている
肩にかついで子供たちの前へ出ていくと
木切れにくいこんだ
おおくの砂つぶに気がついて
海からの木であることがわかってきた
はやくお前もかがやく飯をたべおえてしまい
その海からの温かな棺さながら
みどり児のいる肋木の道をかえりつづけ

庭へいこう
庭へいこうと歌おうではないか
庭には物干竿がみちあふれ
娘は周囲の見る眼にも分断されて
それぞれの分け前になるのだ
わたしたちが担ってきたのは
あの娘たった一人の世界でもあるにちがいない

終わりから四行目に「娘」がとつぜん現れるが、唐突さの印象はただしいのだろうか。江代詩にはめずらしく終わりから五‐七行目の行頭が「庭」の字で揃う磁場が形成されていて、それで唐突な唄文句「庭へいこう」が具体的に庭を召喚するちからを備えたとみえる。しかも浜辺でひろった大腿骨のような木切れと物干竿に同一化が起こり、その大「腿」骨が娘の肉体の所在に喰いこんで、娘そのものが浜辺のしろい木切れにすりかわる。冒頭から三行目の「かついで」と最後から二行目の「担って」も近似物どうしのスパークを交わす――そんな騙し絵的な構造が次第に判明してくる。そうして娘のいる場所に物干竿が「みちあふれ」ているのみならず、木切れ＝娘という図式が浮上してくるのだ。

明示されていないが、窃視症的な衝迫がかんじられる。たとえば娘が物干竿にしろいシーツをひろげて干す一瞬には娘の上体はそれに隠され、下半身のみが視野にのこって、「大腿骨」の存在が強調されるのではないか。からだの「部分化」が、そのからだへの視線の部分化を付帯させてしまう。そうして娘は終わりから三行目《それぞれの分け前になるのだ》。「世界の恋人」というものがあったとして、前提となるのは、事物から当人への対象推移と、それが視線により分有できる体制の確立だろう。詩篇はそんな愛の欲望にふれつつ、同時にスピヴァクのいうような女性性の本質、自体性をたちあげる。

むろん詩篇を虚心に読みすすめていったとき（あるいは即座に再読したとき）にはポストモダン的な欲望論など作動しない。ことばのすすみそのものが、偶有的な概念接着剤をひらめかせ、あやうく自己展開してゆく「ひかりの移り」のみがある。それでも江代的エロスとはなにかを読者はおもいなおす。そこで恋愛詩にとうぜん前提される「対象性」が、江代詩では審問にかけられていると気づかされるのだ。これこそがしずかな生成にかかわっている。

4

まずは江代充『白V字　セルの小径』から現代詩文庫未収録の以下の詩篇を引こう。いま入手できる現代詩文庫にはいっていないものをことさら引くのは、一種の読者サーヴィスにすぎない。みたところ、文庫収録／未収録の区別は分量削減のための機能的な乱数調整のようなもので、そこに優劣の基準などないようにおもえる。

この機会的な

この機会的な雨戸の向こうでとなりの葉をたたき
かぞえられる程の雨の音がしはじめている
家の戸口のま上にむらがってひらかれた木枠の窓が
わたしのいまいる所とはとおい反対側にあけられ
そこからもきこえる
こまかくちいさな雨音が
すでに表のひろい範囲にわたり
ながくしずかにつづいている

（全篇）

二行目、「かぞえられる程の雨の音」が詩篇把握のための最初の肝となる。とつぜんの沛雨なら雨音はザーッという一体の厚みを開始するのだから、ぽつりぽつりと間歇的に（可算的に）聴えるためには、感覚がすでに「最初の中間」にたいし研ぎ澄まされていなければならない。詩篇がはじまるときそれが物語的な発端ではなく、こうした「最初の中間」こそを無媒介にひきよせるのが、江代詩の構造だ。

時間はすでに／つねにはじまっている。ぎゃくにいうといつでも終わらない。物語のように意味が開始されるために、ゼロから時間がたちあげられるのではない。どの次元でも時間の推移はとめられず、だからそこに空間とはちがう充実があって、意識的であれ無意識的であれ、その充実に想念が接続し、それで自他が反照しあうのだ。包含の基軸が自他のどちらにあるのか詮索するのも無用。この詩篇でいうなら微細な音の開始されることが、世界が音でみちていると再想起するための契機となり、その音がさらに「継続中」という充実した様相で、祝福感にみちておわってしまう。おわりのないことがおわりという、これまた一旦おもわれる「最後の中間」でおわるのだ。この意味で詩篇はなにごとかをつつみこむような祝福構造をもつ。

通常の詩篇ではむろん、たとえば分かち書きの行にしたがい、「構造的に」時間が推移せざるをえない。これがもっともわかりやすいのが散策詩だ。西脇は散策に想起をちりばめてメタ的な時間推移をつくるが、たとえば宮沢賢治「小岩井農場」ならより実在的な身体の移動切片が詩篇中に、さらに明瞭な気配でちりばめられる。世界が推移をしるすとき、それを保証するのが個別的な身体の、時間ごとの分立だということになる。

マイブリッジやマレーの動作分解写真は、とうぜんモダニズム的認知の基礎に位置していた。ただし馬の疾走の分解は等距離からという定点性に枠組されていて、じっさいは馬の走行よりも先験的に定点が下支え的に空間を実質移動している。時間推移が「機会的な」諸点から計測される充実に達していない（ベルクソンなら感覚の縮減をいうために恣意的な視点を空間に前提させた）。馬の疾走の分解は分立的で、一瞬が次瞬にとけるようなすがたでぬめらないのだ。ぬめるためにはフラッシュの等間隔性が邪魔になる。となって写真の客観性ではなく、繫辞＝コプラという主観的な溶解力があらためて浮上してくる。

詩篇「この機会的な」での「機会性」は、（降雨による）音響の充実（それはクレッシェンドしてゆく）が、空間に溶融している主体の方向性意識を局面局面で織りあげてゆく点と相即している。これを自然付帯的といってもいい。「いまいる位置」から雨戸のある場所はもちろん機会的で、その雨戸をとおしての「となり」の範囲も機会的とよばざるをえない。

雨音の聴えが空間のありようをいきいきと想像＝創造させる。微細が聴えるのなら微細が開口していなければならない。それで玄関のあかりとり（採光）のための天窓が降雨にかかわらずひらかれていて、それが四行目の一語「反対側」としるされ、わたしが玄関側に背をむけたとえば居間から庭へ顔をむけている状況が付帯的につたわってくる。つたえているのが動詞構造であって、となると動詞構造がそのまま感覚的時間の実質をつくりあげていることになる。この構造が精密なために、江代詩では一読での読了が困難になるのだ。

この詩篇の魔法は微細にみれば以下の点にあらわれている。雨戸の向こうにあるべき音を戸口のまえにひらかれた窓がつたえる「最初の中間」では雨音がかぞえられるのに、その方向性がわたしを囲繞するすべてへと無方向化された「弁別不能な時差」後では、最初の音の可算性がうしなわれ、ただの静謐な継続へと変化している――この事実が移動により、いつの間にか成立しているのだった。

江代詩では、「……を感覚していると」「……とみうけられた（おもわれた）」という（写生）構造の出現することがおおい。とくに『梢にて』以降は、この構造により、えがかれることの「異変」がほぼ消え、静謐化が更新する。この静謐と敬虔が対だと前回考察したが、たぶんその印象は、静謐を空間が受けもち、敬虔を時間が受けもつ（逆もいえる）といった二元性が、血脈のように作品の時空にひろがるためではないか。詩篇「この機会的な」はそうした江代的法則の完全成立をまぢかに予告するものといえるだろう。

時間に内在していると時間推移は自己的なものにすりかわってしまう。ぎゃくに時間が他在していて、自己の時間推移までもが他者的になる事態も喚起されるだろう。いずれにせよふかい次元で自己と時間とが分離できない。ただし主体が時空にたいし作用的になるときの時間は、ふりかえられれば空洞状を呈することもある。詩篇「この機会的な」からきえたのがこうした空洞性だった。「この機会的な」は無方向性を前提に充実を織りあげていたのだ。作用的であったことで回顧に空洞を定着した詩篇は江代詩が確立するまえの最初期にある（モダニズム的だが、やはり対象化する価値がある）。詩集『公孫樹』から、これまた現代詩文庫未収録詩篇——

36

わたしには　一体に　壁に向いたい欲求があり
菫荘の　いない部屋に　花を活けちゃう悪戯
九月三日　あかい菊
九月四日　あかい菊　と戯れる
かれは時折空部屋に入り
暗い心で逆立をする

（全篇）

江代の第一詩集『公孫樹』は七八年の公刊で、このころのアパートでは住人の独立（並みあって棲みながら、住人個々の空間閉塞が保持されること）が現在ほど厳密ではなかった。廊下など共有部分が街路とひとしい邂逅可能性をもち、同時に部屋の施錠もあいまいで、ともにあることが、ともにみられ、きかれあうなかでの居住共同性を牧歌的にくりひろげていた。詩篇は、ふと住人の不在なアパート一室へ、忍びこむというほどの犯意なしに、空間上の点輸をさずけるべくわたしが、部屋に置かれている花瓶に、たまたま秋の到来をつげる野菊を活けたとおぼしい状況で成立している。ふだんから交渉があったのだろう。男女の区別をかんがえるひつようはない。

ここでは「しのびこんだ場所」での「あるじの不在」が、ふりかえられて空洞化し、それが「わたし」のふたたび出会いたいという気持へつなげられている。二聯の《九月三日　あかい菊／九月四日　あかい菊　と戯れる》は一日幅の時間経過に「と戯れる」が加算されていて、主体が花瓶に生けた野菊が水を吸いいまだに生命感にあふれていることを数刻眼前にしてよろこんだ様相がつたわってくる。それでも無為の感触がたちあがる。

この秀逸な第二聯により、以後江代詩ではしるされなくなった時間の空洞化が確定している。第三聯「かれ」は、いつもどおり時間推移を経由したときの人称の変化であって、一聯「わたし」と同一だろう。最終行「暗い心で逆立をする」にはその後江代がみずからに禁じることとなる抒情の暗喩が揺曳している。

江代詩の方法が確立したのは第二詩集『昇天　貝殻敷』からだが、そこでは黙示録的な徴候がみられる。時間が多義的に展開する枝分かれが、終末観をよびよせるといってもいい。異変が劇的だとかんじられる詩篇を引いてみよう。これも詩文庫未収録。

帰郷

木の間に首をさし入れた半身が
豚のように美しい
かれは風の強い日に帰っていった
家屋の屋根が表面をひからし
樹木のどれもが葉をひからしている
彼の頭蓋骨も　金の瓦屋根に転がるのがみえ
それも実にあるがままにあるとわたしは言う

異郷の槇垣にあらわれたエリカは
両腕を羽交いにされ　顎に指をかけ刎ねられると
風のくる方角にじかに向き合い
永遠のマリアと化した

（全篇）

第一聯の「つながりのなさ」に圧倒される。ただし「つながらないもの」は読解によりつなげられ、修復され、癒される。「わたし」としるされるべきが「かれ」としるされた主体は、帰郷にあたり、樹木のしげる場へ足をふみいれ、木漏れ日に半身をひたされる。強風にゆれる木の葉が陽光にかがやき、家もどうようにみえたとき、最初に「想起」された「わたし」の半身性が世界のあらゆる分離につうじて、自分の頭蓋骨が斬首後の状態で瓦屋根に転がるのまでみる（幻視する）だろう。

分離は世界がひとつのものでひろがっていないあかしだ。それが法則（「あるがままにある」）なのだと「わたしは言う」が、その「わたし」はそれ以前「かれ」「彼」の呼称へと分離していた。私見では以上がこの「つながらない」第一聯をつなげる、ひとつの読解可能性といえるだろう（ほかの読みもあるかもしれない）。

詩篇「帰郷」では、時間推移は唐突さの極点を飛躍する。ところが飛躍は「想起」により着実に跨がれてもいる。第一聯にあった多様な分離が、第二聯のエリカ（たぶん恋人に付された洗礼名的な抽象名）を分離させるのだ。エリカは世界法則にしたがって分離される。それは刎頸として事象するが、第二聯での構文の骨格はつぎのように分離される。《エリカは風の方角に向き合いマリアと化した》。刎ねられた首が胴だけの自己を風のむこうに視ることが聖女化の条件だといっているような直観が、修辞の奥をひそかに貫通している。

処女懐胎ではなく、マリアが聖女になった局面がピエタだとすると、江代は、イエスの屍を、斬首された自己の分離とマリアが見たと示唆しているのだろうか。いずれにせよ世界法則は江代にあっては分離状態であらわれるが、それら分離の横溢がぎゃくに世界へ柔構造をあたえる。一瞬記述された惨劇も惨劇でなくなる。それよりも分離が空間の実相で、さらには時間の生成結果だという穏やかな把握替えまで起こってしまう。

想起がひとまず詩篇単位で進展を終えたとき、回顧そのものの一巡的内包性をまで不如意に付帯させてしまう——それが江代詩の「時間」の第二法則だ。目的論的に回顧が志向されるのではない。あくまでも想起が「ふとしたはずみで」回顧へとゆらぐのだ。『みおのお舟』から一篇——

短軀のよろこび

小川から左右に這うようにながれ
わたしたちの喋り声が
ここで昇りひびきつづけた
みあげる木の葉の揺れるのはなつかしいよ
高い葉のしずんだ音にさえ
みみが慣れるのはおかげさまだ
ひびきつづけるわたしたちの輪のなかで
わたしはよろこんだ
喋りちらした声をからし
あかるい胸の思い思いがのこされた
わたしはわたしであることをよろこび
さし交わされたすべての声が
顔のうえから消えていった

（全篇）

なんとすばらしい詩篇だろう。「なつかしいよ」という具体的な述懐のみならず、動詞過去形終了の文尾が「回顧」的全体を調弦している。ただ江代的回顧はかたられるべきものに想起でとどくかとどかないか、ぎりぎりの全体性として組織される。音は小川のせせらぎと「わたしたちの喋り声」と葉音を混和し、ものごとは「揺れ」、「わたしたち」はふくすうである本懐を遂げるため「輪」形をなしている。

わたしたち、とりわけ「わたし」は想起＝回顧のなかで、世界にたいして短軀でなければならない。なぜなら「みあげ」をつうじ世界事物に純粋に囲繞されることが敬虔さのあかしだからだ。至福にかこまれることは、主体的にはちいさくなることを付帯する。木立をとびだすほどの巨人の背丈などひつようない。ちいささは、顔からかこみにむけ声がきえるあまやかさまでよびこむ。時間が推移するためには以上の空間的な条件が要るのだった。それにしても植物を視ることが江代的知覚の根幹をいつもなすのはおどろくべきことだ。

この意味で短軀の存在論ともいえる詩篇だった。現実の江代さんはたしかに小柄だ。その意味で実在の身体が詩篇のなかに刻まれている。ところが短軀は子どもの条件でもあり、しかも木立との比較では人間や動物そのものの刻印なのだ。声がひろがるように、ここでは短軀というからだのありかたが、全生物的に時間領域を浸透している。このことで「内包」が結果される。

時間が上方を見出すのなら、それは条件次第では水平方向にたかみをも見出すだろう。おなじ『みおのお舟』から——

鍵

ある日母が駆りだされてゆき

ふるい寺院の修復工事に加わっていた
わたしはその高い屋根が見渡せる所までしりぞき
手洗い場のはしらのちかくから
ひとりの姉とみあげていた
あれはどこの高い屋根で
わたしを誰だといっているのだろう
かえりに姉が鍵を買って
わたしのてのひらにのせると
それはしずかな水紋をたててしずみはじめ
道すがら底ふかくみえなくなった

（全篇）

古刹の修復を地縁で実母が手伝ったというのが、作者の具体的な記憶内容であるのはいうまでもない。母はその増員仕事に忙殺され、母のいるだろう場所を姉と「みあげる」この一事から、幼児期に訪れやすい寂寥がおよんでくる。たぶんわたしはこの母の不在傾斜により、「鍵っ子」状態を濃くした。それで姉が必要だと合鍵を買いあたえた。

「理路」をそのように「修復」的に読んで、とおくの水平をわずかな仰角でみあげる（しかも「見渡す」には「しりぞく」ことが必須となる）詩篇の力の方向性が、とつぜん変化する。つまりてのひらに鍵がしずかにおとされる鉛直性にすりかわり、しかもそのてのひらがさざなみをたたえる湖面となって、水紋の中心に鍵を降下させていったと「回顧のみだれ」が生じてゆく。時間推移は方向性の錯綜により、回顧をこうして内破する。ところがその内破の瞬間こそが回顧の真の対象なのだった。作者はその出来事が「道すがら」の学校帰りに起こり、起こしたのが姉で、その理由がなんであったかも（言外にだが）しるしている。

力の方向性を想起することが付帯的な回顧をも具体化する。さらに『みおのお舟』から引こう——

庭

せまい庭先に生き生きとかがやいていたあの草のあるひかりのなかへ
そこのあばら屋で　歯をみがいていたやさしいひとの視野のなかへ
こざっぱりとした体つきでわたしははいっていった
そこで腕をひろげ
口をつきだし
前かがみになってながれる物音をきいていた
わたしたちの吐きだした水が溝へゆかず
おい立ったみどりのくさのなかへ　主張してまぎれこんでいくのを
（全篇）

詩篇のおわりが不安定とみえるが、「きいていた」の反復が省略されているとかんがえればよい。一読のさいには情景がのみこめなかったが、成瀬巳喜男『驟雨』での佐野周二と小林桂樹をおもいだした。往年の日本人は朝の歯みがき（口の漱ぎをともなう）を庭先の空間でおこなう習俗があったのだった。

「やさしいひと」の庭には簡易な水飲み場がもうけられている。そのひとはそこで歯をみがくが、「わたし」はそのひとを意識し、ならんで歯みがきをおこなうのをためらい、なおかつそのひとの視野にはいって自分の存在化を望んでいる。「こざっぱりとした体つき」が抜群の修辞だが、それは「わたし」のもともとの属性であるとともに、寝巻から一日再開のための身支度をおえ、すがたがととのえられたことをもしるしているとおもう。

水飲み場からの排水溝は庭をほそくえぐり、それが庭のそとへとつづいている。わたしが歯みがきにえらんだのはその中途だ。そうすると口から漱がれた歯みがき粉のとけた水は、排水溝でそのひととわたしのものをまぜる。それが合一をときめかす。ところがときめいた途端に、そんな愛着が不純だと「主張して」、それは「みどりのくさのなかへ」「まぎれこんでいく」のだった。自己抑制。

ひとがひととともにある時間のひと齣がこのように回顧されたとして、それが回顧にとどまらない時間推移なのは、その「やさしいひと」と「わたし」が空間的に並置されつつ、しかもおなじように口許から鉛直に、くちにふくんだ歯みがき粉のとけた水を、ややかがみながら降下させているためだ。つまり並置の水平性と、漱ぎの鉛直性、その縦横の双対性が空間を織りなしたとき、それこそが想起されるべき時間の質だと認識されていることになる。こうしたものの至純形のひとつが小津『父ありき』の父子の流し釣り場面だ。ミニマルな事実依拠のようだが、「双対的な空間成立」が「時間想起」を付帯させる点は、想像＝創造力の原基だという点を確認しておくべきだろう。

時間は空間と分離できない。ところが時間単体は分離的だし、空間単体も分離的なのだ。ということは、すべての縫合をなしとげているのが、それじたい分離であるものが別次元で複合されるときの、一種のかがやきにほかならないことになる。複合に力の方向性があって、江代詩はたんに事実の回顧ではなく、以上の世界法則を定着させるために、精確に「想起されている」。おなじ詩集から、①「奥」への力から何が「分離」していったか、②夕映えた山肌から何が「分離」していったか、それぞれをしるすことで、時間を実質化させていったみごとな二詩篇を立て続けに転記してみよう。①が「幹をつたって」、②が「山の小鳩」。解説は付さないが、どちらにも聖なる顕現＝エピファニーがある。むろん時間が劇的になるのはこのエピファニー時だが、江代的なそれはことさらミニマルであろうとする。この意味で「敬虔は敬虔により二重化されている」といえる。

幹をつたって

幹をつたって葉のしげみにはいると
こちらから見えるものすべてが
太陽のひかりに揺られ
その輪郭をあらわにしている
蛇のようにまがり伸びたほそい幹から
無関係にささげられた枝のさきまで
かさなりあった
おおくの美しい葉のしがらみのなかに
なによりも明晰な意味をもつとおもわれる一枚が

張りきったみどりと
周囲に棘のあるみずみずしいかたちをあらわにした

（全篇）

＊

山の小鳩

松や土屑を切りくずし
蓮のしおれた湖水を吹き渡っていた風が
山頂の
ゆるやかな斜面に火をはなった
そのすがすがしい対岸の山焼きにみえたものが
ほのおを空へ隣接したままきえてゆくと
それまで足もとのなだらかな斜面をはなれ
崖の枝にまぎれて
ながく丘に触れていた色も淡い小鳩が
むらがる岸のかがやきを背に
形状のないひかりのなかへ飛び去っていった

（全篇）

5

時間推移にかかわる江代的想起は、「たりなさ」と熾烈にむすびつく。ある局面からそれが円満する局面までの詩篇内推移をみたすのはじつは「たりなさ」で、これがありようとして喩辞や被喩辞のすくなさ、もしくはそれらの消滅までをも付帯させてゆく。結果、うつわ状の状態にできあがったなにかが時間化されても、それがそれじたい以外の何ものすら言明しない透明性があらわれる。この事態を江代的「減喩」あるいは「無喩」といっていいだろう。

じっさいそれはなにも喩えていない。詩的修辞は構文そのものにひろがっているだけで、フレーズ主義的、作為的な工夫も経由されていない。展開によって多時間がつながってゆくほかに残余のないエシロ語は、江代のみがしるしうる特異性により、「すくなさ」を「すくなさの喩」、「綾のなさ」を「喩のないことの喩」へと清潔に反転させてゆく。空隙をゆらすことは一部達者な詩作者ならするし、それをかたちやちからへもかえる。ところが江代的な事態とは、空隙が空間上のうつわとなって、それが時間の両端（発端と終了）を釣合わせ、みなぎることがたりなさとむすびあう点だ。もちろん「語りえないこと」を語らず、みずからを減殺していった結果だが、これが推敲による「削り」ではないとも前言した。むしろ江代詩では、「たりなさ」や「なさ」が「書いている」。

貞久秀紀の「減喩」は、再帰性にむけことばが翻転する、あるかなきかのその回転面積にたたえられる。したがって同語反復が指標となる（たとえば「夢」〔『昼のふくらみ』〕の達成）。いっぽう江代的な減喩／無喩では、行数がすくなくとも、あるいは構文そのものに再帰性があろうとも、語彙そのものは重複を避けられ、相互が均衡をたもつよう分岐している。おなじものの再帰によって減算がはかられる貞久詩と、ちがうものなのにすべてが認識の特異性をつうじ減算へと帰順してゆく江代詩。貞久の方法が顕在的なのにたいし、江代の方法は潜在的と映る。
歴程新鋭賞をうけた『白V字　セルの小径』はのちのさらなる大輪『梢にて』へつながってゆく架橋だった。敬虔な想起が豊麗さをしるしてゆく『梢にて』では自充としてあらわれたものが、『白V字　セルの小径』ではまだ「すくなさ」として凶暴なひかりをはなつ局面がある。代表格が以下の詩篇だろう。

道

却ってここにきて古びたと知れるのに
わたしたちの知る窪地に堆積したごみのひとつひとつが原形をたもち
そのひろい土の範囲を円形に掘ったごみの寄せ場のちかくへきて
ここからもう一方のあそんでいる敷地へと出ていくのであり
その際を通るときにもわたしたちは
殊さら注意することなくほがらかによろこびあるいた

（全篇）

「よろこび」ということばはあるが、感情は明示的な状態では読みとれない——それこそがひとつの「世界感情」だ。あるくとごみを投げ入れられた窪地のきわにいたり、歩を転じてややあゆみすすめると、こんどは内容物のまだない敷地のきわにすすんで、そこへ「わたしたち」はあゆみをのばした

——これこそがあゆみの「よろこび」であり、そうかんじる「わたしたち」がさらに「古びた」と詩篇ぜんたいが語っている。これがはたして「意味」や「暗喩」といえるのだろうか。

詩篇から推察される「わたしたち」のうごきは、おそらく俯瞰視線からとらえれば、不完全な8の字をえがく様相なのではないか。円満的な完了性がふたつながらにつらなりながら、それがひらかれ、さらにほぐれているうごき。このうごきは体験の習熟によって歓喜とむすびつく。それは移動する回遊であり、回遊的な未完成なのだ。

たとえば海上の渦——それも窪地を逆円錐のかたちにつくる——の中腹をまわりつづけながら奈落の中心に近づいてゆく漁船の恐怖をつづったポー「メエルシュトレエムに呑まれて」では、巨大物の中心への吸収が相対的に速く、それで船乗りが樽へと乗り換え、待機と耐乏の果てに渦の消滅を待つ経緯がスリリングにえがかれる。窪地とはその意味で「吸収の段階化」とよべる。詩篇「道」中の「際《きわ》」は段階化てまえの段階で、それが回遊空間だと詩篇がおそらく語っている。だがこのことは明瞭には訓示にむすびつかない。

たった六行で構成された詩篇は、前提がない状態、いきなり「却って」の無媒介性をもって開始され、ごみ廃棄への批判もさだかでないまま、特殊な地形における歩行運動をやや迂遠な推移でしめし、それでもその歩行は進行したままの「おわりのないおわり」で中断的に終結されてしまう。けれどもこのときのうごきがひとつの時間的なうつわをつくりあげて、想起が回顧性をたちあげてゆく。

この不如意が倒錯的な色合いをおびずに歓喜にすりかわっているとみえる。だからこの詩を教訓化しようとするなら、そこに出所不明の哲学が介在されることになってしまう。「はじまるならおわらない」「あゆみの単位はふたつの中途半端な曲線でかまわない」。この見解のてまえをことばがみちているのだ。ことばじたいは親和とも非親和ともよべない。あらゆるもの「それじたいの」「中間性」に、ことばがひろがっているためではないか。しかも「かたりえない」以上を、ことばがかたってゆない。自己の権能を誤解したうえでのなんの撞着もない。

『白V字　セルの小径』をひらくと、以上の冒頭詩篇のつぎの見開きにもこれまた画期的な詩篇「焚火」がすがたをあらわす。全体はややながくなるが、そこでは廃物が自己展開して、廃物として自己確定するまえに、聖なる柱を垣間みせる推移がエシロ語でつづられている。ここでも類推がきかない。炭がもえることをやめるまえの衰勢と変化が、適確に想起されているとはいえ、その炭はもえている最中でもただの物質的な炭であって、なんら「情熱」などの喩ではないし、炭化にツェラン詩などへの目配せのあるわけでもない。

無前提でそれゆえに単独化する詩世界がまさに「このもの」であって、ところが「このもの」へわけいるまなざしが、ひいては推移そのものの想起が繊細だから、読者は引き込まれてゆく。喩のないまま、「構造」だけに拉致されてゆくのだとすれば、構造だけがそのまま減喩・無喩にのこるものともいいかえられる。それがつまり「あるもののある」「世界」ではないだろうか。

音韻や律数をもちい、ことさらに音楽にみずからを寄せるわけでもないのに、江代詩が音楽に似てしまうのは、どちらも意味の具体性がないのに構造だけが前面化して、脱意味が意味を包含してしまうためだ。ところが江代の書いているのはことばであって、ことばそのものが、音符や和音、演奏音の物質性とちがい、必然的に意味を付帯させるのだから、江代詩に脱意味をもかんじるときには、音楽とことなり、ことば上の意味、その熾烈な減殺が作用していることになる。

これをさらにいいかえると、減殺が意味になる減喩的な事態がその内実にあらわれてくる。減喩とはむろん「圧」にかかわらない、それでもことばに課せられた別流だ。「圧」とちがい、読まれるのもことばそれ自体にちがいない。となると空隙は、ことばの背後やならびのすきまにあるのではなく、ことばの「それじたい」にある。こうした見取りが江代詩では精密なのだ。

焚火

燃える火は顔をかくし
立止まる友の口からなにを聞かされても
わたしのよろこびがくもることは
けしてなかったのに
取り片づける者たちがきて
わたしたちの足もとに
くろい消し炭があつめられる
燃えつきる冬のさなかに受入れ
赤い花をもってみなで固まると
たたかれた炭の
ひとつひとつに
しろい条のような骨があらわれ
ながい切りきずが引き裂かれると

その所所から血のしずくが滞ってながれおち
骨が割れはじめ
内部からわたしたちの
ふくらんだ肉の筋がうかがわれる
（全篇）

「条」は「きず」を経由して「筋」に変化しているが、それが「肉の筋」へと一種の倍化をみちびかれているのは、「しずく」が血色にしたたっているように炎がみえ、それが「赤い花」をもともなって感覚されるためだろう。ところがそのような炎のエロティックな動物化が、「それじたいの変容」をしるす以外のなんの効力ももっていない点がこの詩篇の清潔さなのだった。

「推移」への江代的なまなざしは貞久どうよう静謐だが、推移そのものへの注視が、なにが推移しているのか不分明になる渦中の恐怖を分泌することも一般的にはありうる。「赤」にたいしてあらわれたこの感覚を縮約したものとしておもいだすのが、蕪村のつぎの滅喩句だ――《閻王の口や牡丹を吐かんとす》。舌の位置にあるから牡丹が赤と幻覚されてしまうが、閻王＝閻魔は冥府で虚言者の舌を抜く裁き神で、彼のいとなみが彼の口許に重複して反映されている。しかもその時制が現在進行形で、潜勢が顕在にすりかわる寸止めの「渦中」なのだった。変異の恐怖、渦中。しかも渦中が渦中性しかつくりあげない。これも滅喩的なものの属性だろう。

この奇怪句を視野にふくむと、蕪村のほかの牡丹句も、「渦中の渦中性」、その自己再帰的恐怖を放っているとかんじられてくる。ただの絵画性に蕪村を収斂させてはならない。《牡丹散て打かさなりぬ二三片》《寂として客の絶間のぼたん哉》《地車のとゞろとひゞく牡丹かな》《ちりて後おもかげにたつぼたん哉》《牡丹切て気のおとろひし夕かな》《山蟻のあからさま也白牡丹》。減喩がひとつの時間操作だとすると、それは渦中の脱自明的な露出にかかわってゆくのではないか。
江代の「渦中」もまた可変的――よって脱自明的だという例を、おなじ詩集から例示してみよう。

道のなか

滝沢さんと息子とが店の前にでて
通りがかったわたしの名をしきりと呼んでくれ
わたしが入ってゆくと
野原から道のなかへ
捧げるように持ち帰ったくびれた棒を
二人はよいものとしてほめてくれた
杖をつくと
わたしの腰にまでとどき
横にするとそれよりもさらに長目にみえた
投げてごらん
蛇になるからと彼女がいった
棒はただちに転がって三つのかたい音を立てた
それは道の上から

野原へのたうち這ってゆくことも
みずから隠れることもなくしずかに蛇にかわり
わたしたちが囲み
みつめ合うまなざしの只中に
捨ておかれていた

（全篇）

「蛇」が樹木や鳥につぐ、江代詩のけしきなのはいうまでもない。江代はむろんキリスト教世界につうじているから、それを原罪の象徴とみなすこともできるだろうが（ただし現代詩文庫表四の著者略歴にしるされているように、江代の受洗はなんと〇九年にいたってからだった）、象徴詩的な還元にもともと江代詩は馴染まない。そのように読解しようとする接近を詩篇そのものがはじく。だからこそ減少などの「構造」がいわれなければならない。

最後から二行目の「只中」が蕪村で指摘してきた「渦中」だ。路面店をいとなむ「滝沢さん」とその「息子」が媒介になり、わたしが「野原から」「持ち帰った」棒（それが「くびれ」をもつことから牝性もわずかに分泌する）が「杖」へ、やがて路上に投げられて「蛇」へと「変容」する。ならば「変容」「可変性」が詩篇の主題なのかというと、最後の「捨ておかれていた」にあるように、変容の静謐すぎるのが奇妙なのだ。

「道のなか」と詩篇タイトルにあるように、ぜんたいは水平性が内部をもつ平滑空間（「条理空間」と対比されるドゥルーズ用語）を舞台にしている。「管理」権力によって平準化のもたらされる条理空間にたいし、平滑空間では無媒介な邂逅や連接が起こり、事物の潜勢力がとつぜんに点滅しだす。棒から蛇への変容はそうした位置に置かれている。

ところが減喩的な空間の提示が詩篇の眼目だとすると、その空間内部の潜勢力が棒状のものの綻びになっている。ドゥルーズをはなれ、この詩的直観がすばらしい。ドゥルーズとはべつの奇観なのだ。それは事後の静止ではなく、事後のゆらぎつづける脱自明性、その微視的なしずかさと均衡している。蕪村のさきの牡丹句でいうなら、《ちりて後おもかげにたつぼたん哉》《牡丹切て気のおとろひし夕かな》とひびきあうものだ。いずれにせよ、聖性にかかわってもかまわない江代的な「象徴」はかかわっているし、終わりから二行目の「みつめ合うまなざしの只中」のなかにこそ「もと棒の蛇」がいる。蛇は、ほんとうは路上にはいないのではないか。そうかんがえて負の潜勢力がただよう。

ゆれる可能性のあるものが、ひろがり「およぶ」とき、江代的な想起は至福へたどりつく。ただしそのための要件は「すくなくて」済み、この枠組にあるミニマリスムが江代的な謙虚さ、敬虔さともいえる。以前に夢のなかの「沢蟹」にかかわり、『白V字　セルの小径』から「底の磯」を引例したが、貞久「夢」とはちがう「夢のなかの」「つつましいあふれ」をおなじ詩集から引こう——

こころ

ゆうべやすむためにねむろうと
わたしの閉じてなじんだ眼に
時田骨接《ほねつぎ》の曲がり角がうかび
そしてそのほそい横道にあたる山川小路を歩いてきたか

これからあるいて行こうかと立ち止ってみていると
まえからしたしいこの道の先を
木の蓋つきの素朴な井戸がさえぎり
半分は土に埋もれたさまざまな小石が
眼の前のちかくそこいらに散らばってうごいていた
いるべきかれのいないところを
こまかく踏みなじむこの私そのもの
つぎにさらにひとつのもの
ちかくに隔たった土地のうえに生きてふくまれる
父母のいる家が思い合わされてくると
その骨接の白壁のあたり
鉢植えのおおきな白いはんなが並んですがたをあらわし
あかい飛び火のまじったはなびらの幾つかが
留めたそのあしもとへ屈むように咲きおよんでいた

（全篇）

途中《いるべきかれのいないところを／こまかく踏みなじむこの私そのもの》のくだりが幽体離脱的だ。園芸用「カンナ」とちがい、「はんな」が植物かどうかわからない。「鉢植え」で「白」の「はなびら」に「あかい飛び火のまじった」「すがた」をもつとしるされているが、「エリカ」同様、「ハンナ」の洗礼名＝女性名かもしれない。名称はあやふやであっていいのだ。冒頭二行から知れるように、就寝まえの瞑目にうかんだ往年過ごした場所、その夢うつつの光景のなかに詩篇がひろがっているからだ。

それは「内部」から「内部」への方向性をもつ。奥津城のあふれとして「咲きおよぶ」幻影のようなものに詩篇がむかっている。思念の自己規定が不能なこと。そうした患部がしろいという就眠直前の自覚がうつくしい。

「最深部」へいたりつくすまえに、現実から非現実へのグラデーションをもつ「中間」が経由される。記憶の具体物としてなまなましい「時田骨接」(おそらくは往年の藤枝の商店街に存在していたのだろう)、それの位置する曲がり角から、「想起」は川沿いに迂回する。井戸がみえ、「小石」がみえてくる。それが「そこいらに散らばってうごいていた」と感覚されるのだが、では「うごき」の動力はなんなのか。水力、傾斜、風力、それらのいずれとも明示されず、主体の歩行が沿っているはずの「川」すら涸川かどうかわからない。だから「散らばってうごいていた」が反物理性として不気味に突出する。

夢の記述は自己再帰の逆説にいたりつく契機となるが、「とりちがえ」「自己の分立」「同心円的外延」「類推の横行」「輪郭の消滅」「光源の喪失」「身体の稀薄化」など、ロマンティックな翻転を予定しがちだ。ところが江代的な夢では、大々的な模様替えがおこなわれず、やはりその極小がつつましくほころびるだけだ。それでも「咲き」「およんでいた」の措辞にある「およぶ」が区分侵犯をしつづける。むろんこの法則は現実(想起)にも適用される。

「およぶ」はあふれて、形象としては「数」へと転化する。江代的な数は「無数」「総数」としてやがて瀰漫との弁別をなくす。「数」として抽象化されたものが、けして矮小化とかかわらない点も特異だ。算えられないか、あるいはあいまいに算えられる数は、範囲であり、ひろがりであり、それじたいからもれでたオブスキュアなのだった。

これもまた『梢にて』以降に完全定着される世界認識だが、その端緒となる詩篇が『白V字　セルの小径』にあった。そこでは「鳩」が期待になり、ふくらみをつくる「この手」（その一部のかたちがV字をつくる）がうつわの可能性として限定的ながらひらかれている。この詩篇の引用をもって以上の江代論をおえよう。これまでしるしたことから、『梢にて』以降の江代詩へも、すでに対面のための自然な経路ができているとおもう。『梢にて』は詩文庫でその全容を読める。

V字

ふたりで十歩にも満たないうち
出掛けるべきはこの薄い日差しに関連した
ただ土のわき道に身を置いたこの場ではないか
鳩をみるあいだ
手でふくらみを作ると
からだの盛り上がった鳩が生きてうごいていた
ここで餌を得ることのある鳩が十数羽
ひくく地べたをあるき
この手のなかにもと

眼の前のわたしのなかへ願うきもちがたかまると
鳩がいてかれらが近寄り
総数として左右へのひろがりをみせていた

（全篇）

（二〇一五年八月）

減喩と明示法から見えてくるもの

対談　貞久秀紀×阿部嘉昭

暗喩詩から換喩詩へ

貞久　このたびは、鮎川信夫賞のご受賞、おめでとうございます。

阿部　ありがとうございます。貞久さんの『雲の行方』も候補でしたので、ぼくが受賞するとは思っておりませんでした。

今年の詩の大事件は、何と言っても現代詩文庫で『江代充詩集』『貞久秀紀詩集』の二冊が出たことです。貞久さんは、江代さんの影響を受けたと公言されています。お二人の作風は違いますが、どちらにも新鮮な意表を突かれ、しかもとても静かです。独自の言語観も一貫しています。

貞久　阿部さんと初めてお会いしたのは、五年前に葉月ホールハウスで江代充さんと高貝弘也さんとお話するイベントがあって、そのときですね。

阿部　そうですね。「詩の小径をたずねて」という白井明大さんが企画された二日間のイベントで、お三かたが第二部でお話されて、第一部では、白井さん、廿楽順治さん、杉本真維子さん、藤原安紀子さんとぼくがテーブルを囲んで話しました。

貞久　阿部さんは昨年『換喩詩学』という大きな本を出されて、そのなかで暗喩詩から換喩詩への移行を論じられていますが、暗喩詩と換喩詩はあらかじめ決然と分かれているわけではなくて、むしろ暗喩詩を換喩詩に読み換えていくような試みをされていますね。

阿部　個人的な体験でいうと実は、石原吉郎をどう読むかということが大きかった。石原には、ラーゲリ体験があります。その実際がやがて彼のエッセイで明らかになっていった。たとえば隊伍を組み歩まされている服役者たちは列の内側と外側に分離される。その外側の人間が雪氷によろめくと、銃殺の危機にさらされるんですよね。鹿野武一という人がいて、彼は率先して外側に身を置いた。そのお陰で内側にいる人間が、庇護された。その記述を一回読んでしまうと、たとえば石原の代表作「位置」が、この石原の個人的な見聞を原資にしているようにしか読めない。

ところが作品だけを、作者の事情を切断して読んだときには、行列の様相を捉えた優れた換喩詩として自立させて読むことができる。徹底的に様相の「部分」である詩。戦後詩は、戦争体験や政治への憤懣が土台にあるからどうしても暗喩的にはなりますが、それだと書かれていることの表面下に作者の意図を読み解くことになる。そうすると、石原の「位置」を虚心に味読するような面白さが、作者からの強圧によって衰退してしまう。だからぼくは「味読する」原点に詩を戻すために、暗喩詩から換喩詩への読みの変更を提案したのかもしれません。

江代充の詩

貞久　ぼくは、現代詩をほとんど読まずに来ましたが、たまたま本屋さんで江代充さんの『白V字セルの小径』を手にとって江代さんの存在を知り、その場に釘付けになってしまった体験があります。

それ以降は、私淑する気持ちで勉強させてもらっていました。ぼくはキリスト者ではないし、自分にとって都合のよい私淑にすぎないのですが。知覚体験を観念のほうへはなるべく行かずに、知覚したことにとどまって記述するにはどうしたらよいのか、それを江代さんがひとつの形で実現していると思ったんです。たしかに神の世界へ通じるところはあるのでしょうが、できるだけ五感で感じられたことだけを記述している。それなのに、普通のリアリズムじゃない理由は何だろう。霊と肉の二元論にたやすく分かれてゆくのではなくて、それらが一元論のほうへ動こうとしてゆく。その途中においてものごとが見えるもの、触れうるものとしてあらわれている印象があります。

ぼくの場合は明示法ということを考えたけれども、それは換喩と関わっていて、『換喩詩学』を拝読していると、阿部さんの減喩とぼくの明示法がどうやら通じているらしいことがわかってきました。これまで江代さんの影響をずいぶん受けてきましたけれども、それ以外にもそういう書き方をしている人がいるのかなと感じ始めているところです。

阿部　「減喩」は、『換喩詩学』のなかで、ぼくが提唱した「換喩」からの拡張概念ですね。換喩をズレにもとづくことばのうごきだとすると、減喩は減少にもとづくことばの穴づくりのようなもの。最近では、川田絢音さんの詩がぼくの言う減喩を想わせます。川田さんの若い頃の詩では、モダニズムの影響が強かったと思うんですけど、イタリアに移られてからは、圧縮された形でのロマンを詩にするというのか、ご自身が映画のヒロインになってそのなかにいる感じだった。そのうち、中国、東南アジアも入っているのかな、そういった場所を舞台にした詩を書き始められた。最初は、小説的なものを削り落とすことでことばの間を読ませて読者を攫うという感じだったのが、最近は、もう最初から発語が削られている。自分を減らしながら書かれているような、峻厳で深遠な感触が増している。

江代さんと貞久さんの詩も似た印象を受けるのですが、お二人には明瞭な差異があります。江代さんは同語をあまり使わない。貞久さんは意識的に使われる。五年前のその葉月ホールハウスのイベントの機会に、改めて真剣にお二人の作品を読んだんですけど、貞久さんの詩は比較的読みやすく、美しい円滑感がその独自の語法に通底しているのに対し、江代さんの詩は咀嚼と即座の再読へと導かれると感じました。ただしその段階で江代さんの詩集で読んでいたのは『黒球』以降です。その前のものが手に入らなかった。それで正面切って江代さんを論じることができずにいました。現代詩文庫が出てようやく『黒球』以前の全貌がわかるのかなと思ったら、その後、江代さんご自身からいただいた『昇天　貝殻敷』を対照してみると詩文庫に収録されていないものが多い。でも、落ちている詩が悪いかというと全然そんなことはなくて、何か乱数表的な偶然に任せて収録詩篇を選んでいるのではないかとさえ思いました。

貞久　江代さんは、作品をご自分で選ばれたんですよね。偶然を必然として出すということが江代さんにはあるのではないかと想像します。江代さんの詩には「正しさ」という言葉が出てくることがあります。普通ぼくらが考えている善悪の二分法で決まる正しさではなくて、それを超えたところで何か計らいがあってなされたことの正しさと言うのでしょうか。そういう視点を持っていらっしゃるのかな。目をつぶって偶然指さした作品が、その指さされたことにおいて正しく選ばれているということはあるかもしれません。

阿部　江代さんの詩を、一回読んでも何が書いてあるのかわからないと感じる人は多いと思います。眼下にあるのに論脈が記憶に残ってゆかない、だから読了後、即座にもう一回読む。聖画的な謎と静謐さがそうさせる。そうするとだんだんわかってくる。けれど書かれていることではなく詩自体がどういう形式で書かれているのか摑むのは難しい。ともあれ詩的な修辞をこねくりまわした詩ではない。先天的な「江代語」が存在するんじゃないか。ただ詩が書かれている経緯はわかる。ある知覚上の体験があったとして、その体験を思い起こすまま、想起のままに書いてゆく。変化もあって、『梢に て』以降は複文構造が増えてゆく。そうした構文のながれに従って視点もズレてゆく。単純化してしまうと江代詩の構造の多くはこうなる――《「何か」を知覚していると「何何」と思われた》。ラストは動詞の自発形が収まることが多い。この「何か」と「何何」の間に視点変貌を経由した時差のあるのが江代さんで、息が長い。それにたいして、簡明さを意図しながら、「何か」と「何何」に再帰性があるのが貞久さんではないか。文法的にはどうか。江代詩には言語学で言うシフター、いわゆる代名詞と「こそあど」ことばがほとんどない。論脈を示す接続詞もない。だからすべての構文が一回的にあらわれている感じがあるんだけど、けれどもそれらは江代さんの想起のなかではつながっているんですね。昔のことを書いているとしても、そこには回想ではなくて想起の要素が入ってくる。今朝あったことを夕方思い出しているとか、そういう感じで自分の幼年期をただ想起するだけ。今朝、梢に鳥がいたことと昔の自分に起こったことが同じレベルにある。江代さんが尊重しているのは想起のなかの順番でしょう。ただしそれが他の人と感覚が違うんでしょうね。

想像と想起

貞久　たとえば、ぼくが家に帰っていまの現場を想起すると、普通、順番があります。まずはこの会議室のドアを開けて入場して着席して退出するというように。でも、それを後からふり返って想起すると、時間の前後が乱れてしまうことがある。着席しているこの場からはじまって、退出した後でドアを開けて入場するという順番かもしれない。そうすると、時間とともに空間における視点も変わるので、想起されている景色はバラバラになってしまう。いまは、着席してテーブルが間近に見えているけれども、この後退出するときには背後にテーブルがある、と思ったら、背後にあるべきテーブルが前方のやや遠くに見えてくる、とか。そういう知覚の錯乱が起きる。けれども、それは全部知覚されたことで、想像されたことではない。

阿部　そうです、想像と想起は違うんですよね。想像には反省がないけど、想起にはかすかな反省＝自己再帰がある。往々にして現代詩では、想像、イマジネーションに価値があるとみなされる。でも結局、みんなが想像することに個人差などないですよね。だから詩を読みつけない人には現代詩が同じような色あいに見えるんじゃないでしょうか。江代さんの場合の、想起の個人差のほうがずっと革新的です。しかもそのなかで音韻的なレベルでの引き締めがある。だからたとえばシフターが落ちていく。文脈がつながらないところも出てくる。

現代詩文庫に収録されていますが、ぼくはたとえば「みおのお舟」っていう詩、最初全然わからなかった。ねずみ捕りを川で何かしている。何度か読むうちに、ねずみを水脈に放つ、それを一種の舟に見立てた、とわかってくる。たった七行の詩を呑み込むのに時間がかかる。ただしそれは、暗喩的な解読をするのではなくて、書かれていることをそのまま味読してゆくだけ。足らないものや省略はいっぱいあるんだけれども、すべては「明示」されている。暗示的に何かを含み込んではいない。そのあたりで江代さんと貞久さんはつながってきますね。

貞久　想像ではなく、想起というのは大事だと思います。書かれている素材は知覚体験しうる素材なんだけれども、想起されているので時間とか空間上の視点の錯綜が起きる。だけどそれは想像世界じゃない。想起によって書かれることの錯綜性があって、シフターの脱落というのもそれによって起きているのではないでしょうか。

江代さんに五年前にお会いして、ご本人を前にすると意外にしゃべることがなくて、何をしゃべったかまったく憶えていないんですけど、江代さんはぼくが持っている水のペットボトルを見て、それは酒だろって。ぼくが否定するのに、また寄ってきて酒でしょって言うんです（笑）。そんなどうでもよいようなことを覚えていたり、ただ、ひとつ貴重な言葉をいただきまして、記述する場合は、やはり文法的破格を起こすしかないですねっておっしゃったんです。ぼくはあの日、その一行だけを持ち帰って、それだけでよかったと思っているんですけど。文法的破格って、視点の錯綜と関わりがありますね。ダビデの詩篇にこういうのがあります。「わたしは常に主をわたしの前に置く。主がわたしの右にいますゆえ、わたしは動かされることはない」。変でしょう？　これはどういうことなのか。いまは前にいるけれども、時間が過ぎれば右にいるということもあるけれども、そういう視点のずれではなく、聖書の場合には神、主が空間全体に遍満しているということもあるのだとして、だとすれば、右イコール前イコール左というように、どの任意の一点からでも神のましますところは変わらないということかもしれない。超越的位置というのかな。

ただ、いまの話に戻ると、想起によって視点が変われば妙なことが起きる。つまり矛盾が起きる。江代さんはそれをきわめて微妙な破格によって、前が右であるというような破格ではないにしても、しかしそれによって文のあり方が根本から変わってしまうようなかすかな破格によって、想起の記述法を見出したのかもしれない。

阿部　ぼくが江代さんと話したことで憶えているのは、詩と文の区別はないんじゃないですかと訊いたところ、「そうだ」とおっしゃったことと、ちょうどその頃ぼくは大学で石川淳の授業をやっていて、何かの共通点を感じて訊いてみたところ、石川淳「も」好きだと。その「も」に詩と散文を弁別しない意識をさらに感じた。貞久さんもそうですが、現代詩の趨勢に染まらずにあらゆる書き物と等距離にあって、文と詩に区別がなく、だからそこに哲学的なものも入ってくる。

換喩詩と暗喩詩

阿部　「喩ではない詩の原理」が掲載された「ガニメデ」をお送りしたあとに貞久さんからお手紙をいただいて、ぼくの展開した「自明性の脱自明化」の観点が貞久さんの言われる「明示法」と関連があるのではないかと綴られていました。しかも『換喩詩学』をお読みになって貞久さんは、飛躍のある換喩と飛躍のない換喩とに分類なさっていた。先ほどの「想像」問題ではないですが、自分が興味を持っているのは、後者である、と。

貞久　それは部分と全体に関わることで、ある全体が無数の部分から成るとして、そのうちたとえば四つの、たがいに関係のわかりにくい部分を与えて、この四つの断片から全体像を想像せよ、というかたちのものが非連続的な部分から成る――飛躍のある――換喩詩。たとえば『換喩詩学』に出てくる《五月、金貨漾ふ帝王切開》（加藤郁乎）、これは四つの部分から成っていて、暗喩詩として読めるけれども、阿部さんは換喩詩に転換しています。その際どう読むかというと、四つの部分を外延化して広げてゆくことによって全体に至り着こうとするわけだけれども、そうすると、無数の断片のうち四つしかないわけだから、どんなことにでもこの四つの組み合わせは当てはまるんです。この四つの部分の外延化は、極端に言えばすべてのことに当てはまってしまうので、結局はこの句が特定のことを何も言っていないことになり、全体が空虚として出現してくる。これが、全体と部分のひとつの関係です。

もうひとつは、たとえば佐藤佐太郎の《おもほえず目覚むるときに硝子戸と白壁とありて夜半も見えをり》。写生の短歌や俳句における部分と全体の関係です。さっきの句は、いわば無数の断片から成るジグソーパズルのうちの断片四つが与えられて、全体像を想像せよ、という趣の句でした。それに対してこの歌は、五つの部分から成る全体のうちの五つをすべて与えておいて、全体を想像せよ。それでも、想像するまでもなくすでにそのイメージは頭に浮かんできている。すでに浮かんでいるイメージをどうして想像できるのか。この歌には、目に見えているものをその見えているままに想起せよ、と促しているかのような不思議さがあります。

阿部　まさに貞久さんの言われる「明示法」ですね。佐太郎のその歌は、「おもほえず」という歌いだしに妙味がある。「目覚めるときに」「見えをり」の重畳感も冗語性のなかに微分が起きている。写生一般にそういう問題がありますね。見えていたのは「夜」なのか、「硝子戸と白壁」なのか。どちらにしてもあまりにも即物的です。いま述べたものすべてを「減少素」と呼べるかもしれません。それでこの歌に減喩を感じます。ぼくは『換喩詩学』で葛原妙子の《青き木に青き木の花　繊かき花見えがたき花咲けるゆふぐれ》を引きましたが、通常、短歌で減喩的なことが起こるのはめずらしい。

貞久　《青き木に青き木の花》という同語反復は、形而下のことがらでありつつ形而上の或る心のあ情の加算が像の加算と相即するのです。その法則が外れると、恐怖にちかいものが走る。

り方を語っているように読めます。想像の余地がないほど全体像は明確であるのに、その形而上の心のあり方を想像しなければこの歌の意味がわからないような感じを抱かせる。江代さんの詩で言うと、「馬が歩きながら幅のある小径をゆく」といった表現に通じるところがあります。幅も小径も知覚できるものとして提示されているけれども、幅のある小径って言われたら、じゃあ幅のない小径、そのような形而上の小径がどこかにあるのかなとふと考えてしまう。けれど書かれていることは、結局は「幅のある小径」という形而下のことだけなんですね。そこに江代さん的な暗示があるんです。

佐藤佐太郎の歌では「見えをり」というところで、自分が見ていたんじゃなくて、勝手に目が開いていて見えていたというような受動性がある。また、「夜半も」と言うからには昼も見えていたのだろうけれど、それらは昼とは違う見え方をしていたのではないか、ならばどのような見え方なのだろう……と立ち止まらせる暗示性。そこの微妙な雰囲気ですね。

阿部　先ほども言いましたが、「思われた」とか「見受けられた」というのは、江代詩に多い終わり方ですね。いわば世界が自分に入ってくる。そうなるために私自身が減少しているのです。減少も生成の一種です。それを知覚する自分自身はたしかに存在している。この生成と存在の同時性がポイントでしょうか。

貞久さんも『雲の行方』で素晴らしいフレーズを書かれていました。《今あそこにすでに浮いているちぎれ雲が、今あそこに現われてくる》。こういう知覚は、私とは何かという問題にも関わってくる。

貞久　たんに健やかに目覚めていくんじゃなくて、自分以外の何かわからない促しでぱっと目が覚めてしまったような、そういう受動性にもまた、生成と存在の同時性という契機がふくまれているのかもしれません。一見すらっと読めてしまって何も書いてないじゃないかって歌だけれども、「見えをり」っていう動詞の使い方とか「おもほえず目覚むる」という、誰でも経験がありながら考えてみると怖いことをさらりと書いているので、写生が同時に象徴的な怖さを持つような、ぼくはこれも減喩の一種と考えているんですが。「金貨」の句のように全体へはてなく広がってゆくのではなしに、文字通り書かれてあることそのものが十分に全体であって、たえずその小さな全体に広がり帰ってゆくという意味において、自己再帰と言うのかな、そういう方向性を持っている表現。

阿部　知覚に対して再帰的な思考が介在した場合には、知覚から自明性が消えてゆく。これが減喩の効果なのではないか。実際は微妙な時差が介在している。いま見ているものは、さっき見始めたけれど、いまも刻々と感知されている。この時間性を掘り起こしていくと、下手すると自我がゲシュタルト崩壊しますね。

俳句ではたとえば、高柳重信が絶賛した《両岸に両手かけたり春の暮》(永田耕衣)。同語がかぶったときには、意味が減る。それとこの句では像、つまり視覚的なイメージを思い浮かべようとしたときに身体が消えちゃう。それでも視覚的イメージをつくろうと鑑賞が向かう。「両岸」というからには川だろう。その両岸に手をかける身体は巨大化して川に仰向けに浮いているんじゃないか。そう考えて想像がもつれる。空転するなかに、たしかに意味の入り込むべき容積があるんだけど、その容積が具体を指示しない。だからぞっとするんですね。

貞久　「春の暮」という季感に自分をずっと沈めていくと、身体のなさのようなところへ行き着く感じでしょうか。この「両岸」を彼岸と此岸と読んでしまうと、つまらないということですね。

阿部　はい、この句はそういう読みを拒絶する。書いてあるとおりである、と耕衣も言うんじゃないかな。

貞久　減少が可能性を増やすというさっきおっしゃったことについてですが、そのような換喩詩は暗喩詩に近い印象を与えて、暗喩詩としても読めるようになってくるんでしょうか。暗喩詩と換喩詩の関係は。

阿部　メタファーの詩というのは、解読したときには、これだというところに落ち着くでしょう。本質的に減少しているものは、減少の無限継続まで孕み込んで、納得をもたらさない。空隙が運動して、揺れている。句の中枢部分に空隙があって、意味の決着をつけずに揺れている印象ですね。もしかしたら、そこにそもそも意味はないのかもしれない。

貞久　イメージのわかない作品を前にしたときに、人はわかろうとするので、それを暗喩として読む読者が出てきます。どっちで読んでも構わないんだけど、阿部さんとしては換喩で読むほうが読みの可能性が出てくると？

阿部　暗喩と違い、換喩は納得の構造から外れ、語の運動だけを追うことを促されてゆく。そこで読みの可能性が増すとすれば、構造への注視がふかまるためだと思います。暗喩では直近の類似物に眼が眩まされてしまう。ただし換喩の亜種で、さらに奇怪な減喩では構造そのものの揺れに直面させられることになるかもしれません。

　安井浩司が絶賛している河原枇杷男の句にもこんなものがあります。《秋の暮摑めば紐も喚《おら》ぶかな》。ここでも「紐」を具体的に視覚イメージ化できず、句の全体が揺れてしまう。

貞久　『換喩詩学』で、なぜ暗喩から換喩へ推移しようとするのか、あるいは、暗喩詩として読める詩を換喩詩として読もうとするのかと考えたときに、ぼくなりに考えたのは、暗喩は謎をつくるから、阿部さんの言葉で言うと肉の塊みたいなものをつくるので、暗喩詩の場合は「『私をほぐせ』という命法が権力的に作動する」。暗喩詩を与えられた読者は、それをほぐそうとがんばる、そのとき、作品と読者には権力者と非権力者、支配者と被支配者という権力構造が発生する。そういうのをこわそうとして、阿部さんは暗喩から換喩へという、新しい人間関係のコミュニケーションを開いていこうとしているのかなと思ったのですが。

阿部　そのとおりです。権力構造がきらいで、うごくものが好きなのです。

貞久　暗喩詩を換喩詩に読み換えることができるということは、換喩詩を暗喩詩に読み換えることもできるということなので、そうすると権力構造はそのまま残存することになりますが、そこはどう考えたらよいでしょうか。

たとえば「金貨漾ふ帝王切開」って何だろうなと読者は思う。謎が生じる。そうすると、換喩詩として読むにしても、謎を解こうとする限りにおいて解く側と解かれる側が出てくる。意味の欠落した断片の空虚な塊、つまり「ないもの」の外延が広がって全体となっていくので、その広がった全体って何だろうと読者は考えます。「私を外延として広げよ、私を果てなく広げよ」という命法が権力的に作動するということですね。そうすると、読者はやはり被支配者であるという構造が生まれないだろうか。

阿部　暗喩的なものは、読者が作品を通じて作者まで至れという命法をたしかに持っている。それが厭なのです。ぼくはロラン・バルトの言う「作者の死」に熱狂した世代ですから。加藤郁乎の《五月、金貨漾ふ帝王切開》は、たしかに貞久さんのおっしゃるとおり、「五月」「金貨」「漾ふ」「帝王切開」という四パート（部分）のスパーク（全体）で、実は構造がうごかないかに見える。ただし、「五月」

のあとの同格の「、」に一見つよい負荷がかかっているように見えて、ノンシャランな感じがします。だから全体感にかかわらない経緯で外延に句世界が伸び、それで木漏れ日が見え、光景の深さが「帝王切開」されるんじゃないか。少年時には熱狂した前衛句でしたが、耕衣「両岸に」ほど価値はないかもしれませんね。郁乎の「五月」句は換喩としては読み直せるけど、減喩句にはなりません。

　ちょっと視点を変えてみましょう。暗喩の原理が類似であるとして、遠い類似もあるんじゃないか。作者が類似していると思っているだけで、外見には類似が感じられないほど遠い二物。そうであれば、換喩の原理である隣接にも遠い隣接がありうる。本当の味読に値する詩には細かい遠近、その多元的分布が織物のように内在しているんですよね。テキストの持っているテキスト性は、一定のトーンではない。そういうことが読者を救う、多元性を持った構造であるということが。

自分を減らす

阿部　ぼくには、詩に入る入口のひとつに音楽がありました。たとえばエリック・ドルフィーブッカー・リトルのアルトサックスートランペット同士が単音でデュオするバラードがある。計二音しかない刻々の音の推移というのは、二音ですから、瞬間瞬間で無限のコードの可能性を呼び込む。そのときに「すくなさ」が「ゆたかさ」だと気づいたのです。コードそのものではなくコードの可能性がゆらめく。より詩に近い歌詞ではどうか。たとえばニール・ヤングに「ハーヴェスト」という曲があるんですけど、歌詞が足りないんですね。詩的世界としては曖昧で不足を感じる。ところが歌われた瞬間、足りないものは歌を通じて身体化される。足らないものが持っている独自の感情が足りない身体を通じて出てくるみたいな感じ。一方、ボブ・ディランに代表される、過剰な暗喩構造がいっぱい入っている歌があるけど、それは、朗誦されている詩と同じ響きしか持たない。そのときに減喩的なものに目覚めたのかもしれません。

英語詩の多くは暗喩的な読み込みがなされる。ディラン・トマスの註釈など、細部と「詩人自身」をつないでゆく暗喩解読ばかりでしょう。華やかだけど、少しも自分が減っていない。日本語の構造では、主語が飛ぶなど、自己の減少に馴染む。ニール・ヤングの「ハーヴェスト」はそれを使用代名詞の曖昧さによって実現したのです。

貞久　「語と語の重畳」ということを書かれていますね。語と語が暗喩的に重畳するとそれによって読者は、作品あるいは作者の背後の文脈を一生懸命探ろうとする。それをあるとき、断ち切ったということですね。

阿部　トランプのカードで言うと、暗喩詩が表向きのカードの下に裏向きのカードが重なっている状態だとします。換喩詩は、扇型にひらかれた手札が見えている状態で、並べ方はばらばらだけど、読者はそのばらばらにこそ参入できる。減喩はカード二枚がぽんと表向きに置かれて、これ何？という感じでしょうか。

貞久　言葉はそもそも欠落を抱えている。しかも、言葉が抱えている欠落とは、その言葉自身への喩である——動きである——ということでしょうか。たとえば、「この本」と言う場合には、この本以外のものは全部除いた上ではじめて「この本」と言えるわけだから、この本以外のものすべてを欠落させることなしに「この本」と言うことはできない。すると、欠落を抱えた言葉をいくら連ねても欠落感が増すばかりでしょう。ではどうするかと言うと、沈黙するほかないということが一方ではある。

しかし阿部さんは、むしろ欠落を育てて、言葉を使って、たぶん減喩という方法によって、全体にまで「ないもの」を広げることによって何もないという空虚な充実感をつくりあげる。そういうあり方で欠落の反対の充実性をつくっていく。そういう意味で言うと、欠落を足してゆきながらそれが充実感に反転するわけだから、撞着語法性が阿部さんの言葉への態度にあるわけですね。

阿部　でも、逆転の美学ではないんですよね。減らしていったら、最終的に増えていたみたいなことではない。暗喩的なものは構造がぐちゃぐちゃしていて密集性を持っている。換喩だともっと疎の状態になって、空間（空隙）が広がってくる。散歩をきっかけにしている詩って換喩的になる。なぜかと言うと、時空間のなかにすでに間隙があって、そこを身体としか呼べない詩的主体が移動するためです。ぼくが言う減喩では疎の状態の事物がゲシュタルト崩壊を起こす。このことが言語の問題とそのまま直結して、詩と哲学の拮抗が起こるんじゃないでしょうか。ただし減喩詩はその純粋形があったとしたら熾烈すぎる。詩は俳句ではないのです。それで多元的組成として、詩に減喩部分と換喩部分の分布が起きるんじゃないかな。

減喩と明示法の違い

貞久　話を聞いていると、減喩とぼくが試みている明示法の違いがだんだんわかってきた気がします。どちらも全体性への志向があるんですけれども、減喩の場合は、どうも柱の数が少ない。本当に少ない柱だけで読者をいろんな可能性へ導く。たとえば、全体を成り立たせている無数の要素をx_nと表わして、nが1から無限まであるとすれば、減喩というのは、全体のうちのx_3 x_{17} x_{28}というように少ない柱を与える。明示法は、全体がそもそも$x_3x_4x_5$のように三つの要素しかない。その三つを全部提示します、と。それらはかなり緊密に連続する関係があって、読んですぐ画面が浮かび上がるような、一種の写生と言ってよいかと思います。そういう方向の違いでしょうか。

阿部　貞久さんの『雲の行方』ではウサギアヒル図をきっかけに、三角形の図示が連続するでしょう。矢印をもって進展する三頂点は、明示物A－「何か」－明示物Bという共通構造を持つ。対象として自明にあるものと、その変貌結果として再把握されたものとの間に何か、オブスキュアなものが介在する。貞久さんは、再帰認識のなかにオブスキュアなものが挟みこまれるとされています。脱自明化が起こるときに感覚の細かいところで時差が起こる。この点では減喩と明示法にそんなに違いがないような気がします。

貞久　結果としての作品は印象がかなり違っていて、減喩的な作品は、要素と要素の関係が飛躍している。明示法は、理想としては小学生でもわかるような言葉と言葉の関係で画像を立ち上げていく。ただし、いざそれが立ち上がってみると、それはそこに明示されているものとは何か違うものを表わしているような印象を与える。何か違うものを表わしていると感じられるとき、画像はそれ自らを欠落させているのですね。といって、そのとき頭に浮かんでいるものはやはりその画像にほかならない。脱自明であるとともに再帰です。ぼくはなかなか成功していなくて、むしろそれは、江代さんの手法の一部から学んだことですけれども、もし減喩と明示法が成熟したかたちで出てくると、かなり印象は違ってくる感じはします。

散文で言うならば、土方巽の文章が減喩、山下清は明示法というところでしょうか。ただ、根本は全体と部分の関係にあるようだという気がします。

阿部　たとえば、小峰慎也さんの作品は、足らなくて理路がくずれている。その奇妙な衝撃。小峰さんの詩を読むときに、減喩とか空隙という言葉が必要になる。何も喩えていないから、喩というのもおかしいんですけど。それ自体自明のもの、ただ言葉があるだけです。全部「明示」されている。けれどもそれが書かれている瞬間に、それ以外になろうとする動きがあったと感じられる。ずれるというのと減るというのは似ている。一方では空間があって横ずれする。空間に対してより希薄になって消えてゆくことでは量がずれている。それが空隙だとすると、空隙も「かたち」なんじゃないか。

貞久　空隙の「かたち」といえば、きわめて密接に隣接しているように思える部分と部分の間にもひとつの空隙のあり方がありますね。数と数の間に無限の中間点があるように、石ころを拾って握り、手の平をひらくと石ころは落下する。「ひらく」と「落下」のこのふたつの事柄の間に無数の中間点を感じ取る人がいたとしたなら、この人は石を落下させるときにどのような体験をするでしょうか。ひらいてから落下するまでの間にいくつもの中間項があるのではないか。この人は表面上は、「手をひらいたら石が落ちました」としか言ってないのだとしても、ふたつの事柄の間に無限の中間項、いわば中間項の空虚な連鎖が感じられているとするなら、手をひらいてから石ころが落下し始めるまでには時間がずいぶんかかるというような遅延が発生します。しかし、このふたつの事柄は隣接している。減喩のほうは、密接に隣接しているわけではない事柄を提示することによって事柄間に空隙をつくり、その空隙ゆえにそれぞれの事柄が「それ以外になろうとする動き」が発生するのかな。

阿部　詩行を書いていった場合には、行の加算は構造化を経由している。その書かれてゆくことのなかで、時間も空間も空隙をつくりながら加算されている。江代さんの作品もその空隙がつよい。だから一読して理解がしにくくなるけれども、結局、空隙を孕んでいる構造自体は明示されている。改行されて書かれている詩の構造の原形そのものを読んでいるだけで、作者の事情は関係ない。

貞久 作者と作品の関係と、作品と読者の関係をわけて考えてみるとどうでしょうか。

阿部 石をにぎる―落とすの間の無限の中間項と、貞久さんがよく書かれている、「二、三」というテーマ。二でもない三でもない数字があるという場合に、二と三の間に無限の中間項がオブスキュアなものとしてびっしり埋まっている。「二、三」はオブスキュアな「何か」を装塡したひとつの実数なのです。たとえば、正岡子規の《鶏頭の十四五本もありぬべし》でも、十四五という数字が空隙を孕み込んで数えられない（可算性がない）状態として広がっている。

貞久 話がずれるかもしれないけれども、鶏頭が何本あるか数えてごらんと言われて、「数えました、全部で十四五本ありました」と答えると、「ちゃんと数えなさい」と言われて、もう一度「数えました、十四本ありました」。するとまた「本当に十四本か」と聞かれる。十四本という自明性がだんだんくずれてきて「すみません、もう一回数えます」。もう一回数えると、やっぱり十四本ある。「本当かい？」と（笑）。十四本とわかっているんだけど、わかっているものの自明性が揺らぎ始めるような、そういうこととといまおっしゃっていることは関係ないのかな。

阿部 子規の鶏頭の句というのは、下五のほうがもっと怖いですよね。発語の質として根本的に足りない。十四五も大事なんだけど、「ありぬべし」がないとそれが起こらない。十四五が何かに変わるとすると、それは明示法の問題だけど、ぼくが言っているのは、「ありぬべし」の少なさ、滅喩的な問題です。

貞久 子規のあの句はいろいろ解釈があって、弟子たちが鶏頭を持って来てくれて、森鷗外なども持って来たようですが、単純に弟子たちが何本くらい咲いているかなあと話をしているとの噂を聞いて、子規が十四五本くらいは咲いていますよという挨拶句として贈ったという意味合いもあるようですね。挨拶程度に書かれた十四五本の句だとわかっていても、しかし阿部さんのように読むこともできる。また、挨拶ふうに書いたからこそ小我というのか自分というものが落ちて、誰もがあれこれ参入して読める作品になったのかもしれない。

自分を落とすとおっしゃったけれども、そういう意味で俳句の挨拶性というのは、現代詩に必要なものかもしれないですね。江代さんの詩には、そういう挨拶性がありませんか。挨拶には二面性があって、こんにちは、という単純な軽さがありつつも、そこには自我への執着といったものが排除されているから他者が参入しうる深さを持ちうる。深さに開かれた挨拶性というのか。

阿部　深さを持った挨拶性ということで言うと、挨拶の対象は、世界ということでいいのではないでしょうか。世界が言葉でできているとすると、その構造に向けての挨拶。

自己再帰性について

貞久　作者と作品の関係、作品と読者の関係ということで先の話に少し戻りますと、仮にここに二つの作品があるとして、読者にとっては、どちらも部分間に飛躍があってわかりにくいとしましょう。しかし作者にとって事情は異なり、一方の作者は、けして暗喩ではなしに自分に思い浮かんだある関係性のある部分を三つ書いた、だからこれは換喩なんだと。もう一方の作者は、どこか暗喩的なイメージで三つを並べたと。このとき、作者と作品の関係にはそれぞれ異なった意味がありますが、読者にとっては同じに見えてしまうことはないでしょうか。

阿部　同じに見えてしまったとすると、作者の手つきが正確でないんじゃないかな。暗喩と換喩は違う。言葉を並べれば、自然と空隙はできる。詩では行立てで空隙が構造化されますが、俳句のように五七五の要素で分解されたかたちではっきりする場合もある。けれども言語が、本来的に持っている原初的な力を詩で書こうとすると、すでにして語間単位にそういう空隙が孕まれるのではないか。

貞久　明示法の場合は単純で、自己再帰性が大きく働いています。AはAであるという、AのA自身に対する空隙がポイントです。

阿部　再帰性は、発語の基本ですよね。たとえば、歌手と聴衆がいる。聴衆は、歌の持つメッセージや歌手の存在をじかに受け取るのではなく、歌手と歌の間にある再帰構造を反射されるのです。だから聴衆は、その歌手や歌を想って、鼻唄をうたう。詩も同じで、詩の読者は、作者そのものではなく、詩そのものでもなく、詩と作者の再帰的関係を受け取る。だから詩の読者は、自分で詩を書くようにうながされる。それをはばむものがあるとすると独善性。固有性と独善性は、全然違う。

貞久さんの明示法で、暗示していると思われた当のものが明示されているだけだったというときには、再帰的なサイクルがある。けれども何かオブスキュアなものがその間に入る。ここで引き算が働いているんですね。だから独善とは無縁になる。

貞久　「何か」というのは面白いですね。知覚体験があって、それを記述するのに x_3 x_4 x_5 と部分を並べる。これら三つはそれだけで過不足なく全体を成すのですが、全体がそのまま空隙でもあるような「何か」と言ったらいいでしょうか。といって、その「何か」は x_3 x_4 x_5 と表現されることで十分記述されている、というようなサイクル性が詩というものの体験にはあるのかな。

阿部　総体として全体を想定してしまうと、部分をずらしてゆくつもりの換喩でも、ただの意匠になってしまうんじゃないでしょうか。減喩ならば、総体と全体の一致した箇所に、減算が起こり、減少がただ生起する。

なんでこんなことが日本の詩で成立するのかと言うと、俳句的なものが芯に入っていることが大きいのではないか。ぼくも貞久さんも論の例示のときに俳句を紹介しますけど、それは、日本語の構造の問題と触れているからだと思います。

貞久　要素が減ることで豊かになる方向もあれば、逆に要素が過剰になることで全体が空虚に充満してゆく方向もありますね。厳密にふたつを分けることはできないかもしれないですけど。ぼくは明示法を試みてゆくなかで、理想としては平坦さと言いますか、「打ち延べたる黄金の如き」と言いますか、読めば比較的たやすく画像が浮かんでくる程度の飛躍のし方で書ければと願っています。もちろん部分の選択はありますし、まあ、これははるか先の理想の話ですけれども。

阿部　もうひとつ、観点があるような気がします。視覚的なイメージと聴覚的なイメージ、つまり視像と聴像ですね。詩では、視覚的なイメージが言われすぎる気がします。たとえば江代さんの詩には、視像化させない、ことばのならびの抵抗圧がある。もちろん視像要素が減少しているんですが、視像から聴像への代位も起こっている。この聴像はそれ自体、意味が些少なんじゃないか。「カ行がつよい」とか「ぬ」が暗いとか言っても始まらない。

ところが音の分布には、それが偏向であっても無偏向であっても円滑化の果てに快感をともなわせるものがあって、これがあると意味がおぼつかなくても詩が読めてしまう。江代詩の再読誘惑性のひとつはこれですね。あとは構造の問題。江代さんの場合は、無媒介性みたいなものがある。いきなり始まってその渦中で終わってしまう。これも実は魅力なのです。カフカみたいなもので。

貞久　聴像というのは、欠落と関わってくる問題でしょうか。ある人がとつとつと語ると、そのとつとつとした語り方そのものが何かひとつの語られつつある空隙のように感じられて、ぼくらはそこへ参入して耳を傾けます。それを一枚の絵にたとえると、全部完備しているんだけれどもそれで終わってしまう絵と、完備していながらもどこか隙間を感じて参入できるような、空隙のような何か色調か線のあり方があって、視像としてはその色調やら線やらが目に見えているのにすぎないのでそこ止まりなのだけれども、空隙ゆえにそこに何かを知覚しようとする働きが促されて、視覚ではないもの、つまり聴覚が動員されるというような。目を閉じて絵に対して耳を傾けるようにしてまた目を開けて、むしろ今度は、耳を傾けることのおまけとして目が開いているというような……。

阿部　吉本もソシュールも聴像を言ったけど、よくわからない。ただし「良い聴像」についてぼくはこう考えるんです。直前の発語を次の発語が音として和らげる。その意味での時間的な恩寵。再帰的に音が音を和らげる、というのが良い聴像だと思いますね。音自体は意味化、視像化できない。音の持っている連鎖のほうに意識がいったとすると、聴像的な感覚があってある語が選ばれたときには、意味、視像が減る。だから、聴像的なものと減喩的なものには関係があるだろうと思っています。

これからの方向性

貞久　今日はお話をうかがって、減喩と明示法が換喩というぼくにはまだわからない領域でつながりながらも、作品のあり方としてはかなり違うもの、ほとんど逆と言ってもいいようなものを目指しているのではないかということがわかって、とても面白かったです。

阿部さんの詩集『陰であるみどり』は、行から行へ、欠落が欠落を求めて歩行してゆくようなダイナミズムに溢れていて、まさに減喩を実践されていますね。何かが対象として、色形をともなってとらえられるや否や、それがいわば分節化された欠落というのかな、空虚な「穴」に変じてしまうので、注意がそれとはべつのものを求めて移行してゆく。そしてそこであらたに対象となったものも、やはり欠落としてあらわれてくる……というように、欠落が推移しながら空隙の全体性へと開かれてゆきたがっているといった印象を受けます。一行一行を直観の瞬発力で記しつけては忘却してゆくような、そんなダイナミズムのなかから阿部さんふうに言えば「やさしみ」というのか、つやのある哀感が滲みでているのだなあ。新しい散歩詩の誕生というところでしょうか。

ぼくは先の佐藤佐太郎のような歌、あれを非定型でやろうとすればただの説明や描写のリアリズムになってしまうような知覚体験ですね、その記述のあり方をこれからも考えてゆきたいと思っていますが、阿部さんはどうですか。これからの道、これから書いてゆきたいもの、そこらへんについてお聞かせいただけたらと思います。

阿部　ぼくがいま自分の詩作で特に考えているのは、詩形式の純化かもしれません。江代さんにしても貞久さんにしても短めに設定される詩篇の長さに対して、とてもするどい感覚をお持ちです。とりわけ二十行程度の詩篇というのは、より小さい俳句、短歌、短詩――より大きい長篇詩――それらの間にあって、独自性を持っているんじゃないか。詩が二十行程度であれば、ひと息でつながり、一瞥で見渡せると作者が信じながら、実はその信念に離反する想定外の揺れも恩寵のように起きてしまう。この揺れこそが一篇の組成を、こういうと語義矛盾ですが――空隙だらけに稠密化する。このとき詩篇の内部、その特定の箇所を何かの全体が急襲する。ところが詩篇自体は全体ではなく、何かの無媒介な部分（切断）にすぎない。こうしたねじれが「それ自体」以外を志向してしまう言葉の動きとともに、詩篇の「中に」容積みたいなのをつくるんじゃないかと思うんです。無の外延を詩の外に広げるならば詩をつくりなしている言葉の物質性が弱くなる。それがいま詩のフィールドで詩の多様性をもたらしているとすると、その波に乗れないのです。もっと謙虚に自己縮減をしたい。それで減喩の可能性をやはり考えてしまう。今度また思潮社オンデマンドで二十行詩をまとめた『束』という詩集を出すことになりました。『陰であるみどり』に続く減喩詩集のつもりでいるんです。

（初出「現代詩手帖」二〇一五年十月号）

Ⅱ　詩と歌と句

詩のコモン

《われわれは、〈公〉による独占という考え方から、公共財の〈共〉による管理という考え方へ移らなければならない》とアントニオ・ネグリは語る。共＝コモン。下層が生政治からの見えない力をコモンへと段階的に奪還してゆくことはむろん革命的だが、その下層＝「われわれ」とは一概には定義できない多数性であり、同時に潜勢力でもあるのだから、コモンの拡大はそれじたい脱画一的にならざるをえない。ここにアポリアがある。なんのことか。たとえばここで「公＝日本語」「コモン＝詩」と図式をずらしてみる。日本語の支配的な定常性にたいして、詩が「叙法の多数」になろうと活を入れる。これが革命性を付帯させる。ところが「詩のコモン」にたいする了解などいまだできていないのだ。なにがポエジーか。その大きな設問は、個々の詩が個別にポエジーだという選定判断に「のみ」移行してゆくしかない。とうぜん古典詩への共通認識がコモンだという単純な把握も多様性のなかでは成立しない。なにしろいまや「詩のコモン」は画一性とは離れた姿「のみ」をしているのだから。

のっけから、筆圧の高そうなことをつづってみた。「詩の年度展望」が、詩のコモンにまつわる各年度での絶望的な定義づけにほかならないとかんがえるためだ。じじつ二〇一四年度に刊行された詩集も、まったく脱画一的だった。それでも傾向をいうことができる。読者のする「了解」が作者によって低く見積もられているのに、了解の容易さによって傑作とみなされているスト破りのような詩集があった。しかしそれはなんのコモンでもない。あるいは女性詩の一部もあきらかにすぐれているのに、抒情記号、余韻記号、参照系記号をふんだんに身にまとうことで、みずからをあまくしていた。あたらしい感情が出現できず、ここでも脱画一的な姿をとるべきコモンが、単純な了解性へとひらべったく置換されていた。自己愛や独善性から書かれていない、問題外ではない詩にも、いわば透明な凶兆があるのだ。それが二〇一四年度のおおきな傾向だった。「わかること」はむろん必要だ。ただし「了解が遅延の体系からのみ訪れ」「再読するごとに了解が一定ではなく」「そこにしか作者‐読者間の共‐身体性が出現できない」詩の特性が閑却されているのではないか。あらかじめ本稿の結論をそうつづったうえで、個別の詩集をみてゆけば、それでも素晴らしく多様な「詩のコモン」が個別にきらめいているとわかる。以下はチューニングをかえてみよう。

　大先達のひとり、倉橋健一の『唐辛子になった赤ん坊』はまさに芳醇だった。昔語りと一見おもえる民俗的な語調に、発語の瞬間瞬間が驚愕へとズレてゆく換喩的な発明が新鮮に仕組まれている。たとえばこんな語調――《飯《いい》だといわれて／厨《くりや》にいったら／膳のうえには砂を盛った朱塗りの椀があって／長い唐《から》箸が挿してある／ひと気がなく／梁からは雫が落ちている／たしかにおばばが呼んでくれたはずなのに／と思いながら／辺りを見渡して／仕方がないので膳の前に正座して／うたた寝をするふりをしていたら／箸が木に成長したら風呂に入れ／と今度ははっきり背中からおばばの声がした》（「足裏に汗が」冒頭）。
「箸が木に成長する」可塑的・物質的な魔法世界と、そこにある生存不安に魅了される。《いっぽんの柱が長い顔になっている／のっぺりとわたしを見ている》（「じっと顔」部分）と書く作者なのだ。

この民俗性のふしぎは退行的ではない。老いを別次元へと新規化する不逞な活力が秘められている。集中、神隠しにまつわる佳篇が三つ収まっていて（「這い這い」、「火防《ひぶせ》の娘」、「同時刻」中の「壁にもたれて」）、老残の悲哀へゆき届く「壁にもたれて」を比較的短いので全篇引いてみよう――《砂まじりの壁にもたれて／みぞれの止むのを待っていたら／膝に居たはずの幼なごが居なくなった／そのまま月日は流れ　記憶も蕩尽して／今ではもうあれは猫ではなかったか／二十日鼠ではなかったか／それにしてもそんな韜晦が許されるかどうか／蒙昧した私はそこで／丸太を組み合わした梁のある天井裏で埃になることを思いついた／それにしても入用なのはまたしてもたくさんの月日！／という切ない思いが脳裏をよぎると／膝ががたと震え／原初の熱が甦った／なんのことはない　居たはずだった幼なごとはこの熱のこと／熱の概念にすぎなかったのだ／こうして私の長い呵責も終わりを告げ／鼻唄混じりに／（いまさらながら）みぞれの止むのを待っている》。

　中森美方『幻の犬』も、学生運動時代の苦い記憶がつづられる一方で、民俗的な語りにみちている。収録詩篇はいっけん短篇小説・掌篇小説と見まごうが、伊藤浩子の今年の『undefined』の収録作の過半がすぐれた短篇小説の叙法に収束してしまうのにたいして、中森の収録作では「作者の位置」が審問に付され、それが詩の不安定性の保証となっている。小説の読解のように隣接領域にむけての連続的な認知に昂奮するのでもなく、叙法に仕組まれた「すきま」に、この世の法則を超えた静謐を読者は見出すのだ。白土三平版『シートン動物記』のような悲愴に辿りつく昔語りの表題作「幻の犬」にも圧倒されたが、「小さな船の漁師」が「特別の女」と邂逅しながら、その女が消え、人間の実存と非在のあいだで認識が不安定にゆれてゆく漁師の簡潔な独白体「指笛」から、素晴らしい一節を引いてみよう。女が去ったのちでも思いが断ち切れないくだり――《一度だけあの女の白い丸い尻を見

かけたことがある　海中で　アワビサザエの素もぐり漁をして生活していた頃だ　ハエモドリの若布が繁って森のようになっている所だ　女の尻は若布の間を揺れ動いていた　尻肉の豊かさはまぎれもなくあの女のものだった　巨きな丸イカがたゆたっていたのだった　白い肉間の若布は女のあの陰毛となって海流になびいていた　その丸イカをひたすら追ったがヤスで突き刺すことができなかったあの女も同時に死ぬような気がしたからだ》。「対象」の脱同一化が魔術的な語りのなかに出現している。

これら偉大な先達の優位は、詩のフィールドの、部分ではなく全体にゆきわたっている潜勢だった──そう思わせるのは、未知の詩作者・浅井眞人による、これまた民俗性をもつ『仁王と月』の達成があったためだ。「仁王」という鬼にもかよう客体が定位され、その存在の行為・様相が序数断章で展開されてゆく。詩集全体の前提となるエピグラフ詩を引こう──《月の満ち欠けは仁王の呼吸によっている／それは交互に繰り返して／この世で一度も途切れたことがない／阿吽《あうん》の像は　月の満ち欠けをあらわす／阿形が満ちる月　吽形が欠ける月／村人は　時折ここに来て手を合わすが／仁王は今裏山で桃に袋をつけている》。

古典的な語彙がならんでいるが、仁王と月のかかわりは稲垣足穂『一千一秒物語』に匹敵する天体メルヘン性へつうじている。たとえば以下の断章連鎖──「仁王と月」壱拾壱《硯のうみにあぶくがでていた／月が　信号《しぐなる》を送ってきたのだ／仁王は　池に大きな石を三つ投げて　あぶくをつくった／明け方　月はふたつに割れて　なにかを野原に落とした／仁王が受け止めに行くと　それは　花盛りの躑躅の古木だった》、壱拾弐《村の収穫が終わると　下弦の月が動かなくなった／仁王は　月を手にしてみると　雹のあたった痕がいくつもあった／明滅の光も弱く　取り替えることにした／月の明るいところを欠いて　かけらを一つ　籾種《もみだね》の入った袋にいれておくと／翌日　もう隆《りゅう》とした月が　袋を破っていた》（一部、ルビ省略）。おとぎ話的な客観叙述だというふうに読みは安定しない。詩集が後半にゆくにしたがい仁王の流離が凄愴をおびてきて、その姿に詩の作者が二重化されてゆくためだ。それにしても「月下世界」の蒼白い静謐が、こまかな魑魅のあやしい浮遊をおぼえさせる。典型が「石」の章に収められた「弐」だろう。五聯中三聯までを引く——《ひとつの逃げる石と／追いかけるいくつかの石のために／庭は塀で囲んである／どこからも石が入ってこないように／／庭を　石はまわっている／石は　塀のなかをぐるぐるまわり／庭は　黙考している／／大きな石を　四つ目垣が囲んでいる／垣を結うことで石は鎮まり／鎮めた石の智恵が　砂の中に輪となってあらわれる／輪は　垣をくぐり　塀にあたって　きえてゆく》。幻想的だが、「ひとの視線のない場所でモノがどんな運動をしるすか」、その哲学性がどこかに潜む。

　確信できるのだが、この浅井眞人的な等質性のしずかな蓄積に、ルフランなどの強調がともなえば即座に「歌唱化」が起こる。和歌的なものがそこへ抬頭する余地があるのだ。ところがそれを現代的な文脈で敢行したのが、福間塾の俊英のひとり、小山伸二の『きみのいる砦から世界は』だった。冒頭に収められた詩集標題作にもルフランによって強調される歌唱性があきらかで、「歌を忘れた」現代詩のなかで詩風が新鮮に映る。ただしさらなる詩法の展開がある。頭韻的な反復に、体言止めで終わるとみえた一行が次行へくるり反転するフリルをともなって、「歌」の様相がロンド化、そこに「歌唱の現在」の、抒情身体的な本質が顕れると作者が確信しただろう詩篇「珠玉」が収められているのだった。

　直前の掲出詩篇と庭つながりで、その全篇を引こう——《まるい影／からはじまる庭に／秋が揺れている／あなたと会えない時間／からはじまる傾斜を／抱きしめる／立ち止まって振り返る／まるい影／から帰ってくる者たち／あなたと会えない季節／から吹いてくる／珠玉の輪郭／を磨いていく意志を探す／ぼくたちの／まるい影／からはじまるこの恋に／しずかな西日が射してくる／朱色をおびた／珠玉の輪郭／それはぼくたちの／まるい影／から揺れはじめて／終わることのない星々のひかりの瞬き／あなたと出会ったとき／からずっといつまでも／ほろびることのない／まるい影／からはじまる庭に／珠玉の輪郭》。輪郭という概念がこれほどうつくしい詩は稀だろう。輪郭はモノの孤立をあらわす。それが西日を受けて、かけがえのない「珠玉」をなすということだ。

これまで掲出してきた詩篇には、気づかれるように暗喩がない。換喩を原理に、構文や行がズレてゆき、それが読者の思いを引き受ける容積となるだけだ。読者が救済されるのは、詩の運動のみせる刻々の変化が、読者の刻々の繙読時間を単に物理的に照射するためだ。それでわくわくする。暗喩は往年、政治認識の画一性のなかにあった。ところが換喩はその本性「ズレ」をもって詩のコモンの脱画一性にも貢献するのではないか。一昨年、通勤をテーマに奇抜なオッサン詩集『通勤どんぢゃら』を出した山崎純治『異本にまた曰く』にもそんな換喩詩篇が集成されている。ところが前詩集のざわめきかつ疲れていた換喩が、本詩集では真率で、ときに恐ろしいものにまで変化している。「あとがき」を読むと、リストラ逃れで横浜線沿線から通勤していた仕事を去り、北九州門司へ移住、そこであらたな職をえて詩風が変化したという。おなじ電車にまつわる光景でも集中「回収」では雑誌類回収係の挙動が自らにおよんでくる気配が、確実に地方のがらんとした車輛内の空気までつたえている。さらに物干し竿に吊られた洗濯物（中心となるのはたぶん白Yシャツだ）をつづりながら、ことばと詩行のズレにより、ひとの処刑の幻影まで痛切につたえてしまう「執行」などは些細な「詩のコモン」の危ない結実＝瘤ではないか。その全篇——
《いきなり宣告された／朝を絞れば／滴る／人影は／静かに運ばれ／ピンと張られた／洗濯ロープに引っ掛けられた／微かな汗に／首すじはうっすら濡れ／裏庭の日陰の空き地で／いままでの日々を／速やかに忘却しながら／澱んだ匂いに／ゆらゆらはためき／空白になってゆく／もう走らなくていい／このままでいい／唇と指先を／ギュッと結び／訳も分からず／分類され／選別され／シャツや靴下などと／畳まれてしまう／残された影は／狂ったように延びてゆき／特に悲しくもないが》。「空白になってゆく」という平板にもみえる一行がその奥に湛える不可逆性の深遠に気づくと、終結部ちかく、物象が取り払われたのに影が残って延びてゆく逆転が、なんでもなさのなかにおそろしく覗いているともわかる。

この際しるしておくと、詩篇はその詩篇に出会う機会性ひとつで自足的に読まれればいい。ところがひとりの詩作者を継続的に読むには、その詩作者の「変化」こそが読まれなければならない。詩篇内容よりも変化のほうにむしろ価値がある。換喩の本性「ズレ」が個の生をも活性づけてしまう逆転が認められるためだ。山崎純治『異本にまた曰く』はその要請をみたすが、『顎のぶつぶつ』という、九〇年代詩集の隠れた白眉を上梓していた近藤久也にもゆるやかな変化の推移がずっとあった。その彼の『オープン・ザ・ドア』は、肉親や個人的な記憶の叙述が大半を占めるが、その叙法がこれまた換喩性をしずかに沸騰させて、なまなかではない。なんでもないようにみえてゾッとさせる佳篇ぞろいで、犬の本質を《犬におおいかぶさる／かぶりものの犬／ああ／どうしてこうも／犬の世界が嫌いだろう》（「かぶさる」部分）と慨嘆したときの作者の視力にも慄然とする。つげ忠男の一枚絵のように全体へ凄絶なひかりの線が斜めからそそいでいる「ものうり」では、世界内個物の了解のできなさがひとにも適用される哲学が語られている。現在形で叙述されているが、ここでも記憶が書かれているだろう。その全篇――《せみしぐれ／だらだら坂道の中腹に／道端に／ものうりが／ダンボール箱の上に商品をならべている／じゃがいも／革サイフ／子供靴／どうしてまたこんな傾斜に／色眼鏡して／切り株に／たばこくゆらせて／すわってるのか／表情はみえないが／ひとどおり絶えた場所を／あえて選んだように／否、あとかたなく意志を消し去ったように／すべてを売りつくしたといった風情で／静かにすわってるのか》。えがかれているのは、じつはテキヤとも乞食とも愚連隊ともつかない、戦後の了解不能性だ。

これまでの詩集に較べ、より詩語性をまとった詩篇が多いとかんじられるカニエ・ナハの『ＭＵ』では、その視線運動が切りだす世界の異相に、換喩的な部分化の迫力がある。それはまず中国映画に託してつづられる。《ある中国映画のラストシーンでは／主人公が断首される／カメラは今まさに断首された頭からの一人称の視点で／視界がぐるり、天と地とが二転、三転し／オシマイには首のない／自分の身体を見ていた》（「永劫回避」部分）。幻視はつづく。《ある日、／まちを見下ろす山が燃え上がると／いったいどこに隠れていたのだろう／夥しい、／色とりどりの蝶や蛾が／山の煙の発生のほうへと集まっていき／もうひとつの層の／七色に光る煙となって／煙はやがて雲となって／まちを覆いつくした》（「無音花火」部分）。けれども紅蓮や流血を中心とした極彩絢爛に色盲化が起こる。それも他人を契機にして。このときもともとあった詩篇内の断片分割性がさらにはっきりしてくるのはなぜか。いわば感覚の減衰が詩を換喩的な「部分」に割るのだとしかいいようがない。その機微が生々しかった。契機となっているだろう「断章」（「白不在音」部分）を引く――《白色恐怖症を重度に患った伯父が入院している／私は新幹線に乗ってはるばる、／山間のＯ町の病院に見舞いに行く晴れた日曜の／道すがら、／見舞いの品になにをもっていくか思い悩む／あるいはなにももっていかないほうが良いのか…／しかし、なにももっていかないことが白を連想させないだろうか／など。／私ははじめ2ダースほどの色鉛筆をもっていくことを考えたのだが／スケッチブック無しに色鉛筆だけを贈るのもどうかとおもうし、／それはかえって不在の白を連想させるかもしれない／色とりどりの花も同様に不在の白い花のことをおもわせるかもしれない／（私たちは白から逃れるすべをもたないのか、）》。

部分間の空白を介在させてこそ詩のほんとうの空間化が果たされるという確信が、今年の男性詩作者のしるした趨勢のひとつだった。意味の線型的な蓄積をきらうこの点もまた換喩原理の一様相といえる。荒木時彦はずっと一頁にごくわずか、平叙体による詩文を載せ、文字数のすくない、空間構成的な余白だらけの詩集を上梓してきた。ちいさな判型で、五十頁にもみたない厚み。ひと碗の紅茶を喫するのと同程度の読了時間。この方式で詩集刊行をつづけると、とどめがきかなくなると心配もしたものだが、『drop』のえがきだす「水滴」の深遠にはやはり魅了される。一四頁から一五頁へ視線をわたすと、空白のなかに印刷された《水滴》《一秒後の水滴》《私はその水滴を待っていた》が間歇をもってしずかにつながる。時間への待望。ところが詩の主体のこのむ湖畔は時間が重畳する場所にみえて、《ここには水は満ちているが　水滴の音がない》（四一頁）。主体はすでにそうした時間の本質を発見していた。ということは順行にみえた詩の記述空間に遡行性もはらまれていたことになる。荒木詩集のことばのすくなさは断片性自体の静謐とともに、そうした作用を効果的に導くためにあったのではないか。その本質的な部分は三三頁にしるされている。《水滴の音で目が覚める。昼、うたたねをしていたようだ。この音は、どこから聞こえてくるのだろう。窓から陽の光が射し込んでいる。

時計は、午後一時を指している。記憶と、今、見ているものをはっきりと区別することはできない。記憶は、時間の経過とともに並んでいるわけではない。それはただ、散乱しているだけだ。》（原文、一〇字詰）。

上限一四〇字のツイッターでのつぶやきをそのまま詩集「空間」に貼りつけた田中宏輔『ツイット・コラージュ詩』もまた、断章的な不連続性をもつ。ただし荒木とちがい、はてしない「林立」の感触がある。連打ちもあるが、ツイッターへの入力が五行ドリの空白（その中央行、一字下に「〇」が置かれる）を介してただ無造作に並べられ、詩作をめぐる箴言集とも連詩独吟とも形態がかよう。とうぜん思考の膂力が問われることになるが、周知のように田中宏輔はその点でも抜群だ。いつしか林立的な断章連鎖のこの空間が、換喩的現在の形態特有性とおもわれてくる。なぜなら瞬間の私性が、瞬間の肥大と加算の不能によって、「全体」にはいたりえない――そんな悲哀こそがこの時代のものだからだ。

読み返すと、なぜかやはり水にたいする彼の詩性にとりわけうつくしい幻惑をおぼえる。水の断章を三篇ぬいておこう。《手のなかの水。水のなかの手。水にもつれたオフィーリアの手の舞い。オフィーリアの手にもつれた水の舞い。けさ見た、短い夢。あれは、夢だったのか、夢が見させた幻だったのか、父親の腕につながった透明なチューブに海の水が流れていた。その海の水が部屋にこぼれて。》（四〇頁）。《ぼくらは水を運び別の場所に移す。水は別の場所でも生きる。ぼくらは言葉を選び別の場所に移す。言葉は別の場所でも生きる。水もまた、ぼくらを別の場所に運ぶ。言葉もまた、ぼくらを別の場所に運ぶ。どこまでぼくらは運ぶのだろう。どこまでぼくらは運ばれるのだろう。》（四七頁）。《コップのなかに、半分くらい昼を入れる。そこに夜をしずかに注いでいく。コップがいっぱいになるまで注ぎつづける。手をとめると、しばらくのあいだ、昼と夜は分離したままだが、やがてゆっくりと混ざり合っていく。マーブル模様に混ざり合う昼と夜。》(八七頁)。

99から0まで遡行してゆく序数詩篇がならぶ標題章が前半にある手塚敦史『おやすみ前の、詩篇』もまた、断章の連続だ。四人の友と京都・大阪へ旅行した二〇一〇年の晩秋の細部が、記憶を通過したのち「具体的に」つづられながら、その具体性は作者の個人的なフィルターをとおしナマに、かつ断片的にしか出現しない。それで具体的なのに細部を支えるものが了解できない逆説が生じる。それなのに、ゆき届いた叙法と音韻計測により——、あるいは書かれていた「直前」が即座に忘却の淵へと消えてしまう倉田比羽子的な事態により、読者は繙読の「現下」へとつねに吸着されてゆくしかない。むろんこれはずっと手塚敦史の詩集に共通する事態で、だから何度も彼の詩集は手厚く再読され、書棚の重要地へ挿されることになる。点滅する細部が読むごとにちがうし、そのひかりの質も同様に変化しつづけるのだ。なんという計測的な詩集成立だろう。その手塚的魅惑とはなにか。たとえば自己認識の哲学が、悲哀の語調から、ふと深甚に顔を覗かせる場合がある——《「かなしく「なるね／どこまでだって、わたしはわたしの、」松葉杖　なのだね。」》(「70」部分)。入れ子状の鈎括弧が循環を経て正常へ復するこの奇妙な叙法と、自己は自身の松葉杖だという認知が哲学的＝詩的に釣り合っている。世界への視線のはるかさ——《向日性——交わりは、み空の彼方で起こっている》(「33」部分)。

詩集後半の大部分を占める「(おやすみの先の、詩篇)」ではかつてのカセットテープデッキのオートリバースのように収録詩篇の序数がそれまでと逆に増大してゆく。大多数が見開きに収められる十四行詩なのだが、その十四行は形式だけで、実際は一行が異様に長い詩篇がひしめく。散文詩とは調和できない中間形をえがかれて、詩のスタイルそのものが浮遊している。この叙法の発見におどろいた。ここでも音韻の見事な調整があり、具体性と朦朧の点滅がある。詩的なスパークを起こしている一行なら以下だろう――《夜の花壇のうてなから、いま七色のガソリンのしずくがしたたり落ちるのが見える》(「6」最終行)。手塚の特質は、個人的な愛をうたおうとして対象が同定性を失う斜行性にあるかもしれない。ただしそれは水のなかのひかりの性質に忠実ということだろう。「14」(十四行詩)の後半聯ふたつ――《とびこんで来る秘色の息を、いまさら感じている／かじかむゆびと ゆびを からめ、／いつになく光を病んで、目を 閉じながら、／／零下の静寂へと下りてゆく (いつも気むずかしやだったあの二人、あの二人とあの二人…)／見つめている かすれた声の娘たち 好色な／目にうつる問いかけが、発光する街の脳裏を廻り ――いざなっている》。つかみがたさの眩暈。

高谷和幸『シアンの沼地』も安易な了解をはじく、これまた断章的な非連続性のつよい詩集だ。ただし仕組まれた謎は、手塚の青春性よりももっと不逞な、中年の表情をしている。「付記」に、一九九七年に起きた事件から得た着想を、二〇一一年に書き起こしたとあり、記憶のフィルターを経たことが線型的な直截性を劇的に崩壊させる動因となっているのかもしれない。なのに生々しく、方法発見という点では二〇一四年の男性の詩集で最も示唆的だった。各詩篇はかたちとしては独立しているのだが、それら詩篇自体が断片性をともなってバラバラにほぐれていて、詩集全体をわたる読解線が成立しないのだ。登場人物がうすく連絡しあうオムニバス映画に似たところもある(この詩集では偶然入手した昭和三十二年刊岩波文庫第十七刷の蕪村句集のもたらす逸話、さらには単語系譜などが詩篇間をうすく連絡する)。それにしても刻々の叙法は従前のながれからの前提を欠き、それじたいが詰屈する(構文の破壊性もたかい)。解けない原石がそうしてちりばめられ、それでもそうした断裂から、詩作者の身体の断裂そのものがときにやさしくすらつたわってくるのだ。今年いちばん再読を促された詩集だったが、いまだに全体の理解がならない。窮余の策として、詩篇名や頁を付記せずに、ただ驚愕的な部分いくつかを列挙する。それでも詩集の魅惑がつたわるだろう（高谷『シアンの沼地』で反射的に想起するのは、「部分」を究極的にはフェティシズムであり、フェティシズムであるかぎりは無だとした、アガンベン『スタンツェ』内の換喩をめぐる考察だ）。

《わたしの庭は全体になろうとして失敗するのです。》《天国の施設は海に浮かぶアーキペラゴ（群島）をテーマにしたのではないかと思われた。千々の石、千々の坂道が一つの「空」に向かって集約していく。穿孔＝陰画のひかりの海を。》《髪を摑まれるように／〈雄羊の珪化した額に〉／パウル・ツェランの『息の転回』のこの詩句が突然思い浮かんできた。曲がり口に交わることになる坂道で。》《横断して　なぜ／おまえは類似性を破壊しないのか》《視界は川面から立ち上る霧でかすんでいる。釣り船に乗っているのだろうか。ゆらり、ゆらり。ゆっくりと像を結んで、怪魚のフォトンが霧の晴れ間に紛れて見えなくなる。この鴟尾の歴史的変化形の関節にあたるところに、水の音と、船頭が漕ぐ艪の音が混じり合う。》《「対話とは、弟は椎骨であること、つまりはぼくは椎骨から派生した頭蓋骨を風呂場で洗うようなものだと思われないだろうか？」》《砂糖水を匙で二杯ほど飲んだ。ぼくの両腕の付け根の下から、プロトプラスト（これは幼虫のぐにゃっとした部分）は貪食をなつかしんでいる。》《「一壁面、一空間、一場面」／／殺しに来てほしいと言われたから（暗示）／書いていることはたとえ偶像でも信じることと同じだから（明示）／わたしたちの身体に刻まれた文字は自分では判読できないから（提喩）／／三位一体のみすぼらしい天井画》（原文はすべて二十二字詰、引用にあたっては字下げ省略）。最後の引用は、わたしたちのする人世上のことばの投げかけが、暗示→明示→

提喩の順のトリアーデをかたどるという格言性をもっていて、よくかんがえれば経験則上の真実と合致する。引用中二番めのアーキペラゴは、「詩のコモン」の脱画一性中、最もやさしい連続性形態をもったものかもしれない。

高階杞一はゆき届いた技術により、了解性のたかいライトヴァースを書き、その全体構成力も相俟って、達成度の著しい詩集を量産する名手と一般におもわれているだろう。むろん了解性を了解する再帰的な視線を注げば、とても単純な括りで解決できる詩作者ではない。ただしその詩のやわらかさがそうした冒険的な視線をずっと阻んできた。ところが四元康祐から提出された写真に高階が詩を付けるというかたちで詩誌「びーぐる」で開始された連載では、四元がみずから居住する西欧の景観を減殺せず差しだして、どちらかといえば和調の高階的世界を攪乱するし、エロティックな題材を向けて高階のアナザーサイドを刺戟しようともする。たくらみは連載を集成した『千鶴さんの脚』で見事に結実する。未知の高階詩が、既知のやわらかい手法をもってならぶ壮観が現れたのだった。とりわけエロチックな細部をもつ詩篇に動悸したのだったが（たとえば詩集標題作や「今朝の問題」）、もうひとつ、女性独白体を四元の写真によって高階がしいられた詩篇がいくつかある。いわゆるネカマ詩とはちがうし、あまさをもらいうけながらも、会話語尾の斡旋などで、一般イメージの女性詩ともちがう自己再帰性を峻厳に組織している。

「かもめ」を全篇引用してみよう——《街はどうしてこんなに／垂直と水平ばかりなんだろう／／わたしは曲線が好き／四角いビルより／曲線だらけの人の方が好き／初めまして／と差し出された名刺の／指から先をのぼっていけば／その人の／各地のでこぼこや／紆余曲折が見えてくる／名刺よりずっと本当の姿が見えてくる／／これまでずっと／失敗ばかりしてきたけれど／今夜／わたしは／わた

しを丸ごと披露する／あなたの前で／／ふるえるな足／ふるえるな声》。往年のドリカム「決戦は金曜日」などともかよう内容だが、「曲線」の語が一回現れただけなのに、「披露」の語と化合して、生々しい裸体が透視され、その透視を、詩の主体の自己励起がはじき返す意地悪な構造になっている。こういう詩の効果の計測の質を、再帰的とよぶしかない。この高階の「いわゆる女性詩」にむけられた挑発に、女性詩自体はどう応えているのだろうか。以下はこの観点からの記述となる。

高階的なライトヴァースの符牒をそのまま身に帯びているのが、さきの小山伸二どうよう福間塾の才媛として鳴らした和田まさ子『なりたい　わたし』だ。標題どおり、女性の、他なるものへの自己生成願望が多くの収録詩篇の主題をかたちづくっている。つまり「女性になる」高階にたいして、「他なるものになる」女性＝和田は、他なるものとの接触をさらなる強度でこころみる優位性をもっているのだった。だから詩篇にふと覗く、現世的な社会への女性的な揶揄が、主題とあまり馴染まない。ライトヴァースのもつ本質「きびしさ」だけで充分なのに。和田は「大水すまし」に「なる」予感を湛え、「トカゲ」には実際に生成し、「ヒラメ」にも「なる」。「鯛」から「ヒト」への復路も経験する。「シロクマ」に喰われることすら「シロクマ」に近づくことなのだ。ドゥルーズ＝ガタリ『千のプラトー』には少女への生成の一節があるが、「少女になる」ことの正体は「多元性、無方向性になる」ことだろう。だから和田詩の本質にも、ぶっきらぼうな少女性こそが伏流しているといえる。

ところが和田の生成をめぐる冒険は、ついに有機物の境を超え、モノというか「場所」への生成になってしまう。このとき和田は詩の既存性を破砕する「コモン」へと完全昇格するのだ。中間に徹したさびしさが読む者を泣かす見事な詩篇「渚」、その十聯中五聯途中までを引こう――《渚になっていた／／沖が親しく呼んでいたので／わたしを濡らす波は行こうとするが／陸が引き戻す／／何度も何度もくり返すたびに／波は砂を呑んでは吐く／／渚であるわたしは、海風と少し戯れて遊ぶが／ここから離れることはできない／わたしは海だろうか／陸だろうか／いつまでも引き裂かれる感情をもつものを／渚とも人ともいう／／神経の末端がふるえている／鎮めるように、にわか雨が降った／雨と遊んで、満潮を待つ／〔…〕》。

達者な創世記神話のパスティーシュからはじまる（筒井康隆のものよりずっと上等だ）長嶋南子『はじめに闇があった』には解けない異物のような「ひきこもりの息子」がでてくる。一般的な了解からいってそれは作者的な事実だろうが、ライトヴァース的な叙法により、その息子への残酷な着想のすべてが無重力化してしまう（収録の「おでん」などは奇蹟的な出来だ）。このとき了解線が過激にくずれる。これもまた、女性に「なる」ことにただ励んだ、さきの高階の営みの外部を形成してしまう。ただし長嶋の美点はほかにもある。たとえば記憶のなかに往年の一族が集結しつつ欠落を最終的にしめす集中「挽歌」では「集結」「欠落」にあいわたる時間の本質が抒情性とともにじつは哲学的に示されている。

こうした図太い不感無覚こそが長嶋の本質かと構えさせると、生存不安の詩篇がやはりなかにうつくしく潜んでいる。しかも換喩的な叙法がそこで完璧なのだ。この「なににでもなれる」可変性こそが、高階がそうだったように、性差を超えるものとなる。ところが性差から自由になっても、哀しみからは解放されない。これも「詩のコモン」だろう。それらを立証する「眠れ」全篇――《眠りかけると／じゃまするものがいて／わたしの胸を針でつつく／ハッとして目が覚める／つついたのは／死んだ父のようでも母のようでもあり／暗い目をした息子のようでもあり／わたしには息子がいないようでも／いるようでもあり／おまえが息子のお面をかぶって／自分の胸をつついているのだろう／と声がする／母が眠れないのはかわいそうといって／針をひき抜き／わたしをほどいて縫い直している／母だと思っていたら／おまえは母のお面をかぶっているのだろう／なにも縫えないくせに／手元を見ればすぐにわかる／と別の声がする／これらのことは／本当は眠っているのに／眠れない夢を見ているのだと／自分にいい聞かせる／眠れよ／わたし》。自由間接話法の換喩性。それにしても「わたし」は何に何を暴かれているのか。こころを襲う悲嘆と衝撃が過去の肉親によるものだとはいいながら、この設問にたいする答が正確にはでてこない。だから掲出詩篇の最後の二行が、音韻のやさしさとして浮きあがる。それは自己再帰性のもつ真実だった。

中島悦子『藁の服』。架空にして「作者の現実」に隣接する「きらきら市」を舞台にして空間的な寓話をつくりだす詩篇集かと読みはじめると、その前提が崩れるような崩れないようなで、はっきりしない。作者の前作『マッチ売りの偽書』にかよう融通無碍はこうして健在だが、「〇〇をめぐる」と題された詩篇のスタチックな連鎖、それに詩の一文がみじかく縮まって性急を告げていることで、前作のようなやわらかいコラージュが消えている印象も生ずる。後者の理由は知れた。牛を手放すことを主題にした「神無月をめぐる」あたりで、福島第一原発事故にたいする作者の憤怒がはっきりするのだった。持前の富を手放して、憤怒の文体をつくりあげることを、果敢にも中島は「詩のコモン」とした。それでも世界の実相をめぐる中島の魔術的な文体が一貫している。散文詩がなにかが計測されつくしているのだ。たとえば「ほうりつをめぐる」最後の聯——《パーカッションのリズムが鋭く響いて聞こえる。恋人は、言うのだ。動いたら滅びそうだ。今持っている洋服を全部捨てたい。》。

中森美方を髣髴とさせるような、気味わるい深淵に辿りついている集中「漆をめぐる」が前作から飛びだしてきた彼女の新境地かもしれない。これは誰にも書けない。襟を正した。その前半——《木食修行の最後に漆を飲んでミイラになるという。漆はどれだけの人間を土中入定させたか分からない。掘り出されたミイラは一握り。なりそこねたミイラも合わせれば、何千というミイラが今も埋まっているということだ。漆掻き職人は言う。「殺し掻き」が普通と。幹の傷口を掻き取って、掻き取って、悲痛の漆を少しずつ少しずつ集めて、最後には涙も出なくなった漆の木を切り倒して一年を終える。漆塗りの職人から、漆掻きに転じた男。そんなにしてまで取った漆を部屋の中にただ均等に美しく塗るだけでは、どうにもおさまらなくなってきた。山を這いずり回ってこそ、漆と一体になり、漆になれる》。アニミズムと人為。それらの相互性に狂気が宿る。「漆掻き」が「漆になる」とは人間の消滅なのだ。ここには別の「詩のコモン」がある。そう思ったとき、えがかれている漆掻きの身分的な転落が悲傷をしるすのみではなく、原発事故同様の罪障もが考察されていると理解されてくる。告発のかたちをとらない告発だから射程がふかい。そう思って全体を読みなおすと、中島詩とくゆうの素晴らしい余剰がたしかにあるのだ。それを女性性とよぶべきだろうか。

草野理恵子『パリンプセスト』では片山健の往年の画集『美しい日々』から着想した詩篇が多いと自註されている。片山健といえば吉岡実『サフラン摘み』の本体カバーに引用されていたのだから、草野理恵子の射程も「吉岡実調」にあるのだろうか（倉橋健一の『唐辛子になった赤ん坊』にも吉岡詩篇「サフラン摘み」をモチーフにしたものがあり、またこの展望記事の文脈には置けなかったが、加藤思何理の今年の詩集『すべての詩人は水夫である』も、饒舌な吉岡実という趣で、とくに「少年」の十二の範疇の分類は、フーコーが驚嘆したボルヘスの幻獣分類にもつうじて衝撃をうけた——してみると二〇一四年は吉岡回帰の年回りだったのだろうか）。そうともいえる秀作詩篇が「南瓜色の皮」「作品」「茸」などだろう。ただし詩の主体のもつヴァルネラビリティが悪意ある攻撃性に反転する「土」が詩集冒頭に位置し目立つので、草野の全体像はつかみにくいかもしれない。

　それぞれの詩篇がもうすこし短く圧縮されていればと惜しまれるが、それでも支倉隆子につうずるような想像＝創造の融通無碍にこそ、彼女の独擅場と潜勢力があるとかんじる。それは意外にも吉岡＝土方巽的な暗黒の創造力ではなく、少女的な感受性の素軽さから出来するのではないだろうか。「青」の発色にうっとりしてしまった詩篇の部分を二篇にわたり、以下、列記してみよう。《春の日早起きする／永く何かを待っていると意味もなく笑うこともある／そのことを忘れないうちに／この部屋にたった一つある／青い花のような電話で母に掛ける／／電話には誰も出ない／…私に母はいるのだろうか／青い電話が咲いている》（「青い造花」）。《君の湖に樽を浮かべると／漕ぎ手無しにゆっくりと動き始める／多分樽の中に住んでいるのだ／細かな隆起が指で分かる／遠くに廃屋が見える／君が住んでいるのだ／水に括りつけられている猿も見える／／手紙を書かなければならない／鳥たちが天空から見ている／手紙は書き終えることが出来ない／ペンを置いたその時に／顔を鳥に覆われた猿は／私のところに降りてくるだろう／そして私の青い頭巾をもぎ取る／私は私の顔を見ることになる　それが怖い》（「焼かれる街」）。「パリンプセスト」という詩集標題作もあるが、パランプセスト＝羊皮紙の重ね書き性は、あとの「焼かれる街」の引用最終部に顕著だ。私から青い頭巾がもぎ取られ（多重性の暴力的除去）、私が自身の顔を恐怖裡に視る（別の多重性＝再帰性への幽閉）という二重の経緯は、羊皮紙のようにぬめる世界が重ね書きされるとき、ひとしく起こる様相なのではないか。

　暁方ミセイ『ブルーサンダー』。《霜柱を齧る犬を見ている。》（「葦林」部分）と書きつけうる暁方ミセイの視力＝世界把握力に憧れる。《われわれは、／球体なる夏のくにへ、／これより、入っていくように思われます。》（「別世界」部分）というマニフェストの清澄にも憧れる。彼女にもさきの草野どうよう青系の発色への繊細な感受性がある（高谷和幸『シアンの沼地』と併せ、二〇一四年の年度色は青＝シアンだったのかもしれない）。暁方「東北本線」全篇――《剝離している粒子が散り散りになって／見ているうちにぱらぱら落ちる／空の色がもう濃い青紫色に映されて／ネガのなかを走るこの金属の電車は／か細い秋の草を倒しながらゆく／乳色の液体が朝で、あんなにおおきく溜まっているね／箔のそらはぱらぱらと落ちてくる／その切れ間から／鋭い青が割れて、鳴っているのを／わたしは臓腑に張った糸で聞いている》。詩篇の結末にふしぎがある。聴覚の常かもしれないが、世界の対象性を自身の再帰性が呑みこんでいる機微がわずかにただようのだ。そう予感して暁方ミセイの詩篇をあらためて通覧すると、自己再帰性をしるした詩篇（細部）がすべて魅惑的で、それこそが彼女の詩的個性だと判明する。それは草野理恵子「焼かれる街」の引用最終部にもあったのだから、女性的な特質なのだろうか（手塚敦史の「松葉杖」も彼の女性性を指標していると思う）。逆にこのとき高階杞一の《ふるえるな足／ふるえるな声》がいわば女性性の効果を男性側から測定した、必死の認識の産物のようにみえてくる。自然に再帰性を女性性に結びつけてゆく、ふかさの系譜が女性詩にあるということだ。このことに気づいている高階はとうぜん偉大だ。

暁方「ヴィオラ」の冒頭聯のうつくしさにも事物のつくりあげる再帰性の謎が潜んでいる――《棄てにいった昼を棄て、／わたしばかりをおもたく引き摺り運ぶとき、／ほんとうに透けて軽薄な月が／まだ空にある。／誰かの夕暮れの／静脈のなかだと思いあるいた》。五聯詩「三月の扉」の第四聯では、自己再帰性をめがけ侵入してくる世界の体感的なやさしさがつづられる。それは男性詩こそが今後、創造しようとする領域となるだろう。貞久秀紀の詩論集『雲の行方』はそのひとつの帰結であり、これが「詩のコモン」だ。暁方の場合は、修辞的なするどさをもちながら、こうしたモチーフが自然に発露する——《わたしを／浴槽のように感じとること。／乳色が砕け、血液は、／わたしをゆっくり世界の何かに似せていく。／家の庭ではキャベツが育っていた。／わたしの成長を追い抜いて、あっという間に、成熟し消えるものは／みんな新鮮な緑色をしている。／思い出す物は／みんな／美しい緑色をしている。》。

だんだん妖気がけぶってくる。倉橋健一・中森美方ではじめたこの論考が回帰をおこなうように。一旦しあがった詩篇を推敲してゆくうち気に入らないフレーズを除いてゆき、ついには一行も詩がなくなってしまうと一時述懐していた杉本真維子は如上の妖気に「自己切断の殺気」（ツェランにつうじるもの）をもからめる。杉本詩篇の、意味の暴力的な掬いとりがたさは、けっして内在されている暗喩の奇矯さから生じるのではない。意味の連絡や理路が殺意によって寸断されたのち、それでも身体的な語調がいわば「消滅」をつなげてゆく独自の機微が通例的ではないだけなのだった。ズレがつながってゆくのだから彼女の詩も換喩原理を負う。しかもそれを刺青のように負うヤクザさに、通常の女性詩を超えてゆく独自境があった。

待望の刊行、『裾花』では、意味の破壊は前作『袖口の動物』より進行しながら、詩篇のシチュエーションがよりつかみやすくなっているという分裂的な事態が生じている。往年の近隣状況に取材された「ナダロ」、近親者の臨終に取材された「一センチ」、何かの演奏に立ち会った「音楽堂」など。ところがその「音楽堂」だが、音楽堂にまつわる見聞は、葬儀場での見聞と二重化され、死者と奏者の弁別がうしなわれてゆく。弁別線すら失われて全体がたしかに朦朧化するのだが、朦朧性の根拠すらわからず、相互侵食の痕跡だけが前面化されて、ことばの列なりに磁極がきえる。だから読むごとに推定線がゆらいでゆく永遠の過程が生じる。むろんそんな詩を男女の別なく、だれも書くことなどできないだろう。そこで、魂の崇高といった問題系が杉本詩に生じることになる。

とんでもない暴力があったかなかったか、わからないことがさらに暴力となるというのが、たとえばフランシス・ベーコンの絵と杉本真維子の詩だけをつなぐ原理だとすれば、「道祖神」の犬喰い、人喰い、さらに一家惨事は、未来的であると同時に痕跡的でもあって、なのににじみだそうとする「内容」の怖さに反して口調がやさしい。つまり判断のための観測定点が過激に奪われているのだった。《泥を掻き混ぜて団子をつくり／嘘のように喰らっている、／供え物を疑う／やせたこころを犬が喰う／／シャツを破かれ／歯形のついた腹で／門を叩くとやさしい祖父の銃口が光った／おまえのため、は慟哭となって／わたしも喰うよ／犬を喰うよ／／嘘を吐いてもとめられぬ／薄暮にふるえ／ならばわたしが祖父を喰う》（全篇）。音数を算えれば、音律法則まで見出せるかもしれない。

杉本の詩篇には二極があるのだろう。自己痙攣的なマゾヒズムはむしろ了解可能だ。《あの、S字型のフックが／いとおしいとおもう／沈められるよりも、吊るされたい、という／呻きが丁寧に伸され／翌朝の、シャツと重なって出ていく》（「夏至」部分）。心情をえがけばこうなるのにたいし、自己そのものを記述しようとすると、その再帰性が過激にもつれてしまう。ところがそこに「口調の抒情」が顕れるのだ。いちばん好きな冒頭の「川原」（そういえばこの詩集には符牒のように川が繰り返される――詩集タイトルの「裾花」も杉本の故郷、長野の端をながれる川で、犀川に合流する）、その最終聯――《一枚のひと、ひとりの肉、と、／硬貨のように数えている／ひたいの奥の整列が／炭火を燻らせ／闇のうらがわを舐めていく／穴あきの薄紙をかぶる、いやらしい文字、／から生まれてきた／（犀川の木屑にまだ、礫の痕がある）》。最後の丸括弧内の文字が「いやらしい」と規定されてみえるところに、個人性のフィルターがある。

妖気から離れよう。最果タヒの『死んでしまう系のぼくらに』はあたらしい感情を創造している。むろんさきの杉本どうよう高階杞一がかんがえた「女性詩」の想定域を超えていて、それは『ツイット・コラージュ詩』の田中宏輔が実現をねがったものだ。ただしこれは老身のもとでなら実現されている――倉橋健一の『唐辛子になった赤ん坊』に。あるいは中年の不逞のなかにおいても、髙谷和幸の『シアンの沼地』に「抽象的に」具現されているだろう。だから最果の属するのは、若年層の読者に、詩のことばによってあたらしい感情の充塡を使嗾する「利他的な鋭気」の問題系だ。むろん人間の感情は喜怒哀楽の域を離れられないのだから、あたらしい感情も不感無覚か、既存感情、たとえば悲哀のあたらしい微分の仕方などに尽きてしまう。最果の提起したことは前者が二〇%、後者が八〇%の配分ではないか。単純にいえば、最果タヒは愛の感情に、ひとの死滅必定性を交錯させることで資本のかたる永遠を笑いのめしたのち、若い世代ののっぺりしたこころにもやはりあるだろう襞の亀裂に注意を促した。他者再帰性が本質だ。

《公》(代理店的なもの)が用意する感情の安易な通用性にたいして、最果のなす正義感にみちた憎悪は相当なものだ。《絆未満の関係性が今日もどこかで、絆に変わる。愛情のことや友情のことを語りながら、簡単に、わたしたちだけの距離が、規格化される》(「絆未満の関係性について」部分)。この言い回しに、憤怒が潜む。だから彼女が、最も闘争的な手段で「詩のコモン」を定位しようとする場所にいて、それで、詩篇の素晴らしさとともにその位置が価値化されるのだ。メメント・モリと愛情の交錯から「好き」が複雑に微分される機微についてはすでに冒頭詩篇「望遠鏡の詩」に極まっている。全篇を引こう――《死者は星になる。/だから、きみが死んだ時ほど、夜空は美しいのだろうし、/ぼくは、それを少しだけ、期待している。/きみが好きです。/死ぬこともあるのだという、その事実がとても好きです。／いつかただの白い骨に。／いつかただの白い灰に。白い星に。／ぼくのことをどうか、恨んでください。》。

撞着要素が反撥しながらそれでも連続してゆく展開がそのまま相反感情的で、この混色にあたらしい感情の実質性があるのだから、詩法と感情がいわば幸福に拮抗している。ただし相反性が「双対」になると、あいだに緩衝帯がつくられる。直後の詩篇「夢やうつつ」では、冒頭に若い女子の声が採取されている。《「わたしをすきなひとが、わたしに関係のないところで、わたしのことをすきなまんまで、わたし以外のだれかをしあわせにしてもらえたらいいのに。わたしのことをすきなまんまで。」》。愛情にまつわる責任体系の喪失という今日的な事態のなかで、彗星のように尾を引いているものがある。それが「希望の順延」とでもいった切ない自己投企性なのだった。これが都市的な感情とからだをつくる。いっぽう「ライブハウスの詩」の最終四行、《ぼくの、人生に価値や意味があるのか。／きみがいれば、／ぼくなどいなくても変わらない、そのことが好きです。／きみが好きです。》。意図的に若年層の会話の舌足らずを模したこの口調は、単純にとらえれば意味不明だ。そこでなにかを補わなくてはならないのだが、それがじつは難問に属する。きみのほうにぼくよりも存在の先験性（重要性ではない）があって、その認知があるからこそ「変わらない」（＝恒常性をもつ）のは、「きみの意味」なのか、「ぼくの意味」なのか。「きみの存在」なのか、「ぼくの存在」なのか。この破壊構文には結局は補助線が引けないのではないか。それでもきみの先験性にたいしての、「好きです」という「ぼく」の奥まった位置からの、謙譲的・献身的な感情のうつくしさが祈りのように響いてくる。こんな破壊構文を、破壊性を過たずに現出させることができるのが、最果タヒのアクチュアリティであり迫真性だろう。

縦組・横組が夜のひかりのように交錯し、装幀の質がむしろサブカル本に似るこの詩集からは、最後にきらきらした都市的抒情を生む「景観」を引こう。「きみはかわいい」の冒頭と結末を妻《め》合わせる。最果的なオーラル詩（実際は手紙文）の、深遠な射程もみえるはずだ。《みんな知らないと思うけれど、なんかある程度高いビルには、屋上に常時ついている赤いランプがあるのね。それは、すべてのひとが残業を終えた時間になっても灯り続けていて、たくさんのビルがどこまでも立ち並ぶ東京でだけは、すごい深い時間、赤い光ばかりがぽつぽつと広がる地平線が見られるの。》《まだ見ていないなら夜更かしをして、オフィスの多い港区とかに行ってみてください。赤い夜景、それは故郷では見られないもの。それを目に焼き付けること、それが、きみがもしかしたら東京に、引っ越してきた理由なのかもしれない。》。

（初出「現代詩手帖」二〇一四年十二月号）

アンケート全長版

「現代詩手帖」今号（年鑑号）のアンケートについては、最初、依頼文中の「八〇〇字」以内という文言を見落とし、フリーハンド（それでもなるだけ短く）で書いてしまった。編集部にミスを指摘され、あわてて八〇〇字に短縮し、送りなおした。だから全長版と短縮版がある、ということになる。もったいないので、その全長版を以下にご披露。

①刊行順に――
細田傳造『水たまり』（書肆山田）
幼年記憶、朝鮮テーマ、現状への反訴、語彙の驚愕、詩法の発見、ペーソスなどが、独特の韻律意識のなかに不逞にも複合していて、わくわくする。老いこそが若さに反転している奇観。《きのうの朝のほおずき市で／江戸から来たほおずき売のおやじが／わたしの顔をしみじみと見て言った／したいだな／何度も言った》（「したい」）。
望月遊馬『水辺に透きとおっていく』（思潮社）
母の喪失をうたう序詩、悲哀と透明にみちた改行詩群、少年少女にフォーカスをあてた魔術的小説文体の――それでも隙間ある飛躍によって詩とよべる――散文詩群、これら「ひらかれた閉じ」による全体の妙が何度でも繙読を誘う。ひとすじ縄では括れない抒情派。ことばが跳ねないから、この作者を信頼している。《詩はいつも、ぎりぎりの生存にかけてしまうひとの、手のひらへ、はかなく降りてくる。かざした手のひらには闇がある。》（「距離感の愛へ」）。
川田絢音『雁の世』（思潮社）
すくないことばを、くりかえし嚙みしめてゆくと、厳格な叙景精神が着実につたわってくる。東欧での体験がもとになっているのか、「テレジーン」（チェコでのナチス強制収容所所在地）、「オシフィエンチウム」（ポーランド、アウシュヴィッツ所在地）、「ラシナリ」（ルーマニア、シオランの生地）の地名もみえる。川田は雁のように時空間を渡っているのだろう。世界人の風格。《なにを浴びても／外にものごとはないという度量で／川は外を流れている》（「長い橋」）。
髙木敏次『私の男』（思潮社）
離人的自己把握というのが第一詩集『傍らの男』以来の髙木の主題で、この第二詩集でも《私のことを／私の男と呼んだ／まるで男を見つめるように／私を見つめていた》と連作が始まってゆく。以後、台湾の具体性を捨象した場での、私と私の男との彷徨が前作を超えたスケールでつづいてゆく。これほどの膂力があったとは。しかも私の男にかかわる修辞は「減喩」というほどに構文構築性を砕かれている。たりない連語からひろがる希望のようなもの。《係われるものは／姿ではない／失われたものは／仕草ではない／呼ばれたのだから／きっと／誰かがいる》（「十二」）。
松岡政則『艸の、息』（思潮社）
「艸」の出自をもつ作者からの視界はいつも転覆性に富んでいるが、そこには力ある肉体がひかりあふれて貫通している。詩の男性性の鑑。形容詞・動詞の名詞化という松岡文法は、ここに来て荒々しい修辞的綺語をさらに加算するようになって、詩法の更新はどこまで行くのだろうと幻惑される。往年を回想するときの器量も得難いが、以下にある恋愛の気配に息を呑んだ。《くさのさなえの幼きものや／しどけないまで混じりこんできて／そのままバスのなかに住みつきたくなる／家庭がなんだ／一篇の詩とはそういうものだ》（「詩のつづきにいると」）。

②これも収録詩集の刊行順に——

「夏の果は血のように滴る」（川口晴美『Tiger is here.』思潮社）

原発銀座とよばれる福井県小浜市に出生した作者の、JK時の放課後への回想から始まるこの詩集の第一部、そのクライマックスをえらんだ。改行詩篇における一行の長さが散文的説明を超えた「たゆたい」を付帯させ、「記憶は存在しつつ非在だ」という厳格な認識をたちあげてくる。これほどみごとな自己記述は稀有だろう。詩篇は父の事故死に際しての母の行動をしるしたもので、向田邦子のドラマをおもった。《母だけが話し続けながら〔…〕／ゴミ袋に両手をつっこんですっかり色の変わった作業着を広げ／内ポケットの底にあったキーホルダーを素手でさぐりあてて取り出しました／「ほら、あった」と幸福そうに笑っているこのひとは／誰なのだろう／〔…〕／わたしはこのひとを知らない》。

「街角」（金井雄二『朝起きてぼくは』思潮社）

不如意さもふくむ日常をやわらかい措辞でつづる金井はライトヴァースの現在的名手と評価されているだろうが、詩想のプンクトゥムが詩の形成そのものをゆるがす、じつは怖い書き手であって、松下育男などの系譜につながっている。どの詩篇も達意で唸ったが、ここでは終結部に複雑なひかりの交錯する「街角」を。《街角の向こう側／ほんとうは／それはただの／曲がり角でしかなく／〔…〕／

たまに人生の吐瀉物があったりするだけで／おお、今／ぼくの息子があの街角を曲がって行くよ》。
「白粉花」（斎藤恵子『夜を叩く人』思潮社）
女性的な奇想という点で、斎藤恵子の詩のゆたかさにずっと敬意を払っている。今回の詩集は恐怖など原初的な感覚を幼年記憶から掘り起こした詩篇が多かったが、「白粉花」へしめした伴侶のちいさな戯れに焦点を当てたこの夫婦年代記（しかも一人称「おれ」の余命が幾許もないことが暗示されている）が紛れこんでいて、これが新機軸をしめすものだろう。泣けた。その終結部——《おれはいっぱしの男だと思っていたが、今から考えるとほんの小僧だった。女房はねんねだった。幼い子どものする花遊びで喜んでいたのだ。白粉花のひらく夕暮れ、子どもじみたおれと女房がほの明るさの中、見つめ合っている姿だけがくっきりと浮かんでくる。》。
「晴れの日」（小川三郎『フィラメント』港の人）
小川三郎が以前より「ちいさい」詩集を出した点に清冽な衝撃をおぼえた。逆接の論理が順接の叙法に回収され、滋味たっぷりにねじれてゆく詩作にはさらに磨きがかかったが、その詩が徐々に静謐さをもおびてゆく経緯に動悸している。「晴れの日」の冒頭と途中を引こう。《小さな橋を渡るとそこは／私の場所ではなかったから／私でないひとたちが／たくさんいた。》《突然の雨のように／後ろから私を／抱きしめるひとがいた。／固く固く／私がどこにも行けないように／ぎゅっと抱きしめ耳元で／何かとても／さびしいことを囁くのだった。》。
「黒札」（岩佐なを『パンと、』思潮社）
改行末のヴァリエーション、語調変化、意想外と既視感への復帰、淡々とした自己の位置——これら練られた「技術」というしかないものによって、岩佐なをの詩はさざなみのように読み手をくすぐり、笑いを繰り返させる。それでも眼前の些末ではなく、なにか遠いものが現出して「詩の体験」を確実に所在化する。名人芸だ。菓子パン等をさまざまにうたう、すばらしい第一主題のあとも名品が目白押しだが、そのなかでとりわけ怖い奇想詩篇がこの「黒札」。換言不能の着想なので計三聯分を抜き書き紹介するしかない。《街を歩いていると／ときどき見かける／うしろすがたがある》《肩から踵にむかって／表裏ともにまっ黒けの小札をばらばらと／なんまいもなんまいも／落としているひと》《だあれも指摘はしない／あなた、内臓が見えてますよ。／なんて誰も口が裂けても言わない／ましてそれが黒い札で出来ていて／瀧のようだなどとは／誰も言わない／ばらばらばらばら／肩口から落ちて／踵で消えるだけ》。

③国内の詩論書関係を刊行順に——

筑紫磐井『戦後俳句の探究〈辞の詩学と詞の詩学〉』(ウエップ)

一般には短歌とちがい「詞」の詩とおもわれている俳句の分析に、時枝文法の「辞」「詞」双方を導入した。白眉は、音律の自在さのなかに「辞」がやわらかに組織される阿部完市の詩学へいざなう七章・八章。触発されて読んだ完市の著作、とりわけ『俳句心景』(八一年、永田書房)、『絶対本質の俳句論』(九七年、邑書林)には震撼した。藤井貞和詩学どうようの汎アジア的スケールで韻律が熟考されていたのだった。

川島洋『詩の所在(主体・時間・形)』(∞booksによるオンデマンド)

丸括弧内にある三副題の観点から詩作行為が原理的に考察される。詩誌「すてむ」などに掲載された詩論の集成だが、これほど精緻な書き手のいたことを不明にして知らなかった。《詩を書きながら、普段話すときのようにすらすらと言葉が出ないのは、「表現」に四苦八苦しているためではない。それはむしろ、言述を支える内的な文脈と言葉とを同時的、相互的にそこに発生させなくてはならないためだ。そのとき詩の書き手は、世界を日々埋め尽くし続ける膨大な発話――話し言葉だけではなく書き言葉も含めて――の圧力による不快感をこらえ、それにあらがっていることになる》。

北川朱実『三度のめしより』(思潮社)

日常を、体験を、記憶を、つまり生を、詩が補完する――じつはそんな途轍もないことがやわらかいエッセイ文体にさりげなく綴られている。ライトヴァース系の教養ゆたかな引用そのものにこれほど心を打たれた詩書は初めてだった。しかも鑑賞が引用詩篇にたいし換喩的になっている。たとえば松下育男「はずれる」にたいし書かれた文章なら以下。《飛行機雲を引いて横切っていたはずの旅客機が、よそ見した瞬間に消えたことがあった。動悸がするほど青い空は、もうひとつの空を隠している気配がしたが、半生が、ボートのように回転して、まっさらな時間があらわになったこの詩を読んで、ふいにあの空を思い出した。通過しなかった夏を思った》。

神山睦美『サクリファイス』(響文社)

書評集、講演記録集といえる構成なのだが、一気呵成に読ませる一貫性をもっていて、そのなかで拙著『換喩詩学』への言及が白熱の一部をなしている点を嬉しくおもった。それは換喩への思考がミメーシスへの思考へと神山のなかで連接されるためだ。神山思想の中心概念「共苦」は、離接を原理としていて、だからこそ時空間を自在に連接してゆく逆転も起こる。この意味でもともと彼の批評原理に換喩が作動していることになる。たとえば岩成達也の『レオナルドの船に関する断片補足』中の「皮膚病に犯されながら昇天していくマリア」はどう思考されているか。《マリアとは、すでにして死んでいるとしかいいようのない存在であり、だからこそ、そこにあらわれるのは、「激越な空疎」とそれゆえの「形骸としての奇蹟」にほかならない》。
大辻隆弘『近代短歌の範型』（六花書林）
伝統文法にあかるい当代きっての歌よみによる近代歌人論。詩の書き手は、大辻の一首考察における「辞」（助動詞、助詞）への繊細な着目に同意をおぼえずにはいない。助詞ならば構文内のズレの機能へもひろがっていて、そうした換喩性は何も現代詩のみの特権ではなく、伝統詩型が伏在させてきたものとわかるためだ。とりわけ斎藤茂吉、島木赤彦の読み方を教わったが（現代短歌では山中智恵子も）、大辻歌論は佐藤佐太郎といつも相性が良い。たとえばその一首《冬の日の晴れて葉の無き街路樹の篠懸《すずかけ》は木肌うつくしき時》についてこう述べる。《「篠懸は」と来たのなら「木」といった名詞で歌い収めるのが普通なのだが、彼はそれを「時」という名詞に繋ぐことで意図的に文脈をずらしている〔…〕。〔…〕客観描写の油絵の上に、さらりと一刷き、時間感覚の上塗りをする》。
（初出「現代詩手帖」二〇一五年十二月号）

杉本真維子『袖口の動物』

凶暴なものは連打的で長い——そう「常識」は考えるだろう。だが杉本真維子の新詩集『袖口の動物』ではちがう。凶暴なものはむしろ少なく、間歇的・余白生成的で、結局は、「見たことのない配置」によってこそ暴力の域へ「成上がる」のだ。

部屋——そうしるせばそれは「脳」でもあっていいのだが、ともあれ「奥津城」で女は言葉を「宰領」する。霊性を、語同士の衝突によって手許に沸きあげて、それをしも闇に、じつに恬淡に献呈してしまう。言葉生み、言葉殺し。あるいは発語を単位とした、「刻々の気配」の生殺与奪。持統天皇とはきっとこんな女だったのだろうか。

杉本真維子の哀しみは、意外なところから測定できる。二度目に詩篇が読まれたとき、語の凶暴な配置はすでに読み手に記憶されていて、衝突そのものが柔らかく馴致されてゆくのだ。凶暴なのに、馴染んでゆく語順や比喩。「発せられたもの」は自らの再来によって、他人にあっけなく吸収されてしまう。

杉本真維子が「女」だというのは、そうした語の宿命を自らの存在感の哀しみとしてあっさりと引き受けているからではないか。実に、あっさりと。自棄の気配が優雅な含羞の笑みで覆われる。

たとえば、集中、「光の塔」「笑う」「身頃」「袖口の動物」「或る（声）の外出」「貨物」「やさしいか」は、僕にとってすでに初見の詩篇ではなかった。それらのたたずまいに初見時、あれほど怯えた記憶が、それ自体、錯誤だったのではないかと逆に戦慄してしまう。

「笑う」の乱暴な比喩、「わたし」に向けられた命法、「身頃」の異様な副詞、「或る（声）の外出」での、転倒ではない主格助詞止め、「やさしいか」での主格を主語にした奇怪な疑問文——

それらは詩語の運びの未聞の「発明」なのに、いったん「やさしさ」として受け入れてしまうと、古くから見知っているものへの郷愁にその質感を淡く変えてしまう。こういえばいい——異質が語る。「わたしはここにいる」「わたしをみて」。だがむしろその声の女性性にこそもってゆかれるのだった。

こういう女性詩の声に接したことがない。「動物性」「理知」の順序が従前のものとはちがう。おおかたは「理知」にとどまる。あるいは、「理知」を捨て去って「動物」を展覧する。ところが真維子は、「動物性」の出し方が理知的で、理知の出し方が動物的だというゆれがその本質にある。存在を自ら血まみれにする往還がある、ということだ。

そうした本質を措辞の「少なさ」が封印して、彼女の言葉が「うごきつつ」「停まっている」。停止の空間が「部屋」の感触の実体となる。騒霊は、ない。部屋では起点はあっても「閉じない」括弧だけが浮遊していて、だからこそそこが世界へとつながっている。そのようにこの女は個別だが、普遍だった。

重圧をかけられ、悲鳴する言葉の群れ。叫喚しうる言葉それ自体のもつ動物性。だがそこでは黙語が叫ばれているのだ。すべての場所がそれで「静かな叫喚」の撞着として音連れる。

像の朧化どころではない、像の消去のためにこそ、無言の鉈が詩空間のここかしこで振るわれ、紙が透明な血を流し、ヘンな色に濡れ、襞を生成し、だが瞬時にのっぺらなたいらへと恢復する。事前と事後とに挟まれ、時間の本質である瞬間がおめいている。

場所の詩。みえない場所の詩。みえなくなる場所の詩。何かが何かを覆う。その不透明。その厚み。厚みなのに平たいこと。そうした場所、場所、場所。いったんそう捉えて、この「場所」が正しい詩篇の本質として、即座に「時間」へと換言できるとも気づくだろう。詩においては、時間と空間の弁別など正しくは不可能なのだ。

むろんたおやかさによって心を誘う措辞だって散らされている。《曇り空は／誰のものでもない声にとてもよく似て》(「坊主」)、《まだ、／言葉も知らぬ唇をねがい／まっさきに乳頭を差し入れて／母よ　あなたが／ほんとうに注ぎいれていたものはなにか》(「皿」)、《あ、その白い手袋――／イナイイナイバアと顔を隠した／両手のすきまから／夥しい他人がこぼれ落ちていく》(「他人の手鏡」)、《青年のような鳥の声が／とどめのように／世界を整頓する》(「雀り声」)。

だが、「坊主」「皿」「雀り声」といった、詩篇タイトルの暴力はいったい何なのか。「雀り声」といえばその最終二行、

一度もだかなかった
同音はもう、ひとではない

は、前行を次行冒頭の修飾節と捉えるか、あるいは二文連鎖と捉えるかに遂に解答が出ず、そこにも暴力が顔を覗かせている。

措辞の論理展開が崩壊したときには、フランシス・ベーコンの絵画に接したような恐慌も起こる。

「ある冬」から、最終聯を引用――

ああほんとうはわたしたち
ころしあっていたのではないか
あのとき
轢きされなかった半分の
片腕ももう、捨てる

暴力1：「爪」「ゆび」ガ突然「片腕」ニ昇格シテイマス
暴力2：「轢」ノ字ガ無気味デス
暴力3：片腕マデモヲ落トソウトシテイタナンテ、ソレマデ聞カサレテイマセンデシタ

怖気をふるってしまうような暴力は、集中では「果て」に最もあふれていて、その不吉さが怖く、転記などできはしない。魯迅の箴言《川に落ちた犬は棒で打て》を、知人へも「培養」してしまった怒気の狂気。このときの《Y原》という名前の書き方が呪われていて、詩神からは即刻の死刑宣告がなされるのではないか。

一篇だけ、全篇引用――

いのち

飴を嚙んではだめ
ゆっくりと溶かしなさいと

そんな、声がする
ふいにかかとに落ちてきた一滴の
ように

わたしは、口のなかに
刃物があったことにきづく
まるく透きとおった、ちいさな固まりが
からころとあかるく
陽だまりのように鳴っていても

突然、歯で潰す
からっぽの一瞬がある
そんなふうにひとは
死をえらぶことがあるのだろう

ゆっくりと溶かしなさい。
そのうそだけがわたしを生かす
おまえの
飴玉は溶けない
たとえ焼かれても
黒こげの口を粉々にこじ開けて去る

四方田犬彦『摩滅の賦』の一節のように、順次唾液で溶け、最後にのこった飴の欠片がうすい刃物となって自らの口腔を傷つける惧れを、詩篇が「抒情的に」唄いはじめた。穏やかに詩が終息しようとして、では最後の四行、とつぜん噴出する黒化（ネグレド）は何か。憂鬱が爆発してしまうことなどありうるのか。これは誰の誰への恫喝や強請りなのだろうか。

読者を最後に谷底へ突き落とすべく、それまでの詩行が平静を装っていたのだとすれば、詩行を運ぶ動力が「悪意」だったと総括ができる。

いずれにせよ杉本真維子は言葉を統べた。それが完全なかたちになるようにではなく、不完全になるように統べた。不具へ、欠損へ、《せむし》へ、陥穽へ——そんな状態にしてそれが愛されるように統一した。

杉本は編集をも統べた。統一が編集だったからだ。言葉を欠損・疫病にひたして、それが美しくなるように、その周辺を静かにさせたことも如上あきらかだ。そうして前詩集『点火期』の弱点が克服され、無敵になった。

ほぼすべての詩篇に字数・行数上の統一が感じられたことが大きい。それと詩集空間の白部分の多さに言葉がひたされて同じ沈黙を保っていることも大きい。だから詩篇の並びに、一瞬、連詩の運びすら錯覚してしまう。冒頭の流れなどは、杉本の好きな動詞「掃く」を蝶番にした連詩かとおもったほどだった。

（二〇〇七年十一月）

甘楽順治『たかくおよぐや』

甘楽順治は日々、詩を「徘徊し」「泥酔し」「管を巻く」。屈折や体制への反訴はあるだろうが、告発的ではない。ことばをべつの姿にする、ただそのためだけにことばを撫でさすって、ときにガラガラに割ってしまう。瓦礫度がます。記憶を繰りだして、失ったまちの景観すら忍ばせて、ときに同世代の昭和への郷愁を無駄に操って、しかも郷愁には本当の対象などない、と臍すら噛ませる。

整骨師の時代から脱臼師の時代へ時は移ったようだ。第一詩集『すみだがわ』と較べ今度の第二詩集『たかくおよぐや』は詩行の連絡に脱臼構造がさらに高まっている。読解が熾烈になる。過去の景、現在の景、論理の系が脈絡なく行単位で雪崩れこみ、あやうくスポンティニアスな暴発にいたる「直前」に、改行だらけの組織体としてわずかに世界が現前している感触。触れれば音も立てて崩れてゆくこのひらがな主体の瓦礫群は、当然、予感体としての「火薬」だろう。だからやくざ性の実体も、べらんめえ言葉の乱入よりも、詩行組織の崩壊寸前の「直前」性にこそあり、それに引き合わされ読み手の危機意識も水面のように高まってゆく。

源七堂接骨院

かわなんかなんまいも脱いだつもりだったが
どうしてかやせない
じぶんと
じぶんがつながっているときの骨のおもたさ
しろいか
きいろいか
つながっていないひとにとっては
やるせないいいかただ
源七堂接骨院
こういうところがとつぜん
かわしようもなくあるということを
いつまで
おぼえていられるか
脱
というのは
ずいぶんなつかしい身のありかたである
ご　きんだい

と院生の楊さんはいい　わたしは
すこしおかしいとおもってしまった
脱いで
ひとの骨につながって
（そうしたいとおもったわけでもないのだが）
大正のころ
にほんじんはよくでんわをかけていた
楊さんは
研究のなかで
だいじな（もしもし）をみつけた
そういう骨と
骨のつながりかたがあってもいい
それからすこしたって
（つまり昭和のはじめのころ）
この年代のひとたちはね
みんなからだのきそができているんですな
大腿骨
かもしれない
こんなにながい箸ではとてもつまむじしんがない

37 くるぶしあたりのものを
38 えらんだのである
39 でも
40 脱
41 だとむやみにいえるだろうか
42 (くびで)
43 (ぶらさがっているだけだからな)
44 源七堂接骨院
45 のまえをとおりすぎながら
46 なくなった骨と
47 骨のつなぎめのことをおもう
48 おもう
49 ということだけで
50 これからどうやっていきていくのか
51 (なにをいまさら)
52 目がさめて泣いているひとはみんなそうだよ

(＊以後の論議のため、各詩行冒頭には算用数字を施した)

「1―2」からして突然だが、こう切り出されば理解がただちにうごく。にんげんはそれ自体が脱皮を繰り返し、同一性と脱同一性をからませるようにして変化してゆくものだ、と。2行目、少年時の甘楽順治が肥満体だったのでは、と「疑惑」が湧く。

「3－4」＝「自同律の不快」がいわれている、と取った（と、このように解説しはじめて、甘楽詩の読解が平易なひらがなを生硬な概念語に「逆翻訳」することだと気づく。ところがそうしてみて、さらにひらがなの並びの無気味さを、ひとは不吉に啜るのだ）。

「5－6」＝白人と黄色人種の価値対立、と短絡的にまず考える。ところが甘楽の「黄色」には糞便臭と郷愁が抜きがたくからまりあう。三つあとの詩篇、「あさくさにいく」から引こう。

どいつもこいつもくびからうえに雲がかかって
しょうわのはじめか
めいじのころ
だらしないわらいごえが
川のほうからながれてきてきいろくなる
そうやってぞろぞろ
あさくさにいくのである
すこし血のついた給料ももらっている
きょくたんにきたないひとたち
のせかいにくらすということ

この箇所をふくむと、「白／黄」の対立が、「冷たさ／温さ」の対立の言い換えだ、と判断も生じることになる。

いま引いた詩の一節なら、往年の浅草が近隣の下層民の来訪によって殷賑を呈した姿がよく「見える」。賤業従事者、「川向こう」等、被差別イメージが歴史的に盛られてもいる。それでたとえばそこに現れている「すみだがわ」の川が契機となり、遡行的に「源七堂接骨院」1行目の「かわ」が「皮」のみならず数%の「川」をふくんでいるのではと思料する。川の神が詩行をあるきだしてはいないか。

9行目、「源七堂接骨院」。墓石か戒名のように漢字だけで立っている。廿楽の記憶上の「わが町」を開陳するように、詩集前半は実は「さかなまち（肴町）」と題された詩篇集合体となっていて、そこには下町の匂いのする数々の店舗が居並び、ねじれるような空間的連続性を組織づける。「燃えるじてんしゃ店」「とんかつスズキ」「龍城酒家」「かんのん食堂」「にかいや」「堀理髪店」……「堀理髪店」などは廿楽の中学時代の床屋体験を、懐かしい体感とディテールとともに比較的素直に綴ったものだが、その他は書き込まれる詩的修辞のディテールによって、書かれれば書かれるほどに実在性を奪われ、奇怪な幻想性へと傾斜してゆく。

あるいは「廿楽（つづら）」という珍しい姓をもったことが、廿楽順治の運命を決めてしまったのかもしれない。それは、実際を「綴ら（ない）」と宣言しようとして、ふと書きものが言いよどんだような「中断の」姓なのだった。だから詩が彼のジャンルとなる。

「源七堂接骨院」はひらがなのなかに漢字が直立していることで、修辞的にも異質性を高め幻想存在ではないかと感じさせるが、10－13の四行、「実在性を抽象性として換言する語り」によって実際にもその姿を変貌させてゆく。いまいちど書く。《こういうところがとつぜん／かわしようもなくあるということを／いつまで／おぼえていられるか》。ひとは「こういうところ」に突然、直面させられる。ひたすら脱臼に向かう世界に、再組織性の「源」のような「差戻し機」がある。「源七堂」——人名が医院名の由来で、古くからつづく接骨院だろうが、「源」が「七つ」あるというふくみがあるかもしれない。ともあれひとはやがて頽落し、復興力をもつ世界の起源すら失念する。

14－16《脱／というのは／ずいぶんなつかしい身のありかたである》。おもわずさしぐみそうになる。数千人の脱衣の仕種をおもった。身がねじられる動勢があり、それで世界がさわさわ鳴っている。ただし14「脱」の一字で「改行」がほどこされたことが不吉だ。「脱（ダツ）」であって「脱ぐ」ではないから、まずは欠落が感じられる。骨に関わる詩だから脱衣ではなく脱臼だろうと「解釈」が伸び、同時に「脱落」から「脱け殻＝蛻変」まで、発語の「中断」によりその余白から類推語がぞろぞろと蠢き現れる。悪意ある「改行原則」があって、それこそが「さしぐみ」に結ばれる。この「むすぶ」という動詞も詩集『たかくおよぐや』にかなり目立つが、「脱臼」を修復する「差戻し機」はこのようにして詩語に散見される。

17－19。とつぜん、接骨院に中国からの研修生が働いている気色になる。魯迅留学時のような光景。もはや廿楽個人の幼少時の記憶よりも詩篇の時制が遡行しはじめた。つまり16－17の詩行の隙間には「切断」があるのに、廿楽はそれを行アキなどで明示しようとしていない。だからこそ、互いに連絡性の弱い詩行が危うく並ぶ詩の景観が生ずる。

院生・楊さんは「後漢」というように「後近代」といったのだろう。事柄は、「モダン」が「近代」とも「現代」とも訳される不如意に関わり、だからこそ18－19で「わたし」は「すこしおかしい」とおもったのだ。むろん「ポストモダン」そのものへの廿楽の疑念もある。「脱」が示唆する「脱構築」におなじだ。たぶん廿楽は、「近代」と「現代」が連続体であって、それを分離しようとする意識がおかしいと異議申立をしているのではないか。連続体の根拠は、20－21、脱皮しても脱衣しても、ひとからひとへ、親から子へ、「骨がつながる」絶望的な所与にある。むろんこんなことを考えだしたのが「近代」ならば、近代「以後」と「以前」には壊滅的な分断線があった、それだけのことだ。世界では、時間では、骨こそがつながっているという奇怪な発想。この「つながり」が電話イメージとなり、院生・楊さんのいる時代が23の「大正」へと確定してゆく。不安定な詩行の運びに、22の括弧に入れられた袋のような詩行が貢献している。

電話という文明の利器が介在し、いったん骨が耳小骨の共振に集中してゆく。楊さんも、この骨を契機にした「人体連続性」世界観の虜になった。それが25－29で示されるが、大切なのは音声・発声によって人体＝骨が連接するという認知だ。世界は「婆羅婆羅」と音を立てるようにこの詩篇では開かれた扇状にひろがっているのではないか。

30－31で時制移行（大正→昭和）の転轍がはっきりとある。ここも行アキが消されている。32－33、骨折蔓延の現代にたいし《この年代のひとたちはね／みんなからだのきそができているんですな》。会話体の、鉤括弧なしでの混入、つまり自由間接話法。これが、廿楽詩がポリフォニーだという端的な証となる。会話体語尾によって語った者が中年以上の男で、しかもこの語尾が現在つかわれないことから、旧い日本映画に接したような「郷愁」もここから滲んでくる。

悪意のように一行一行から滲む感慨が一定しない。ただ、ひらがなの柔らかさによってそれらが表面的に結ばれる。ひらがなは「むすぶ」。

34－35《大腿骨／かもしれない》。この二行は、詩篇全体にたいする帰属性が薄く、「浮いている」。この「浮き」によって次行への導線となる。してみると、連句の投げ込み句のような機能をもつ、といえる。

36－41は、現在の火葬場の光景としか読めない。火葬された遺骸が会葬者に運ばれてくる。骨は施された高熱にかなり砕けているが大腿骨は原型を残している。だから（わたしは）踝あたりの小片の骨を長い箸でつまんだ。踝――「足」篇に、旁が果実の「果」。このシチュエーションではそこから「星」が見えなければ嘘だろう。そして焼かれた遺骸中、最も宝物や星に似ている小片骨が必然的・付帯的にイメージに舞い込んでくる――咽喉仏だ。

人体で唯一、「仏」の名称のついたそこ、荒木陽子のそこをぼく自身は荒木経惟の写真集、『センチメンタルな旅／冬の旅』でみた。涙ぐんだ記憶がある。

39－41《でも／脱／だとむやみにいえるだろうか》が切ない。通常、人体の時間的移行は脱皮や脱毛の次元でのことだ。ところが最終的に人体は焼かれて、皮や肉や腸をうしない、骨として晒される「脱」を遂げる。原型を留めない変貌――これを「脱といえるだろうか」。奥深い自問自答。なるほど人世は骨でつながるが、ひと一個の軀は、表面から芯の骨へと、翻転するように還元されてゆく。これもひとの世の常だ。

ならば、人世もまたこの詩篇の詩行連絡のようにあやふやだろう。42－43は、括弧の使用により、挿入性の高められた二行。人体のあやうさがいわれているが、気味悪い、廿楽的逆説だ。とうぜんひとは、「くびをからだでささえあげている」のであって、《（くびで）／（ぶらさがっている）》わけではない。

40《脱》は、14《脱》の奇天烈なルフランだった。「改行原則」のひとつにはルフランもあって、その実行といえる。44《源七接骨院》も9のルフラン。ルフランは、詩行を挟んで、超越次元＝メタ次元に同音を木霊させ、詩篇の同定性に鋲を入れることだ。それは「回帰」「復帰」の安定より先験的だ――甘楽はそう言うだろう。

45《のまえをとおりながら》で、幻想対象としてほしいままとなった接骨院が再現実化する。驚くべきことにこの医院は大正から現在までをも存続しているのだ。一旦、彼の想像が幻想の水面下に降りた証として、次行から詩行が濡れだすが、そうしていい判断があるだろう。連句的な大団円が構想されている。

46－47《なくなった骨と／骨のつなぎめのことをおもう》。骨は如上あきらかなように火葬で「なくなる」。だが、人世はそれでも「骨」でつながっている――とすれば、甘楽のおもいは、「骨の脱」から「人世の脱」へと移行している。

47－48が「おもう」の尻取りつなぎ（そう、ここには甘楽詩の「改行原則」が展覧状態になっている）。

49－50で言葉がかぼそくなる。「細り」で詩篇を閉じたいのだ。むろん「おもう」は「実行」ではない。けれどそうだからこそ人世の美しいたゆたいがある。それでは虚しいとおもう作者と、それにメタ次元からツッコミを入れる作者との、「当然の」分裂（51《（なにをいまさら）》の挿入効果とはそういうことだろう）。

52は子供の声として読んだ。一篇がまとめられるにふさわしい詩行。《目がさめてないているひとはみんなそうだよ》。ぼくも「目をさましながら」、ここで泣けてしまう――骨がさわさわ鳴ったあとの子供の声の余韻が泣かせるのだ。
一篇のみの詩篇解説によって、詩集全体への評語に代えよう。そのようにしたのは、甘楽の詩がそのひらがなの多さ等から雰囲気的に「おもしろく」「屈曲している」とのみ「類推的に」語られる風潮を事前阻止しようとしたためだ。彼の成功した詩では、厳密な「改行」がある（その改行と作品の組成を不安定にすることとが同時的だった）。そして唯一無二の「語調」がある。読解線も、いまぼくが試みにしたような厳密さを実はしいられる。ことばのために詩を書いて、希望と諦念、恐怖と笑いをひるがえさせつつ実はそこでは独自の「人世」哲学が熾烈に語られているのだ。このようにして読んで、ふたたびひらがなの多い詩行の流れに目を走らせ、ことばの芳醇にさらに心をもってもゆかれる。そうして読者は嬉しい「空白」の位置へと導かれてゆく。無駄な雑念を生じさせない。こうした詩の型が、「現在形」だとおもう。

（二〇〇七年十一月）

清水あすか『頭を残して放られる。』

二十代の女性詩人・清水あすかさんご自身から今年六月、南海タイムス社から出された詩集『頭を残して放られる。』をさきごろ送っていただく。数日間この詩集と付き合ってきて、彼女の棲む島、「八丈」の匂いと夜と時間に、自分の鼻が芳醇に濡れてゆくおもいとなる。

詩集名からわかるように、「異言」の詩人だ。言葉の運びに無二の「紋章」がある。たとえば詩篇「目をつむらずにある日々。」の書き出し。

やわらかいことをかんがえた。
何もすな、とおじは言ったから。

この一見の、意表を突く脱論理に、視線を縛られてしまわないひとは詩のファンではないだろう。ただしそれは、読み込むと「やわらかく」状況や意味を結実させてくる。「おじ」は詩の主体「わたし」の、幼年からの親身だった。「わたしの島」はその「おじ」と結ばれていつも濃厚にあった。ただ、その「おじ」が何かの異変でそのご病床に結ばれ、幼年の「おじ」と繋いだ「わたし」の手のやわらかさを、「おじ」は「おもうな」と病床に置かれた存在自体から語っている。「語っている」と書いたが、実際の言葉のやりとりはないのではないか。破調な詩行なのに、静謐が覆っているのだ。清水さんは、撞着を提示するときに、一緒に、ねじれに哀しみも混ぜて、読者を人生大に潤ませてゆく。

「おじ」の状態はこの一篇だけでは読者に明瞭な像を結ばない。幼い日をともにした「おじ」を病床に見守る現在は、詩篇「おじが日と日を生きる日は。」でも反復される。幼年の作者の記憶がもっと混在してくる。「おじ」が氷いちごを食べる夏のわたしを、暖かく放生《ほうじょう》してきた過去も脈々と伝わってくる。ただし、次の不吉な聯は何か。

排泄物、少々の血。かわいたよだれ、めくれた皮ふ、時々膿が出て
誰もいない左足は、何も言わない左手は
つぶれない。

これは左右の軀のシンメトリーを悲惨にも欠いてしまった、「おじ」の状態描写ではないかと受け取った。脳梗塞だったのだろうか。「おじ」に対する「わたし」は髪を二つに結わえる齢に達している。言葉はリアリスティックで残酷。ただどうしても傾斜してしまう詩性が、作者の言葉の運びから「明示」を遮断し、対象の苦衷を共有するように内側へと折れてゆく。「残酷」とおもわれるこの作者の言葉からやさしさを嗅ぐ。

詩篇「おじが日と日を生きる日は。」はそのタイトルからして、時の同一な循環を遥かな視線で見やっている気配だ。その最終聯――

麦わらをなぞり
山の線をおじに渡す。

わたしは動けない「おじ」の「代わり」に山野の前に立ち、「おじ」の感覚器となる。その代理性で、自らの感覚器を濃厚に、するどくしたのだ。たぶんその自己分析によって、「おじ」に深い謝意が告げられている。

詩篇の並びは、部分的には時制錯綜型だ。事実、「おじが日と日を生きる日は。」の前に置かれた、この詩集では例外的に一行の行数が短く揃っているスタイリッシュな詩篇「いつとも言わず。」で、非明示的ながら、「おじ」の臨終が描かれているのではないか。「おじが日と日を生きる日は。」ののち幾つかの詩篇を挟んで、さらに「おじ」との幼年が、「見る先の冬へ手をかけて。」では回想されている。

先に引例した、「排泄物」から始まる三行一聯は、軀の分離容易性、軀の覚束なさにたいする、作者の特異な詩想を告げているとおもう。この詩想がそのまま独自の詩法へと変幻を遂げている。嚙み分けるように読んで、軀の哀しみが伝わってくる詩篇「波紋の鳴って雨を知る。」の次の四行はどうか——

ともすれば歩いている足を忘れる程の、
とびのくことばが体から飛び散る時に、

しかしそれは右手ではらう、
その単純なしぐさでも消えられる。

この詩篇全体の書き出しは、《水位が高くなってくちびるの上にも来る時は》となっていて、それは一瞬、潜水の動作を喚起させる。だが、ぼくはこの島に特有の驟雨が誇張的な喩でしめされていると読んだ。「わたし」は傘も差さず驟雨のなかにいる。足許の数々の水紋によって、「わたし」の居場所が、水のはげしい圏域のなかに定位できなくなる。だがそれこそが「わたし」の歓びなのだ。なぜか。作者はアニミスティックな一体性のなかで得られる軀の「充実」をいつも志向している、と見えるからだ。

「島」にいる「わたし」は「島」に閉鎖され、「水」に閉鎖され、「風」に閉鎖され、「夜」に閉鎖され、その内側に充実して満ちて、いつしか「島」と同じ大きさになる。同じ大きさになると悲哀と隙間が「わたし」に溢れてもゆく。「わたし」とはたぶん、そういう大きな循環なのだ。

詩篇には見たことのない方言がある。試しに詩篇「そのふくふくとしてやらかいもの。」から取り出してみよう。「はんけ」「わらいして」「まるぶ」「ぼうくなって」「ねぇこくて」。晒された方言は野蛮を伝えない。同時に方言周圏化に要した時間からの古語の響きもあまり伝えない。密接に閉じた島の時間だけで独自に発達した言葉の、その身体的な温もり、つまりは閉鎖的親和性だけを伝えてくる。そうした言語的風土のなかにいるから、作者は誇らしく眷属や周囲を詩で唄いきるのだ。

そう、それは「おじ」だけではなかった。父母だけでもなかった。「乃志おば」「みとせ婆《ば》」「男衆」「女衆」——「同じ土地」を体現する者たちの誇らかな恃み。それは「島」の「ヤギ」や「牛」、草木にまでおよぶ。全体がアニミズムの環となる。日本でありつつ環太平洋である息吹。

方言の効用には山口哲夫のかつての偉業が参照されているのか。風土上の眷属の恃みには中上健次の文業が揺曳しているのか。いや、見事に係累を欠いた、詩史上の「孤児」の言葉だろう。

詩は世代連鎖にもやがて行き着く。親からわたしが生まれ、「おじ」と親しんだのなら、「わたし」も時の循環的進行のなかで「子ども」をいずれなす。詩集が終わり近くになって、詩篇「置きっぱなしの動物は。」に「子ども」が登場した。ならば最終詩篇「夜は、おなかの中。」で「おまえ」と呼びかけられる者もまた、作者の「子ども」と取るべきなのだろうか。

わたしが垂直線となるよう保ちながら、裸足でおまえと歩く。

「わたし」が背筋を張り、手をつないでくる「おまえ」の姿勢を確保する。ふたつの密接な「線」が、夜のなかで印象を読者に放つ。だが、それらはさらに、「島」の外部＝内部とアニミスティックに結ばれてゆく。

枯れた植物と同じ列のにおいをして、
もうその頃ひかりとは月の甘みしかなくて、
〔…〕
自分の髪の色を思い出す。
今の空の色よりも、それはあたりを黒くして夜さえなびく。

「枯れた植物」、そう、南海にも冬が来るのだ——ただその冬の到来は深甚な「曖昧」を伴っているのではないか。南海の冬こそが季節の鈍い悲哀を伝達するのだと考える。それが時間で窮まるとするなら、「夜」なのだろう。この作者の「夜」の把握が独自だった。すべての詩篇から「夜」を抜き出し、この作者にとっての「夜」の作用力を味読したい誘惑にも駆られる。

これほど野太く壊れた言葉は女性の言葉だからこそ壮観だ。けれども哀しみは、風呂に入る自らを描写したとおもわれる、詩篇「色があって初めて見える線の形。」にとくに明瞭だろう。安永蕗子なら風呂場の自分の悲哀を端正な分節推移のなかに置いた。《朝に麻夕には木綿《ゆふ》と逆はず生きて夜ごとの湯浴み寂しゑ》。清水さんは自分の裸身に一旦狂言綺語を導いて、そののちにさびしさを復帰させる。冒頭はこうだった——

髪をすく欲望を置いて、
くずれた正座でつめたく、床に貼りついたりするから
わたしはこんなに、さびしいことを思うんだろうか。

三行目の平易さに、より濃厚に狂言綺語が滲んでいる。

この作者特有の畸想というものがある、と感じた。いちばん不可思議だったのが「歯」だ。成長を願って、とれた乳歯を子どもが屋根に投げるという習俗が、この作者には延々取り巻いて離れない。歯はやがて奇怪な「骨」へと成長してゆく。歯と骨の物質的類縁。投げられた歯は、植物の種子のよ

うに蒔かれ成長して、夕方の広場で「牛の頭蓋骨」になる。それが人を廃棄せしめる「穴」ともなる
――この詩篇には、そんな奇怪な読み筋が取り巻きはじめる。

人捨て穴《ヤア》、来ますよ。

――お母さん、歯はどっちの方に投げるんですか。
――あっちの、新しくない棟のね。そう、その屋根の上に、
青く錆びかかったおまえのお父さんがいるんです。
おまえの乳歯を見せてやりなさい、その時には少しは目もあけて、
おまえも大きくなったと言って、歯の方を見やるでしょう。

夕方になったら広場の空は、
夜に向かって染みていく色に、木のりんかく線だけが残ってく。
あそこにあるのが、骨。
広場の真ん中に、この額くらいまである大きな牛の頭の骨。
白は土がふれるところで茶色く、場所によってはこわい色をしている。
この歯の一つ一つ、うす歯からして、しっかりと濃いかたさを持っている。
ふくらびて、ずいぶん広場におぶさるようになった。
今はもう熱いにおいも消えて、まろくやわらかいだけの白の骨。

小さい時は向こうは崖で、ここからも鉱石の色がはっきり見えた。
片手を谷にしながら、手が届くだけ伸ばし集めていった。
黒よう石、石英、黒よう石、石英だとおもう石、石英。
石の名前は二つしか知らない。

雨雲の日に広場で一人、牛の骨にかぶさりながら、
背景に向かってこの広場の歴史を説明しながら、
昨日お母さんは金属の、青く錆びかかったお父さんをもいで、
あとさえ見れずに走った事は
広場の前の道に落ちていた、大きさのちらばった石英でわかるのだ。
なぜ黒よう石は落ちなかったのか、
いつの間に鉱石を自分のものにしてたのか。
今日まで聞かれずにいた事も、今ならはっきり見て言える。

はずまない骨をひろった。
牛の目の下のところだ。
口に入れてなめる限り、これは乳歯ではない。

――お母さんはお父さんと、もう行かなくては。
　おまえの言うあの骨が、
　お母さんにもずいぶんはっきり、見えるようになってしまった。

お母さん

人捨て穴《ヤア》が来ますよ。

（全篇）

青錆とむごい形容を付される父。父母の仲は通り一遍ではない。その父を母が「もいだ」という奇怪なイメージ。しかも母はそんな父を運び、逃走したとも読める。消えてしまった父母なのだろうか。その位置から最後、母が娘に語りかけているのだろうか。父母につき「東京出奔」といった明瞭に読み取れる物語などない。ただ牛の頭蓋骨に成長した幻は父母の消息と何かの関連があって、「わたし」の喪失へと肥大し、しかも「わたし」はそこから取り出した歯を舐めて、それを自分の乳歯ではなかったと確認するだけだ。口腔、必須の、しかし寂寥の穴。歯はかつてそこにかかっていた。いまは「人捨て穴」が代わりに相互が離れている位置を襲ってくる。

この詩の修辞は乱暴に過ぎるのだろうか。ならば、「小さい時は」から始まる四行一聯の、「語調」の天才ぶりとは一体何なのだろう。かつての稲川方人に感じ、いまの杉本真維子に感じるものを、ぼくはここではっきりと認めてしまう。

「歯」の幻は「甘白い夜をいただきなさい。」で一瞬よぎって、最終的には詩篇「見る先の冬へ手をかけて。」に行き着く。その第一聯——

歯を舌先でなめる時には、
これが一番近い骨の風味と思われる。
十四歳は自分の骨格を、
冬にできる枯れた枝でなっていると言い
今は枝をくわえながら、
わたしだけで青く湿気た道を歩いている。

ともあれ大変な脅威(驚異)が南海から現れたのだった。

(二〇〇七年十二月)

小池昌代『ババ、バサラ、サラバ』

小池昌代の頭のなかがどうなっているのか、時に彼女の爽やかな挙止を見つつおもうことがある。その頭脳は柔軟で、自身の生、見聞するあれこれから絶えず何か（「詩性」と呼ぶべきもの）を発見・確認している。勘のいい人、常に慎重で、気を許した相手以外には胸襟を開かない。気を許した相手には、心中深い焔を垣間見せることもある。その焔は真紅の絢爛ではなく、漆黒の凄みを湛えることもある。慎ましく此世に身を置きながら、ふと「此世にいない者」の奥行をもそこに感知させるのだ。小池詩のファンはそうしたたたずまいの清潔を熟知しているだろう。

小池昌代の縁語は糸、裁縫といった縫製全般に関わる語の領域にとくにある。此世を見て、束状になっている「文」をそこから感知し、それをどう配備するかで、詩や小説や随筆を「紡いで」ゆくのだ。針に糸を通して文は縫われ並べられてゆくが、彼女の織物は、するするとほぐれだすような脆い組成も時に誇り、そうした自律性のなさが、第一文から最終文まで綿密な組成で縛られる小説にたいし、詩文の根拠となってゆくのだとおもう。

したがって「散文脈」の論難は小池詩にはもとより当てはまらない。というか、彼女は散文と詩の結婚のようなものをはじめから志向しているといったほうが近道だろう。

新詩集『ババ、バサラ、サラバ』（本阿弥書店）には、はっきりと裁縫の縁語が連続する、「針山」

という詩篇が収められている。

針山のなかに入っているのは
椿油をしみこませた人毛だよ

冒頭から、男にとっては奇怪とも映る事実がこのように語られてゆくが、不審がられもしようこの二行目の語尾は、やがてそれが「祖母」の発話だったという後づけを得る。祖母は生来の盲目だったという真偽の定かでない事実提示があり、縫い針に糸を通す役目は幼い自身だったという述懐があって——

つばをつけてよって糸の先を
こころをとがらせ　つきとおす
向こう側へ
裁縫はたのしい
つきさしてぬく
貫通のよろこび

貫通にまつわるこの「よろこび」に、「喜び」ではなく「悦び」の字も当てはまるのではと、ふと男性読者なら不安になるだろう。案の定、この五行先から恐ろしい詩行の運びとなる。

わたくしはまだ　十三歳ですけれど
貫通ならもうとっくに知っています
けど　それは
わたくしにとって　痛みでしかない
おとこたちが　かぶさってきて
とがった針の先で
わたくしをつつく
ひとはり
ひとはり
縫いこめていく
糸を引き抜くとき
布とこすれあう音がするでしょう
しゅっ、しゅっと
火がおこる
摩擦音って官能的だ

問題は「裁縫」という、火と無縁の領域に、女性特有的に火が熾ってしまう点ではないだろうか。小池の詩ではこれまで女性性は水性と連絡することが多かったが、それがこのように発火容易性と結びつけられることで当然、衝撃が走ってゆく。発火は炭化とも別の詩篇で類縁を演じる。以下、集中「歴史」の衝撃の詩行。

炭の母の
目鼻はもう　区別できない
乳房と腹のやわらかなふくらみ
二重に描いた杏の種のような
陰唇のかたちが
股のあいだに
くっきりと残っている

それは女がお産するときの
いきみのポーズに
よく似ていた

この「炭の母」は詩行のそののちの流れからして、東京大空襲の写真展か何かで小池が見聞したものから発想源を得ているだろうと読者は見当をつける。ただし小池はその「炭の母」に完全同化して、結果、自らの「異相」を読者につきつける挙にも出るのだ。
引き抜いた行には、詩に特有な、言葉の変成や律動による音楽化の痕跡ははっきりと見当たらない。

意味はどうあれ散文性を穏やかにまとっている。だがこの「意味はどうあれ」が問題なのだ。「意味」は容易に小池の生を超えた別次元の恐怖を読者の眼前に召喚しだして、それで散文の束が確実に詩文の束へと転化してゆく。つまり散文は散文なのだが、その文には悪意ある変貌容易性が仕組まれてもいて、それに気づいた途端、「散文」の保証が溶けだすのだった。

小池の詩篇の多くに「随筆詩」というジャンル名を人は重ねたがるかもしれない。だが「随筆」にないものがそこに確実にある。「対象同化」もまた、そのひとつだろう。

小池と思われる主体が昔、付き合っている男の留守居で無聊を感じ、書棚からフェルメールの画集を取り出したという、向田邦子の随筆のような設定の「中断された音楽の稽古」。この詩篇タイトルはそのままフェルメールの画題なのだが、小池はその絵のなかの女と「同調」してしまう。こんな具合——

女のほうは　まるでいま　誰かに呼ばれたというように
手紙から顔をあげて
視線を絵の外へ　あいまいに延ばしている
わたしはふりかえって　背後を見た
わたしでない誰かが
ほんとうにそのとき　彼女を呼んだような気がして。

ああ、「背後」がまた現れた、とおもった。読者はかつての小池の衝撃的な詩行を忘れてはいないだろう。《わたしの背後を/滝が落ちていく/人も、》(『もっとも官能的な部屋』所載「背後」)。永田耕衣の名吟《後ろにも髪脱け落つる山河かな》にも匹敵する、壮絶な「背後」だとおもう。

小池の場合、「背後」とは女性性意識のなかで堅守する領域を覆す、「魔の領域」ということができるのではないか。それは小池の慎重を脅かすものとしてあるのか、逆に勘の良い彼女の動物性を逆証するものとしてあるのかいまのところ、よく考えたことがない。ただ、手許を守ろうとして背面を晒す女の姿からは、陰唇のかたちを表して焼け死んでしまったような凄惨も現れる。その凄惨には、「同調」とは逆、「同調不能の孤独」といった凄みが写しこまれる。

筆者がおもわずさしぐんでしまった『ババ、バサラ、サラバ』中の「随筆詩」と呼ぶべきものに、「手暗がり」という詩篇がある。小池が自分の「こども」に往年の家族写真を見せている、という穏やかな導入からはじまるこの詩は、ロラン・バルトの写真論と遠く触れ合うように、写真のなかの「母（つまり「こども」にとっての祖母）の不在」をやがて主題にしはじめる。

（そろそろこの小池の詩集名『ババ、バサラ、サラバ』の由来が朧げに感知されるようになったかもしれない。小池は「バ」の破裂音が好きで、詩集名はそのような頭韻を踏み語の逆転も呼んだと「あとがき」で明かすのだが、収録詩では前の「針山」やこの詩に見られるように「祖母」の登場が多く、「ババ」はそこからも確かに来ている。

むろん「母の母」は女の連続性をしめす。さらに吉田喜重の『エロス＋虐殺』ではないが「母の母の母」ならばもはや、名づけえぬ女性的連続性の漠たる領域を指すだろう。その領域と、あとで見るように「死」が関わる。それで詩集名に「サラバ」の語が入る。一方「バサラ」は変貌容易性という散文のヤクザな属性に関わる）。

話を戻して――「手暗がり」。家族写真にいつも不在の母にたいし、小池（とおもわれる主体）は「こども」にこんなそっけない説明をする――《おばあちゃんは　いつだって／たいてい写真にうつっていない》。なぜか。写真撮影がその日の慶事をきっかけにしているなら、女は台所で料理に専念していたという一旦の説明ののち、《わたしはこどもと写真のなかに入っていく》。すると台所仕事をしている母が見えだす。その後ろ姿に《なにをしているの？》。今度は小池の主体のほうが女の「背後」にいる点に注意してもらい、この詩篇の「泣ける」最終行までを一挙に抜いてしまおう。

彼女の手が為している
なにか、とてもだいじなこと
たいせつなこと
でも
それは聞けない、聞いてはいけない
背中のむこう
手暗がり、と呼ばれる小さな地所

母はほこりだらけの電球（六十ワット）を磨いていたのかもしれない

かさこさかさこそ
豆が煮えている

ガスの炎が　青くゆらめく

それとも泣いているのかしら

おかあさん、と呼ぶ
おばあちゃん、とこどもが呼ぶ

ぐらぐらと無関係に小さな地震がある

あんたたちはむこうへ行ってなさいよ

ついに振り向かない母が言う

茶簞笥のうしろで死んでいるネズミ

あんたたちはむこうへ行ってなさいよ

女の手許にのみ女が守る領域があって、それは秘匿を宿命づけられている。たぶんそれを盗み見れば鹿の姿に変えられるか、あるいは見つめられた対象そのものが塩の柱になってしまうのだ。豆を煮るガスの炎の「青」は女の仕事が魔女的な「調合」に関わっている点を告げる。

しかし、横に伸びる詩行にたいし縦に参画してくる「幻想」の束は何だろう。「電球」「地震」「ネズミ」。その挿入がリズムをつくり、同時に、「あんたたちはむこうへ行ってなさいよ」の反復が、その反復によって孤独から生起する「拒絶」を強調する。背面を見られる女の凄惨がまず「泣ける」のだが、女の背後にいるのも「女」であって、その女にもさらに「背後」があるはずだ、という予想の不如意が余計に読者を「泣かせる」のではないか。

埃だらけの電球を磨くことと裁縫には、手許の世界・手許の対象の創出という動作の類縁がある。そしてこの詩集では手許の創出が不意に中断されるときに死が舞いこんでくる。小池は死では女の死を中心に綴り、そこから自身の死すら幻覚する。

金魚の世界が転倒する
金魚が死ぬ　あたしが死んだ
縦のものが　そのとき横になって
（「金魚」）

●

死ぬ以外は
何ひとつ事件が起こらなかったあの日
わたしにとっての最良の一日を
わたしはいまも懐かしく思い出す

傍に誰もいないで　たった一人で
（「わたしが死んだ日」）

このような「自己同化」的な死の一方で、死の実相――「中断」が素っ気無く綴られる（《中断というのは　いやなものですね》という、もろの吐露も前出「中断された音楽の稽古」中に見出される）。《生きていることは　そのように／いつも途中のことなのだから／そして死は／途中の、いきなりの／裁断なのだから》（「歴史」）。「裁断」の「裁」の字から「裁縫」が透けてみえだす。

この詩集中、最も壮絶な死が描かれるのは「針山」中の祖母だろう。詩篇ラストはこうだった。

針を針山にぷつっと戻すと
およびがきたよ
平成十七年十月のこと
物凄い目で
わたくしを一瞥して
襖のむこうへ消えていった
針山のなかに残されたのは
椿油のたっぷりしみこんだ
顔のない
女たちの髪

女は「女たち」としてしか存在しない――つまり個別に同定できない。ただ「死」のみは個別性として残酷に出来する。それが、このような幻想装置のもとで語られているとおもった。確実にここには「詩」が現れている。この「針山」には、鳥肌の立つ罵詈雑言が一瞬現れる。

おまえの身体はおまえのものなんかじゃない
ばかやろう

「身体」は「女たち総体」の一部としてしか規定しえない――このことが詩篇の最終相から把握されるとしても、一旦、読者がこの二行に感じるのは小池の真面目さかもしれない。自傷・自殺に走る少女たちは、自己身体を自身の所有物だと錯覚している。それへの鷲田清一的な警鐘がここにあるのではないか、と。ただし、論語から哲学認識までふくめ、自己身体の所有不能性を多元的に語る鷲田にたいし、小池は、自己身体は名指しえぬ「時間」にこそ属しているとただ潔癖に主唱するだけだとおもう。

「恐怖」を突きつけえたときに小池の詩は目覚しく迫ってくるが、小池の詩が一回の消費で終わらず再読に値するのは、そこに哲学的な認識が非明示的に裏打ちされているためだ。それは詩篇から詩篇への横断によってさらに強化される。

「女たち」の時間を「貫通」する非人称的な女性連続体を吉田喜重『エロス+虐殺』のような不可知性ではなく、実は、恩寵という布置のなかで小池は捉えている。それがわかるのは、「反復」についての狂奔をしめす集中の「タンカクウカン」ではないだろうか。メルボルン詩祭での短歌朗読、という小池自身の体験に基づくこの詩篇では、短歌朗読が一首の二度の朗詠を習慣化している点に論及が至る。そこで圧倒的――ドゥルーズ的な「反復」へと思考が舞い踊る。

二度詠めば意味がとりやすくなるでしょう。
二度詠めば印象がつよくなります。
一度目は去っていく、けれど二度目は
生き始める。

反復を考究するのに反復をもってする、という建前もあるが、詩篇は次の間歇する二行で「自然発火」に移る。ゾッとする言葉遣いなのだが、事柄は哲学的なのだ。

繰り返しは　やばい、世界に拍車をかける。
つまり、二度ということは、すでにその時点で、二度以上ということなのです。

小池のこれらの言葉づかいにこそ「バサラ」を感じてしまう。そしてこの気質がもともと彼女に具わっていたともおもいいたる。小池昌代は散文性を選びつつも、やはり「自在」なのだった。最後に「反復」により「発火」している彼女の詩行を抜いておこう。

からまちまのまちの

からまちまのひとびとは
からまちまのふくをきて
からまちまをおどる
からまちまのゆめをみて
からまちまのにおいのする
からまちまのとおりで
からまちまをかなしむ

（「ねじまわし」部分）

（二〇〇八年二月）

高島裕『薄明薄暮集』

開巻わずかにし、次の一首で、おや？　とおもう。

うなじ見せ髪洗ふひとを思はしめ蕾うつむくかたかごの花

かたかご。片栗の別名。白く小柄で寂しい花をつける。蕾の挙止はたしかに、はにかむようなうつむきが多い。暗い湿地に寂しく群生している。片栗粉はこの植物から採られる。

この歌を読んだ第一観は、片栗の蕾に女性の俤をみた男歌ではなく、その蕾の寂しさに自身を投影し、自身の未恋をかこちながらなおかつその生＝性に自恃をもつ若い女の歌だ、というものだろう。作者はしかし、他の歌を読めば自明のように、雪深い地方で、妻帯せず母親と孤独に暮らす中年男、職種も農業から派遣社員という苦しい道を渡る「男」だ。

短歌形式という問題がある。つまり、花を中心にした植物を詠むと、自然にそれは往古からの調べをあふれさせつつ女歌へと変じてしまう魔法があるのではないか。

作者・高島裕はたぶん、短歌で存在の可変性を希求するひとなのだ。それは彼の生の苦しさによるところも多いのだろうが、これほど華麗な変身劇を目の当たりにすると、いっそ収録歌の個々に署名などなければいいとまで願ってしまう。

註解なしで圧倒的な彼の自然詠を転記打ちしてゆこう。そこから聴えるのは繊く、凛とした「女声」にほかならない。

鶲《ひは》ひとつ雪の梢を翔《た》ちにけり萌黄のこゑをそこに残して

花の下くぐるときのま幽《かす》かにも冷たきものがわれを包めり

咲き満ちたるまま夕暮れて桜花かずかぎりなき声となりゆく

そつと包めば蛍はともる、われの掌《て》の底に寂しき街あるごとく

月光《つきかげ》に泛びてそよぐ笹葉群《ささはむら》そこにひそかに昼つづきをり

月うけて笹群《ささむら》蒼く凍れるを残像として今日を閉ぢたり

雪掘れば雪の底ひに眠りゐる果肉のごとき青に出会へり

ひとりゆゑひとりの影をひきつれて朝々を行くわれもつばめも

薄明か薄暮か知らず　ひとり目覚めて生まれたままの寂しさにゐる

掲出、最後の一首は、この高島裕の歌集『薄明薄暮集』（〇七年）の書名の由来ともなったもので、歌集の掉尾に置かれている。

歌集は整序意識にみちて、春夏秋冬・羇旅・恋・雑《ぞう》の部立に分類され五十首百首の単位で各章が並んでいるが、あえて章を度外視し、一挙に女声歌を列挙したのだった。

ともあれ静謐な精神を感じる。たとえば高島裕には仰角という特有の視線もあるようで、それは裏返って、身の卑小さの演出をする。恐怖にちかい感覚が謡われることもあるが最終的には視線の方向性は祈りへと転じてしまう。また、「上方《じょうほう》」が形象でなく音にみちることもある。そうした機微をあきらかにすべく三首を連続掲出する。

花の下より見上ぐればいつせいに花の眼《まなこ》がわれを見下ろす

新雪の上《へ》に仰臥して目をこらす　なほ降りつづく雪のみなもと

列なりてわが直上を行くときのかなしき声をかりがねといふ

二首目は西東三鬼の名吟《われら滅びつつあり雪は天に満つ》をおもわせるし、三首目中「いふ」

には、河野裕子の名歌、《たつぷりと真水を抱きてしづもれる昏き器を近江と言へり》の「言へり」をおもった（女性的な決意こそが「言ふ」ではないか）。安永蕗子への対応意識がはっきりした名歌もある。以下。

千年を情《こころ》のままで暮らし来ぬあるときは泥あるときは花

国を問ふ切なき声よ朝露の助詞助動詞を日本と呼べり

これは歌書中の二首連続引用で、一首目に《日本といふ国。》の詞書がなされている。それもあって、安永の《日本に依り韻律に倚ることの命運つひに月花を出でず》をおもってしまう。むろん高島は花鳥風月のみを抽象美として昇華する歌人に終始するわけではない。生活詠から境遇がおのずと明らかになる例だってある。ただしそれは通常、出来の点で見劣りがしてしまう。たとえば——

麦ばたけ夕日にゐまふ頃ほひをわが帰りゆく軽《ケイ》を駆りつつ

作業着のままで見に行く川花火　あぢさゐ色の少女《をとめ》ら流れ

ころころと芋の出で来る嬉しさに鍬振りてをり暑き夕べを

「軽」一字が軽トラックの略語と気づけば彼の労働の質がわかる。「作業着」「鍬」でもそれは同様だ。それで作者の性別も判明する。だがそれだけでは歌の調べが弱いままとなる。
ところが奇妙なことが起こる。そこに正統な男声がとりついたとき韻律が今度は男性的に締まり、高島の男声歌というもうひとつの個性が現れるのだった。なんという変身容易性。きっかけはやはり岡井隆との対照性を自身に降誕させることだったろう。

陽光は蜜のごとくにのしかかる。駐車場までひとり歩けば

四方《よも》の蟬聞こゆるままに眼《まなこ》閉づ　このときのまぞ、夏の頂

一首目は「。」の使用が最近の岡井短歌写しであるというほか、「蜜」の主題も岡井、《蒼穹《おほぞら》は蜜《みつ》かたむけてゐたりけり時こそはわがしづけき伴侶》を想起させる。二首目の口調が岡井をおもわせるのも明らかだろう。
この男声歌にはやがて異様な寂寥が混入しだす。彼の労働環境を想起すれば、胸が塞がれるようなおもいとなる。列記。

四十《しじふ》歳われに幻肢のごとき夏休み、八月尽はいたく淋しも

思ふさま書《ふみ》読み暮らす秋一日《ひとひ》ふいに激痛のごとき寂しさ

横ざまにふぶくゆふべは空も野もほのかに赤し　ここで生まれた

苔濡らす滝に対《むか》へばわたくしが滝そのものになる刹那あり

一首目「幻肢」は「ファントマ」ともいい、事故切断後のいずれかの四肢が、「もうないのに」、痛む脳神経特有の症状をいう。二首目は《ひさびさの休日。》という詞書とのスパークで哀しみが深まるだろう。「激痛のごとき」の直喩が素晴しいが、ふとマラルメの「あな肉体は淋し。われなべての書を読みき」とも交響する。三首目、一字空白ののちの、原型のような口語文体の侵入は、これまた淋しさの窮みゆゑのことだろう。

あ、とおもう。高島裕は保田與重郎を愛読しているらしいのだ。本質的和調のなかに女声の艶麗と男声の寂寥が混成し、日本的季節が荘厳されるというのはこの保田の影響からではないのか。

春雨はよろしく石を濡らせるに蛇足のごとき涙流せり

與重郎読みゐる真夜に顫へつつ苦しき野より返信とどく

「蛇足のごとき」の直喩が苦い一首目は《義仲寺、保田與重郎先生墓前。》という詞書がなければ読みが成立しないが。
高島の男声歌は、やがて烈しい振幅をもつとも理解されてくる。労働疎外なら、次の歌でわかる。《派遣先の食品工場でライン作業》という詞書のある一首目も、「下部構造」（マルクス主義的には「経済」と理解してよい）という一語に自身が閉じ込められてしまった二首目も、それぞれ切っ先するどい社会詠と呼ばねばならない。

8：00から17：00まで隙間無く流るる瓶の灼熱の川

人一生《ひとよ》昏き脚もて足搔けるを「下部構造」と呼びて澄ましゐき

これらの苦衷はやがて時代錯誤的・政治的「妄想」に結びついてもゆく。いや、次に掲げる二首目は不穏ながら、グローバルスタンダードの旗のもとアメリカ属国化する自国批判だった。

北一輝の肖像蒼く刷られゐる日本銀行券　夢に見つ

星条旗に描き加へたる星ひとつかつて日の丸なりし赤星

おそろしい自嘲の一首もある。作者の家が富山の辺境にあると註記すれば、あとはその歪んだ自画像の迫力のみ味わえば済む。

おのが妻を他《ひと》に抱かするヴィデオなど需《もと》めて炎昼の県都まで来ぬ

しかし、この女犯願望は、世界の女性性を欣求する自己肯定にもすり変わる。

わが道に雪よ降れかし雪降らば寂しさは花、世界は女身《ぢよしん》

ではこの歌作者は女性にたいし悪辣な欲望をただおもいえがくのみなのか。そうしてこれまでの論議のうち秘匿していた部立「恋」に言及せざるをえなくなってゆく。

部立別に章構成された整序的歌集だとすでにしるしたが、その部立構成を隠れ蓑に、その展開が自己暴露的な衝撃力をもつ野心的な構成でもあったのだった。

そう、大きくいうと、四季の植物詠の女声性に陶然としたのち、前出、「ヴィデオ」を唄う不埒な自画像のような歌がある。このあいだを埋めるのが子供ある未亡人に「恋」をした作者の純情歌の数々だ（それは悲恋に終わる）。つまりこの歌群が本歌集の男声歌の中心で、読み手は植物詠・雪詠の華麗と、恋情詠の切迫とに引き裂かれ、結局は「短歌という器」が作者変容の恐ろしい契機だとまずは知ることになる。

けれどもここでの恋情は、じつは男女どちらの種別でも変わらないという交換可能性の逆説ももつ。高島は、いわばらんびきにかけて、短歌形式から性差を沸騰・消滅させ、その情が叫喚にまでいたる機微を展覧するのだった。つまり生活詠に即した具体的自己がこの歌集のなかにいようとも、作歌を

契機に短歌媒体自体の変貌可能性を測定する、一種、抽象詩のつくり手として高島がいるのではないか。そのような読み筋でこそ、この『薄明薄暮集』が最大恐怖の光芒を放つ。

さて恋歌は最初、意中となる女との出会いを綴る。スーパーのレジ係の女性の色白に悩殺されるというそれは、そのあまりの凡庸さ・散文性に、読者が赤面すること請け合いだが、ぼく自身はこれを、やがて情の性差を消すための罠ともとった。まずはそのくだり、冒頭三首ほど引用してみよう。

雪色のひとに出会へり冬の日の灯《ともし》あかるきレジを挟んで

ショーケースにケーキを並べてゐるときの遠目に見ゆる指さへも雪

しろがねの釣銭を手に受けるときぬくみほのかに指の触れたる

ところがこのありきたりの邂逅は情炎の恐ろしい孤独のゆらめきを結果し、結局、短歌形式の可能性そのものに接触してしまう。順番に引用する。読者は恋の進展が焦燥や彷徨、ときに「ストーキング」に近い危険を孕みながら、やがて季節昇華といったものにまで結実してゆく圧倒的な流れを知るだろう。

底知れぬ明るさとして立つひとを一塊の火となりて見凝めぬ

吹雪野へひとり車を走らせて日すがら白く迷ひ抜きたり

拒まるるたびわれの野に萌えあがる詩想のごときもののかずかず

体でも心でもない。薄闇に熱《ねつ》湧きやまぬこの場所が君

宵闇に蛍かがよふ岸にゐていちにんの頰《ほ》を思ふ、激しく

人づてに「迷惑です」を伝へくるあなたへ渡すまぼろしの橋

隣国をときにするどく憎むごと真夏真昼間女《ひと》を憎みぬ

われといふ瓶《かめ》をしづかに盈たしたる素水《さみづ》と思ふ、九月のきみを

謎のまま恋ひわたり来つ謎のまま着馴れし衣《きぬ》のごとくなりたり

雪豹のよぎる疾さに移りゆくきみの心の色をたのしむ

目合《まぐは》ひの原義を思ひまひるまの廊下のはてへ送るまなざし

目を閉ぢてきみの内部のくらやみを流るる水の音を思へり

ここにきみ居よと念じて鷺渡る薄暮の川をひとり見てゐる

とうぜん別離確定のち、恋の収束をしるす幾つか歌もがあり、そこでとうとう「きみ」が完全に溶け、いわば季節そのものとなる昇華的認識もそこに続くはずなのだが、それらは経緯を伝えてもすこし力が弱く、ここには採らなかった。

けれどもたとえば「ここに居よ」の一首の情の凄さ・寂しさは何だろう。むろんこれが短歌的普遍だ。これらの歌にたいし「相手がよかっただけ」という事件性のなかでの納得を僕自身はしない。これらの歌に接して、高島裕の寂寥の「普遍的な」深さが歌集全体にわたって瀰漫してゆくためだ。たとえば最後に引く以下の三首は、仮面をとったりはずしたりというアクロバットも時に印象づけるかもしれないこの歌作者が、実際はその顔貌も名前を考えなくてもいい、無名の声を良質に響かせるだけの「誰か」であっていいとただ告げる。

群青のつばさわが背にあるごとし世の人に名を呼ばれて立てば

亡き父の寝床の位置にわれも寝て見分けがつかぬまでに消《に》てゆく

百年の家居の闇に抱かれつつ童形のまま老いゆくわれか

なんとも素晴しい歌集だった。つい歌を引用しすぎてしまった。

（二〇〇九年二月）

女性にとっての――しかも短歌的抒情にとっての自己身体の規定ならば、自らにたいし親和的で、それゆえ幸福感にもみちたものの多くなるだろうことは、容易に想像がつく。それは自己愛的、あるいはそこから貶価的ニュアンスを退けるならば「自体愛的」とも呼べるものではないのか。そう当たりをつけて、邑書林から出されている「セレクション歌人」シリーズ中、『横山未来子集』をひもといてみる。「身」をうたい、これほど読み手の情に迫ってくる若手歌人はいなかったという記憶があったから。――案の定、彼女の「身の歌」は秀作ぞろいだった。

おごそかに颱風すすみ来たる夜名づけ得ぬもの身に膨らめり

隣りあふひと時のみに身の裡の水のおもたく片寄るを知る

秒針の響きくぐもりゆくほどにやはらかく身はねむりに添へり

秋草のなびく装画の本かかへ風中をゆくこの身透くべし

（以上、すべて彼女の第一歌集『樹下のひとりの眠りのために』より。以下同）

一首め二首めでは横山の身体は「水でできている」。しかし軀が水ぶくれでなく水の抒情性にみちている点は、三首めの身体の嗜眠性、四首めの身体の、瞬間透明化のはかなさによって傍証もなされる。ならば以下の歌はどうか。

身のうすき絹さや水に放したりわれさへ知らぬわが未来ある

むろん横山の身でなく「絹さやの身」の歌だが、ふたつの身は相互投射関係にある。したがって絹さやが横山の身体の正体を「うすさ」として証ししてしまっている。水、透明、嗜眠、うすさ（投射可能性／植物性との類縁）——このようにしるせば、横山の身体に付加されてゆくものの流れ・系列を理解できるだろう。投射性は次の歌をもよぶ（これも、身はなくても身の歌だ）——

君生くる時とかさなる束の間のわれにさやけき綾あらはるる

透明性のなかから立ち上るこの装飾性は、装飾であって横山の身体の質そのものだ。似た例は、ギュスターヴ・モローの「刺青のサロメ」にも、もとめられるだろう。付言すべきは、最後の掲出歌中の「君」にあらわなように、横山の歌は相聞、しかも性的な晩生ゆえに清新な恋情をたたえた、現今ではもう奇蹟と呼ぶしかない抒情性なのだった。

ではこの横山未来子の身体は無敵だろうか。一首のみ、戦慄に値する「身の歌」がのこされていた――

ひとはかつてわが身めぐりを指さして全てのものを名づけたりけり

気をつけよう――「私の周囲の事物はすべて名づけられ」「周囲の中心、つまり私自身のみが名づけられなかった」のだ。「わが身」とは脱規定性だった。なぜか――ここでようやく読者は、横山の伝記的事実に逢着しなくてはならなくなる。

横山は幼児期から病身で車椅子生活をしいられたひとだった。この事実承認は意外に彼女の短歌読解にも大きな影を落とすことになる。たとえば彼女の顕著な恋歌と呼べるだろう以下の歌。

ボート漕ぎ緊れる君の半身をさらさらと這ふ葉影こまかし

これも身体への恩寵となる装飾性、ならびに自らの恋情が対象に影なした驚愕をうたう秀歌だが、通常の「読み」なら、歌い手の身体はボート上、漕ぎ手の正面にあるととるはずだ。ところが車椅子生活を余儀なくされる横山を知れば、歌い手は畔から車椅子のまま水上の漕ぎ手を遠望しているととるのが自然だろう。そのように身体布置を変えて、横山の軀が真に「消えそうになる」。これは決して自己愛的・自体愛的身体の持ち主などではない。たとえば杉本真維子の次のような戦慄の詩句とも横山の軀が拮抗している――

そのまま、いまは誰もなにも
わたしに映りこむな
雨のしずくに閉じ込めた
逆さの文字だけを読みすすみ
いつか、出口のように割れてみせる

（「笑う」『袖口の動物』）

――とはいえ、女性の身体は透明であっても消滅傾斜であっても「ゆれる標的」として読み手をいざなうのは事実だろう。そこではたとえば対象化が疑われていない。ところが、すぐれた男性の詩的身体ではそうならない場合がある。となって召喚しなければならないのは、やはり石原吉郎の詩だろう。彼の処女詩集『サンチョ・パンサの帰郷』冒頭の「位置」をまずは全篇引用する――

しずかな肩には
声だけがならぶのでない
声よりも近く
敵がならぶのだ
勇敢な男たちが目指す位置は
その右でも　おそらく
そのひだりでもない

無防備の空がついに撓《たわ》み
正午の弓となる位置で
君は呼吸し
かつ挨拶せよ
君の位置からの　それが
最もすぐれた姿勢である

転記打ちしてみて改めて実感するが、一見晦渋な暗喩満載ともとれるこの有名な詩では、叙法の簡潔さのなかでただ諸語が物質的に隣接することだけがもとめられている。旧ソ連の捕虜収容所＝ラーゲリを舞台に、「君」と呼ばれた詩の主体は他の捕虜たちと移動する渦中にあって、不穏な、誤解の招く動きも許されず、結果、歩行を促す左右の獄吏を意識しながらただ正面のみを見据えていたのだ——といった「意味」は、この詩篇の迫力にあってはあくまで二次的ということだ。

詩篇中「位置」は三度もちいられている。「目指す位置」であり、「正午の弓となる位置」「君の〔存在している〕位置」。つまり身体は機能的に「位置」の語に圧縮還元され、身体環境の殺伐さ、あるいは殺気立った疎外が、石原の「告発しない」魂の優位から静かに伝わり、それが詩篇の魅力となっていたのだった。身体が身体として叙述されないのは、身体の情況的な脱規定性という、詩篇内の歯車がそこに介在しているため。それで身体は、もうひとつ別の語にも還元された——最終行中の「姿勢」がそれだ。身体のディシプリンなら近代国家の問題だが、無為のディシプリンによって石原詩の身体はのっぺらぼう化を予感させてもいる。それを美しいとまで感知させてしまう逆説が、『サンチョ・パンサの帰郷』の身体観で、それは身体の静かな憤怒ともこうして結ばれていた。
　身体を殺伐化させる諸要素――「棒のように」ただ無名的にある身体（位置）にとっての「左右」。たとえばこう書きつけた一文のすべてが石原的身体の問題なのだった。詩篇「位置」が予感的・決定的だったのだろう、石原は他の詩篇でも「右ひだり」を繰り返し、「位置」の語をも繰り返した。身体の無名化は同じ詩集でどうしるされているか。「デメトリアーデは死んだが」の部分を引こう――

白く凍った銃声の下で
さいごに　おれたちは
手套《ルカビッツ》をはめる　二度と
その指を　かぞえられぬために
言葉すくなに　おれたちは
帽子《シャプカ》をかぶる　二度と
その髪の毛を
かぞえられないために

「身体が棒になったような離人感」については、引用しないが、これまた同じ詩集から、「つったち」をこれ以上ないまでに原理的に表現した「棒をのんだ話」を掲げよう。
　ところが石原的身体は「同じ詩集」だけの問題でもなかった。「位置」の主題は石原の以後の詩集でこう変奏される。『水準原点』中「墓」――

かぎりなく
はこびつづけてきた
位置のようなものを
ふかい吐息のように
そこへおろした
石が　当然
置かれねばならぬ

（部分）

ここでは最初、「位置＝自己身体」という認識を読者がするだろう。その後、「位置」と「石」の音韻類似により、「石」が不意に出現、自己身体が「石のように」寡黙になる。『北條』中「和解」。

私が立つこの位置は　かつて彼が光をとらえてみせた位置である。光源から彼の歩幅で二歩をはかり　その両膝へあつめるようにして彼は　光をすくってみせた。
〈魚《うお》を掬うように〉
世界はその歩幅において寛容であった。
私が立つこの位置は　世界が彼とよろこばしく和解した　ぎりぎりの外縁であったのだ。（部分）

一読、意味がとりにくい。複雑な自己位置を石原自身が書こうとしているためだ。この詩篇には

「Kに」という献辞がじつはついていて、石原の伝記を知る者はそのイニシャルを鹿野武一、ラーゲリ内で断食をし、「もしあなたが人間であるなら、私は人間ではない。もし私が人間であるなら、あなたは人間ではない」と昂然と獄吏に言い放ち、しかし抑留を解かれて帰国の翌年、獄中の身体酷使のために死んだ、あの崇高さを付与された人物へと即座に結びつけるだろう。石原は「世界と人間の和解」には、絶望や拒絶にたいする二段構えが必要だと考えている。それこそを石原は鹿野から学び、その体験が光にみちていると感じていたのではないか。

石原の箴言めいた文章を辿ろう。《希望を捨てるという希望が、まだ残っている》(「メモ」(一九七二年～一九七三年))。《あるとき、僕がいつのまにか、拒絶の姿勢をうしなっていることに気づき、大きな衝撃を受ける。その時僕にとって、世界は一時に明瞭になる。僕はひとつの感動をこめて、世界をもういちど拒絶するのだ》(「一九五九年から一九六二年までのノートから」)。この鹿野の「位置」に石原は自身(自己身体)を代入するが(石原こそが世界と和解するためだ)、その気配は無名的で静謐だ。当事者性に何か石原特有、不気味なズレがあって、それをも光がみたすともいえる。そういえば「位置」についてしるされた石原の箴言では次の注目すべきものが二点あった。《私は告発しない。ただ自分の〈位置〉に立つ》(「一九六三年以後のノートから」)、《位置の確認とはまったくの測量である。それはまちがいなく〈技術〉である》(「メモ」(一九七二年～一九七三年))。

疎外的身体観ゆえに、語と語が説明性なしの初源状態でぶつかる暗喩詩を書かざるをえなかった石原が、いま引用した詩篇群をもって、収容体験後、自己模倣に陥って、それゆえ石原の詩作動機も『サンチョ・パンサ』よりのち、終始虚無感から離れなかったという評言はあるていど正しいだろう。詩作初期に暗喩を必然的に駆使してしまったこの詩的名手は以後、彼の名箴言《詩は不用意に起る。

ある種の失敗のように》と実は離反するように、暗喩が謎の光を発する、均衡意識の精確な名篇をも量産する（『いちまいの上衣のうた』中「花であること」、『石原吉郎詩集』中「重量」「木のあいさつ」、『禮節』中「レギオン」「全盲」、『北條』中「藤」「衰弱へ」、『満月をしも』中「疲労」など——とりわけ例示中最後の二篇は石原固有の身体観の最終産物といえる）。これらの鮮やかな修辞を、たとえば塚本邦雄の短歌の虚無性などと分かつため、読者は「位置」などの語でしめされた石原の「身体」をつかまえなければならないが、上述した石原の箴言ならば、石原の身体観を明示の状態で捕獲することも可能だった。《自然な死ほどおそろしいものはない。不自然な死ほど自然なのだ》（「一九六三年以後のノートから」）。《肉体が担った苦痛だけが責任の名に値する。責任を負うとは、体刑を負うことだ》（「メモ」（一九七二年～一九七三年））。何かに似ている——そう、カフカの箴言だった。

ここでいかにもカフカ／石原的身体を捏造することもできるだろう。すなわち——《私は身体である。しかし身体は私ではない》。身体は掟にさらされ、その上位への意識により世界構造が身体と対で姿を現す。だから世界認識に結びつく不自由な身体は、その不自由さゆえに無価値とはいえなくなる。また刑罰のさなかの身体は、身体の常態しかしめさないが、それがむしろ死に結びつかないときにこそはっきりとした恐怖が滲んでくる。カフカの箴言を引こう——《死ぬことは、わたしにはできた、苦痛に耐えることは、だめだった》《死のもっとも残酷なところ——見かけの終末が、現実的な苦痛を生じさせる》《われわれの救いは死である、しかし〈この〉死ではない》（フランツ・カフカ『夢・アフォリズム・死』中「八つ折判ノート」吉田仙太郎編訳、平凡社ライブラリー）。

次の課題は、この石原的なのっぺらぼうの身体によって、男性詩の時空間がいかに残酷に際立ちながら「ぼんやりした殺伐」をつくりあげるか——これをみることにある。たとえば「日常詩」の隠れ蓑をまとっているが、こうした類型の代表が、西中行久だろう。日本詩壇の九〇年代を飾る彼の詩集、『街・魚景色』から、その冒頭詩篇「週日レッスン」を最初に引こう（第一・第三・第四聯）。

蛇口をひねって流れを見た
魚をさばき　箸でつつき苦いものも食べた
果実の皮を剝きカレンダーをめくる
シーツを濯いで陽に曝す
朝はまず一歩出ること

〔…〕

塀に沿って長く伸びる影
こぼれているのは私ではない
丘までゆくと
贋の青く汚れた空
余所目にはたぶん空きビンが立っている
閉じているものの栓を抜く
スポンと音のする日
下方で川が騒いでいる

細い管を伝って触れないものの声は届く
浮き沈みする海へ
身体はいつも遅れて現れた
久しぶりの生のまま運んでゆく
多くの声はどこを通っているのか
海には洗い物の音を聴く

一人称主語を省略することでならぶ、動詞の脚がまず、うつくしい。男だてらに家事をしてのち外出、何か空疎な感触のする外界に出ながらも、やがて音の伝導性のみちた世界の実質に突き当たり、最後、自宅の洗濯機への回想が、海の現前と同位になる。敷居が消え、「私」の個別性も曖昧に溶解してゆく。その溶解と読者の涙が釣りあう、ともおもう。

《朝はまず一歩出ること》とはラーゲリの石原吉郎が「正午の」「無防備な空」を「右でもひだりでもない」「位置」にみようとしてたぶん設けた「自己戒律」にちかい。自己戒律であるがゆえカフカ的韻きももつ。西中は泣かせどころを心得ている。自己が朧化する修辞こそがその勘所なのだ。抜き出してみよう。《こぼれているのは私ではない》《余所目にはたぶん空きビンが立っている》《身体はいつも遅れて現れた》。主語省略で動作のみ無名性でしめされていた「身体」が、ついに詩篇最終四行目にしてその「隠匿」を解かれた。まぶしいのだけども、まぶしいゆえに見えない、ともいえる。

以上抜き出した三箇所が、五七律、あるいはその発展という点にも注意が要るだろう。この自宅と外界との往還が週日のレッスンだと認知されるとき、「世界発見レッスン」のあまりの内容の慎ましさに、これまた落涙を促されることになる。
西中の「私」は外界に干渉しながら「流れてゆく」。傷ついていないのが不思議なほどで、ここでもありようは静謐ながら過酷だった。修辞の朧化が支配しているから、そんな撞着の印象となる。どうじに、生活上の個々の所作には再帰性があり、それが身体の個別性をうすめ、無名化させてゆく。それは悲哀につうじる事態だが、このときに恩寵されている自己再生を西中はあやまたず摑む。おなじ詩集から、「生誕」の全篇——

いつだって曇天のつぎに晴がきた
慣れた手つきで米を磨ぎ
時の玉葱やキャベツを刻み
洗い水を流した
歳月の　形のないものも
幾度も濯いだ
脱け殻を陽に干したりもした

狭い世界にも
影絵の広がりが見え
いつの間にか
家具や調度類ばかりが殖え

その間に
生き物も生んだ
数多の影のようなもの
おびただしいゴミも生まれた

何度でも生まれたのに
いつの間にか
産んだものも
産んだという顔をしていない
晴れである日
菜園にいい陽のこぼれ方があり
緑の道は生きてなお新しい
ゴミのようなものから
今日
また私は生まれるのだ
私が産む

「のようなもの」をはじめ、曖昧語法の上質な展覧に似たこの詩篇では、最後三行の「私の刻々の再生」に注目したい。水原紫苑の処女歌集『びあんか』に次のような秀歌がある――

足拍子ひたに踏みをり生きかはり死にかはりわれとなるものを踏む

水原の身体観が象徴的凝縮をみせた一首だろう。たぶん歌は能楽の足捌きの稽古によっているのではないか。水原の身体の自己再生は如上、凛としている。それにたいし西中の「私の私による生誕」はゴミの概念性と接触していて、それでこそ深く泣かせるのだった。だがこの男性的な朦朧性とは何か。

たとえば自画像短歌の天才、岡井隆の『歳月の贈物』にはこんな名吟がある――

さんごじゆの実のなる垣にかこまれてあはれわたくし専ら《もは》私《わたくし》

ここでは「あはれ」と独善的に情緒化され、「専ら」とすら強調されながら「私の私である宿命」が概嘆されているようなのに、珊瑚樹の囲繞によって風景画中、「私」の身体の輪郭が朧化してくるようにも感じられる。この遅延する感銘が一首の催涙的な情緒だ。最新歌集『ネフスキイ』でも岡井の朦朧たる自画像は勘所がちがうだけで本質が変わらない。二首引こう――

投げ出されし道具《ツール》のあひに手を置けり頭はいまだ昨夜《きそ》をさまよふ

しま馬の群が駈けてく映像をちらと見たあと〈私〉に沈む

この「私」の消滅傾斜はもっと若いニューウェーブ世代では次のようなきらびやかな抒情性をともなう。いま手許にある雑誌「短歌ヴァーサス」から引いてみよう。まず加藤治郎。

朝のひかりのようなさみしささらさらと身につけるものすべては素水

アイスティー檸檬をよけて飲んでいる真夏の午後にわたしはいない　（四号）

風に始めと終りがあれば匂う樹のはじめもおわりもないようだった

七七の氷柱《つらら》が垂れて居たりけり男の肉を纏う束の間　（八号）

「風に」の一首は樹木の景物詠のようでありつつ、同時に風／樹木／私には脱分節的な化合が起きてもいる。この加藤にあっては、石原吉郎的「右ひだり」は方向失調的な前後へと変わり、孤絶も具体性を欠いて烈しく抽象化する——

マエウシロマエマエマエと私語をする俺の頭は独房である　（八号）

いっぽう荻原裕幸ならどうか。

パスタ巻く春の右手の辺りから主義が気化してゐるのが見えた

この思惟はかたちくづれて日常の死角に消える水なのだらう

四枚のキングのなかで髭のないひとりのやうに秋を見てゐる　（十号）

加藤・荻原、掲出したどの歌も「かっこいい」。自己消滅傾斜を、都市生活の瞬間に見事に抒情化している。だがここでは「自己消滅」の外装をまとったひ弱な自己愛の匂いも感じられ、そこが石原ののっぺらぼう身体の厳しさ、西中の自己／外界混淆の無政府性と異なるかもしれない。

短歌ニューウェイヴの、このように「つるっ」とした自己消滅ではなく、すぐれた男性詩本来の、「のっぺらぼう身体」の脱分節性によって世界構造を変えた、最近の詩作者をさらに例示しよう。被差別的ディテールの前面化により詩壇の中上健次とでも呼べそうな松岡政則がそのひとだが、じつは彼の詩篇ではそうしたディテールに息を呑むよりも、独自の身体観によって修辞が切り詰められ、そこで男性身体の「別の姿」がみえる点のほうがさらに重大なのだった。松岡はまず行為によって、自己の身体性を確保する。というか行為によってしか、それが確保できない。その機微を見事にしめしたのが、処女詩集『川に棄てられた自転車』冒頭、新日本文学賞を受けた詩篇「家」だ。その後半部分――

石を投げている
男にもうまく説明できまい石を投げている
〈今日一日主張しないこと〉
そうやって自分を閉じ込めてきた石を投げている
ムラを捨てたのか
ムラに捨てられたのか
ワラビやイタドリも
たけるだけたけている石を投げている
下りて行こうにも
年々やせ細る川の流れだ石を投げている
青黒い杉山に挟まれるようにして建つ家
その良心ぶった支配面が
ずっと我慢できなかった石を投げている
もうとっくに死んでいる家なのに
石を投げている
ずっと黙らせてきた家に
石を投げている

そう、ご覧のように徹底的な「石を投げている」のルフランだが、文法的には「石を投げている」

を名詞化してそこに形容節がかかっているとおもってもいい箇所も散見される。文法の乱れによって景が曖昧になり、ルフランがつづくことで石の投擲だけが露出し、かえって投げる主体を隠蔽してゆくこと。家の被差別性はこの詩では引用部分の前、「表札の外された玄関」「竹を炙る匂い」にわずかにみえるが、場合によっては差別攻撃ともとれるだろう詩の立脚は、石の投擲の執拗さによって、それが「自己領域への攻撃」でしかありえない論理機制となる。この詩での主体の曖昧化はその意味で、自己攻撃によって対象たる自己がかえって朧化するという、熾烈な（それでいてどこか遠い）永久運動の結果だといえるだろう。

松岡の八年後の詩集『草の人』では、かつての「家」で「石を投げている」が名詞化のうえで形容節を冠に置いたように、冒頭詩篇「痛点まで」で動詞「歩く」が名詞化している。その第一聯——

遠くで
草が騒いでいる
胸の中でもざわざわする
あれはたぶん
父に酷く叱られた日の
星明りの青い青い歩くだ
何度振り返ってみても
誰もいなかった青い青い歩くだ

幼年期への回想は甘美だが、青と草と星の重なりにひそかな痛覚が秘められている。「歩く私」から「私」が減算消去されたような「青い青い歩く」という発明的修辞のせつなさは永遠に松岡個人に帰さねばならないだろう。

やがて詩篇が並びはじめて、ここに現れた「草」やその後の「うすいみどり」が、被差別領域の生を集中的に象徴するようにもなる。それでもその植物的細胞がうべなわれ、「私」という存在の本質的な朧化へと貢献してゆく。戦慄性、はるかさ、うつくしさなどが詩句の背後で複雑に交響し、ここでの松岡は詩的修辞を（とくに同語の反復によって）排しながら「語と語がごつごつと隣り合う」だけで換喩を結果する、（本稿で強調した）詩行の秘法へと静かに辿りついてもいる（この静かさが中上になかったものだ）。

集中、カミングアウトが象徴的に描かれている切ない「草の夜」を最後に全篇引いて終わろう——

臭い立つような
てらつく路上はまだ生温かくて
都市の鬱など触らなくてもわかった
覆い被さってくるような
高層ビル群と
電波塔が癒着しているちょうどあの辺りが人を駄目にしているのだ
立ち止まって
でも振り向かずに

ぼくは草から来たことを話した
時々どうしようもなく押し寄せてくる草の
そのことを話した
沈黙のその引き裂かれの中にも草がくるのだと
そのことを話した
あなたは黙っていた
でも黙られるとは正直思わなかったから
ぼくはまた歩くフリをしなければならなくなったのだ
その時
後ろから抱かれた
背中に
草がきた
都市の夜が
ずっと遠くまで止まって見えた

（初出「詩と思想」二〇〇九年九月号）

佐々木安美『新しい浮子　古い浮子』

佐々木安美の詩風がどのようなものかを定義することはたぶんできない。というか、そのようなものとして差し出されるため、佐々木安美自身が細心の配慮をしているといえる。

とある不定形、とある風景描写、とある心象描写、とある音韻執着、とある諧謔、とある省略、とある粘着、とある妙な加算――そういったものが丁寧な組立て細工となりながら、どこまでも文学的な定着をこばんでいて、だからまたたくまに、読者の読みより先に詩篇がとおりすぎてしまい、そこに奇妙な動物性の横切りのみを感知することが多かった。

「このひとはどこまで大人かわからない」「このひとはどこまで怠惰な貧乏人かわからない」、そういった畏怖によって、佐々木安美の「大人」「怠惰」が読者のなかにも反響してゆく。詩中にえがかれた佐々木の痔を愉快がることと、そういったこととは、まったく別物とかんがえるべきだろう。

しかしそうした再帰的な「詩のおもしろさ」は本然的になにか確定性のない基底材のうえにのっている。だから佐々木安美論は、ばらばらとこぼれおちるものとの闘いの様相を呈してもゆくだろう。

それがはっきりとつかめたのが今度の新詩集『新しい浮子　古い浮子』だった。

まずはぼくがもっている最も古い彼の詩集、H氏賞を受けた『さるやんまだ』（八七年）から一篇を引こう。

そのまえに注記しておくと、「さるやん」は佐々木が愛妻から頂戴した愛称で、同題詩篇をみると「さるやん、まだ?・」という排水溝のつまりを掃除している情けない佐々木への妻の呼びかけがそのまま「、」と「?・」を割愛して「さるやんまだ」という詩篇タイトルに変貌しているとしれるのだが、この「さるやんまだ」はたとえば「さまるかんど」みたいな異郷のひびきすらもっていて、佐々木自身が詩篇内で何の説明をしていなくても、「音韻」の奇妙さに打ち興じている気配がつたわってくる。こういう薄い、翅のようなものを詩集名にしてしまう佐々木には、人を食ったズラシがあるのも自明だろう。

かみなみと言った

川の
水のうえに
紙が
浮いてるんだよ
波にぴったり
はりついて
波の形に
浮いてるんだよ
妻を

抱き寄せ
ぶうやんと
言った
紙は
いつか
破れるんだろうな
ちぎれて
ばらばらになって
誰にもそれが
紙だっていうことが
わからなくなって
しまうんだろうな
ぶうやんと
言った
まだ
だいじょうぶだ
上になり
下になった
かみなみと

言った　　　　　　　　　　　　　　　　　　　　　　　　　（全篇）

　転記打ちして気づくのだが、この一行字数の少なさから「ライト」と印象される詩篇ではなにか独特の分節粘着力というか表面張力のようなものが働いていて、「どこも割愛することができない」。部分採取するだけで全体文脈が崩れてしまう。水と紙が破裂してしまう。ということは、手軽に書かれているとみえながら、手軽さへの彫琢が、気のとおくなるほどおこなわれていることになる。

　最終的に詩篇では妻とのセックスの暗示がおこなわれるが、妻＝ぶうやんが「川」、詩の主体が「川面にうかぶ紙」と捉えても、その暗喩読解では読みの解決が何ももたらされていない感触がのこる。あまるものがあって、その正体が場面展開とそれを刺し貫く、出所不明の音韻感覚、というべきなのだろう。こういう佐々木特有の「詩像」の一旦とりこになると、佐々木詩がおもしろくてたまらないものになってゆく。

　詩に視像というものが通常ともなうとすると佐々木詩ではそれが曖昧化してよい内在法則があるかのようだ。この移行をどういっていいかわからない。単純な曖昧化への接近でもなく、喩への過激な信頼でもない。佐々木安美の音韻意識が何かを崩し、説明すべきものを剝落させ、詩篇そのものを「ふしぎどうぶつ」に変える働きをする。詩篇からは生気というか動物磁気が吐き出される気色ともなるが、えがかれているものが規定できないまでに過激化すると、読者は咄嗟に「ぶちまけられたカフカ」をかんがえてしまうだろう。『心のタカヒク』（九〇年）に収録された以下の詩篇のように——

どろりの皮だよ

どろりとしたようなもんが
死んだようなもんが
鎖につながって
ジャラ
首を回して
どぶみたいなもんの
底を見ている
それからジャラリ
底に沈んで
揺れている
いろんなものと一緒に映り
ジャラ
どろり
日が暮れるまで
首を回して考えた
死ぬのはまだまだ
まだどろり

バケの
皮をはぐところ
皮のぴくぴく
鎖が
ジャラリ

（全篇）

幽閉され、鎖につながれている自己感覚が唄われているのだろうか。いや、犬の描写のようでもある。しかし「底」がどこからみての「底」かは一向に要領をえないし、皮も描写対象のものなのか、その対象がさらに対象化したものにあるのかを判断しようとして、材料が決定的に不足していると気づく。ただし「途方に暮れる」という態度こそ、この詩篇の拒むものだ。たとえ双方の位置関係がわからなくても、動物的な擬音「ジャラリ」「どろり」が動物のように音を交響させていると知ると、詩の主体は、もともとの主体が消去されたのちのこれら擬音のほうではないかとすらおもえてくる。となって、詩篇は読者に「子供の読み」「白痴の読み」をも促してくるが、その促しのしずかなところが、佐々木詩の妙味と捨てがたさだといえる。

――このようにつらつら考察してみて、佐々木詩を暗喩詩と捉えるのが前提の誤りだという中間結論にいたる。「換喩詩」と捉えるべきなのだ。暗喩とは比喩の謎であり、かたられたものと本来的実質のあいだにある直線的な解答関係を引くことができる。いっぽう換喩とは全体を部分で暗示することと通常捉えられているだろうが、佐々木にあるのは構築されない全体のなかで、徐々に進行し、進行することで生気を得てゆく各「部分」の成長にすぎない。そういう意味では近藤弘文の指摘するような「峻拒」が随所にみえてくる。そして近藤のいうとおりその峻拒は「峻拒のための峻拒」ではなく、ことばがそれ自体になるための周囲文脈の峻拒というべきだろう。

全体の地のなかに、部分が図として置かれ、しかもその部分集積も全体を解読するには材料不足で、結果的に部分の衝突だけがスリリングになる、というのは、本来なら石原吉郎のような疎外者の詩法というべきだろう（佐々木は『新しい浮子　古い浮子』で嵯峨信之とともに石原の名を暗示的に出している）。

今回の『新しい浮子　古い浮子』は、フナ釣りの孤独と無聊に身をひたしている佐々木自身とおぼしい主体が詩集最初に定着され、そのなかで釣りにもちいる「浮子《うき》」も世界に下ろす垂鉛の水面最後のしるしといった感で定着されるが、たとえば釣果が詩語、詩行の獲得となるような暗喩構造は全体にない。釣りはそのままの釣りであり、浮子もそのままの浮子であり、だからそれは「世界」からアタリのお呼びがかかったときに、水面に一旦しずむ「そのままの動物」であるにすぎないとおもう。

ただし浮子によって釣り手、さらには世界、さらにはひかりと、世界像が同心円状にひろがるために、浮子は、一旦は世界の中心、臍に擬されるものであって、その浮子にたいし主体が関与的ではなく受動的な点に、主体のポジションがまずあるとわかる。そのことをいう詩中の一句が《ゆるやかに浮子立ちながら底の春》だとすると、逝去した「父」への思いのよすがとなるのも浮子だ。浮子は「そのままの動物」だから変身可能性をあたえられている。これも詩中の一句から引こう。《父死んで雨降る川に浮木かな》《父というものしずまりて浮子ひとつ》。

表面（水面）をたゆたっている浮子の意味については意外なところから照射をうける（詩集構成がじつに巧みなのだ）。詩篇「浴室を仕切るカーテン」（この詩篇から次の「接近」、さらに次の「児玉」までがテーマ的に近接した連作関係にみえる）に以下のくだりがみえるのだった。《三次元の世界は／〔…〕カーテンのようなものであり／ちぃきゅうも　たぁいようも　ひぃとも／そのカーテンに付着している滴のようなものなのよ／〔…〕そのカーテンの表面は移動できても／カーテンの表面から飛び出すことはできない〔…〕》。

詩篇には註記があって、以上の発想の基盤が理論物理学者リサ・ランドールの次元空間論からの賜物としれるのだが、詩篇の終わりでは佐々木とおぼしい主体が反逆する。《浴室を仕切るカーテンなんか欲しくない／だってそれだと　からだを洗っている君が／五次元世界のこちらから／ぜんぜんみえなくなってしまうだろ》。まず、詩は三次元世界にのって出現する。通常の感覚であればその三次元性＝限定性が詩の安定性につながるところ、五次元生物の佐々木には逆にその限定性が換喩を詩に呼び込む動機となり、つまりは不安定な可変要因となる。むろん五次元など実現できないが、換喩による、ねじれの位置での「部分のちりばめ」は、詩の心情を五次元化するだろう。

ただし糸口がいつでも三次元なのも自明で、その三次元表面にある浮子こそが、五次元のフナの食いつきを告知するのではないか。釣果は佐々木にとって暗喩ではないと前言したが、もともと五次元の魚は釣果にはならないし、だいいち釣れないだろう。そうかんがえたとき佐々木の心情は他人に忖度できない外部性をもつ。そこが怖い。

いずれにせよ、この五次元内、というありえない知覚が、時空をたぐりよせ、空間を変貌させ、佐々木詩の奇妙さを釣りあげてくる。それがドサッとした「現物」なのにうつくしさにかがやいているとき、『心のタカヒク』から二十年経って佐々木に兆した変貌あるいは加算の意味がつたわってくる。異貌なのに、そこに肯定性が横たわることで、詩の物質性がしずかにきわまりだしたのだ。

圧倒的な詩作である「恍惚の人」を引用したかったが、長いので、同等の透明な世界同調性、世界没入性を印象させる詩篇をまずは引く。時空が変貌しながら、それが契機になって空間を単純変転させているようすをこの引用から汲みとっていただければ——

春あるいは無題

ああ
あんなに高い空の上に
はだしの
大きな足裏が見える
そう思って
ぼんやり見あげる
顔の表情のゆるんだところから
春は始まる
じっさい
目を凝らしてみれば
はだしの大きな足裏の近くには
二羽のヒバリが豆粒みたいになって見えるはずなんだ
どうして

あんなに遠いのに
すぐ近くで鳴いてるように聞こえるの
説明なんてつかない
春の遠近法というしかない
子どものころの雪どけ水にも
あの足裏が映っている
雪の
ダムを壊す
快感で顔が熱くなってくる
雪水は
あたり一面に広がり
胸にじわじわと
光のようなものが柔らかく満ちてくる

（全篇）

春季の到来を農耕的時間のなかで捉えた西脇的祝言とみえそうだが、内実はちがう。時空の飛躍や比喩の飛躍（「足裏」を春の女神のものとしたり、花雲としたりもできそうだが）によって、「詩の自由」がメタ詩的に、しかも自己説明要素を峻拒して、清冽かつ無駄なく書かれ、ことばの物質性のうつくしさだけがここに際立っているとおもう。
「二羽のヒバリが…」からはじまる一行の長さについては別の詩篇「車輪」に間歇的な自註フレーズ

がある。《一行の長い詩を読む人の／身体が途中でひしゃげているのはずいぶん前からわかってい
た》《一行の長い詩を読む人の中でわたしは詩を書いているはずだが》。ふたつめに引用した行の摩訶不思議なひびきを味到してほしい。詩は書くもののなかではなく、読むもののなかで書かれる。没入が詩の宿命なのだ。その身体は、詩行が長くあれば物理的にひしゃげる、とも佐々木は語っている。ぼくなどはそこに「詩の本来的なかなしさ」を感じてしまう。

最後に佐々木の、「世界没入」哲学がこれまた説明を峻拒して綴られたうつくしい詩篇を引用しておこう（論はこれで終わるが、以上が多元的な佐々木詩の一面しか述べていないことにはご留意をねがう）。

山毛欅《ぶな》の考え

あるかないかもわからない　わたしらの考えの中に
みしらぬ山毛欅の大木が入ってきて　いっせいに若葉を鳴らす
すこし前に　かすかな風の前触れがあったはずだが　気づかなかった
それでよけいに　若葉を鳴らす山毛欅の音が鮮やかだ
山毛欅の大木は　あるかないかもわからない
わたしらの考えというものを見つけだして
わたしらの中に　もうひとつ別の考えがあることを
告げようとしているのか

ひとつの考えの中にもうひとつ別の考えを並べておくこと
そうすることで　わたしらは世界を立体的に把握できる
そう告げようとしているのか
山毛欅の大木はわたしらの考えの中で　小さな光の短冊をいっせいに鳴らす
わたしらは山毛欅の考えの中で　大気をいっぱいに吸いこんで
細い枝の先まで光を浴びている

（全篇）

（二〇一〇年十二月）

喜田進次『進次』

俳句ではやはりその「俳」の字が問題なのだ。「にんべん」に「非ず」の旁を付すその字のおそろしさ。なにか短軀で畸形な詩型のおもむき。むろん周知をいいおおせる月並にはその感覚がないし、奥行のある季語秀吟にもそれはない。真正俳句のみがもつ、世界認識の奇怪さと恐怖（これは俳句に端を発したイマジズムでは決して解けない課題だろう）。二〇〇八年八月二日に五十五歳で逝去した、一部にとってのみ知名だった俳人・喜田進次の、生涯句集『進次』がこのたび柴田千晶の金雀枝舎から上梓されたが、そこでも「俳」に向けての終わりのない格闘が凄絶にしるされている。動悸した。

句のなかに、ときに喜田の妙ちくりんなエッセイを織り合わせた秦鈴絵（きっと喜田の句中で「恋人」と呼ばれたひとなのだろう）の編集、それと秦の「後記」によって、喜田句の奇矯さが満身創痍を引き換えにしたものだったとわかる。芭蕉の句すら「ごろつきの句」と呼ぶ喜田は、その俳句への直観を自身にも適用しようとして、ときに自壊自滅すら厭わない。畸想句、難解句も数多い。ところが「俳味」ではなく「俳」そのものに拘泥する喜田は、永田耕衣の句のような、禅や幽玄や余情の安定性にもおもむかない。永遠のあたらしさのゆえんだ。

秀吟のみをこころざせば、喜田はそれなりの達成をみせただろう。だがそうしなかった。むしろこうした秀吟と奇怪吟の二段構え（あるいはさらに自壊句をくわえた三段構え）、それによる経験したとのない立体感が句集『進次』の魅惑だということができる。まずは秀吟を、引かせてもらおう。

秀天へもどるがごとし郵便夫

手袋に一身入るるごとくなり

ねむきねむき身の奥に蓮ひらく音

鰯雲よりもしづかにあるきけり

昼寝して四国の中のどこかかな

猫去つて畳の上に秋の海

バカガイを食つて日なたに黙りゐる

椋鳥にあけつぱなしの財布かな

秋冷といふべきものが水の中

栗をむくいつしか星の中にをり

茄子といふとほき世の紺漬けてあり

「バカガイ」の句は、俳句が予定する自己卑下的凄味のなかにあって、それ以上ではない。「椋鳥」の句も一見奇矯だが、その（雛の）嘴と財布の形状に相似を見出したとき穏当な類推句に落ち着く。「茄子といふ」の「といふ」には喜田の理知が透ける。「栗をむく」の空間飛躍のみが常軌を逸しているが、句の抒情が逸脱をきれいに回収してしまう。それにしてもどの句も「感情」が佳い。ところが喜田のなかの騒ぎ虫は、これにあきたらない。

そこで「俳」を念頭に通常の俳句性への凌辱が喜田に発生する。作法のひとつは、「当然」を詠んで、そのあまりの当然さに、「自明な既存」が破壊されることではないか。たとえば――

霧の中巨大な烏瓜のまま

桃食べしにんげんの香を漂はす

写真から誰も出てこぬ秋の風

夏至暗く使はねば身の広かりき

花栗の幹そつくりに冷えてみる

冷奴どこにも円と球置けず

大雨がやんで椋鳥まで直線

先に掲出した句群では「中」の措辞が印象的だったとおもう。で、いま掲げた句群は「中」の措辞がないのに、ある「内域」(=「埒」)が詠まれ、そこで自己にかかわる不動性や無差異が詠まれている。ある意味で「当たり前」と呼ばれそうな句意が、どこかで「奇蹟が起きない奇蹟」(ジャン・ジュネ)に反転しそうなあやうさ。次には畸想そのものが綺麗な句群が以下のようにある。

壺の底につめたきものがあそびをり

夕顔が手にあるやうにひらきし掌

洗ひ髪川に引つぱられるかもしれぬ

あらうことか未明の花火ひらいたまま

これらでは着想が勝利している。ところが喜田の最後の真骨頂は、自身を梃子にして「人間」という大きな概念に亀裂を入れる、そのしずかな凶暴性にみてとるべきかもしれない。以下は簡単な一句解説を付そう。

たましひのやうには桃を過ぎられず
（では、どのようにして桃の花林を句の主体は「過ぎる」のか――「からだ」あるいは「肉」のようにしてだろう――桃の色香は、人が魂であることを拒絶する）

青麦の方がきれいで人を捨つ
（比較構文によるが、その比較自体がのっぴきならない。人間遮断という恐ろしい事態が詠まれているのに、句のうつくしさはどうだろう。よって三橋鷹女の「嫌ひなものは嫌ひなり」の上位にある）

水仙や立てば人間蒼かりき
（因果性の逸脱。水仙に干渉を受けたのではなく、もともと人間は蒼白だというリラダンのような認知があるのではないか。断言にみえて過去形の微妙な斡旋がにがい）

雌を出て雄にもどれば蟬しぐれ

（上五「雌を出て」の読みが問題となるが、「性交の終了」とみた。性交の終了後、「男にもどる」のなら、性交中は相手の女性性にまみれて、規定できない性の惑乱に自らいたことにもなる。その後の虚脱感に「蟬しぐれ」が響き、死の予感が配置される）

桜貝と思へなくなり裏がへす

（何か作者の生の不吉な持続感のなさが印象されて慄然とする。しかも掌中にあるものが「桜貝」なのか「それ以外」なのかがついに判然としない、朦朧の怖ろしさもある）

鯊ばかり釣れにんげんに戻らうか

（太公望は人間ではない〔仙人である〕、という前置的な認識があって、「鯊ばかり」の絶望が救抜されている絶妙なはこび。こうした構造的二重性によって句の悲哀がきわまる）

掲出では、可能態の大きさをいうため、失敗とみなされる喜田の句をかかげなかった。そういえば筆者はさきごろ「入浴詩」の最終講義を立教大学でおこなったが、俳句では例外的な見事な「入浴句」が喜田にある。

空蟬をとりにゆくなり朝湯して

この寒き暮色天体ひとり風呂

句集『進次』は函入りで、そのなかに分冊として詩集『死の床より』も入っていると最後に付言しておこう。

（二〇一二年三月）

柿沼徹『もんしろちょうの道順』

畏敬する詩作者・柿沼徹さんから新詩集『もんしろちょうの道順』をご恵贈いただく。もちろんさっそく読む。いつもどおり柿沼さんの詩集は「少ない」。ことば数がもともと少なく、思念がぶれないから修辞も少ない。ことばはそれで裸になっているかとおもうと、それは間違いで、哲学的な理路をつうじて出されたことばのつらなりは、それ自身への再帰力をもって、なにか一重のものに何重もの発語過程がひそみ、それがたまたま「そのかたち」の一回性をもっているのではないかと感覚され、そのことの畏れにも染められてゆく。つまり「少なさ」は第一に何重の意味での「凄み」であって、その次に再読誘惑性が組織される。この柿沼さんの詩作のありかたに、今度もまたあこがれた。「私」と「その場所」にかかわる考察が、柿沼さんの詩のフレーズの核心にはいつも伏在している。最後に収録された詩篇、「敵」の一聯・二聯——

とおい煤煙のように
木立がけぶっている

私のいない場所に

行ってみたい

戦慄する。逆をかんがえればわかるだろう。「私の行く場所には、いつも私がいる」のだ。ところが、「けぶる木立」は「私のいない場所」の痕跡をなぜか抱えている。とすれば空間にはもう時間性が加味されていることになる。その時間性をなんといってもいいが、「未生」「死後」というのが早いかもしれない。そうした光景にも、「戦い」がある、と詩の後段で柿沼さんはしるす。「私」は「除外例」にはついになれない、というのは絶望だろうか。ところが柿沼さんの詩篇では除外例もあって、けれどもその例示があまくならない。それが彼の独自の「位置」なのだ。だからただの（離人症的）「不安」ともちがう。さっきぼくが引用した箇所と「対」になる場所、つまり冒頭詩篇「雨空」の最後の一聯がそのことをしるしている。

いま私は
駅前の喫茶店で
コーヒー豆の焼ける匂いを感じている
それが私であることはふしぎだ
窓の外は
傘をさした人々が行きかい
目に見えるものすべては
雨空の下ではっきりとしている

私以外は

驚嘆した「コロのこと」「欅」も収録されているのが嬉しいが、そのほかでは「空き缶」が「物の占める場所」の決定性をしめして戦慄的だ。奇数聯を引用でつないでみる。

（第一聯）
コーヒーの空き缶が
歩道の上にころがって
陽光に照りつけられていた

（第三聯）
空き缶が
私と直線で繋がった
空き缶が
動かない「空き缶」にくい込んだまま
私の目を凝視していた

（第五聯）
動かなかった

そこにころがっていた
そしてあたりは
空き缶の外部だった

最終第五聯の自明性のもつ戦慄にどこか再帰性の痕跡がある。それで第三聯で対置的にあらわれていた「私」と「空き缶」の空間配置すら危うくなる。「私」は、「空き缶をみている私」でありながら、「私をみている空き缶」でもあることがそれでこそ滲みあがってくる。
この着眼と「シノハラさんのこと」での以下の詩行が通底している。

岩が咲き乱れる見え方をそのままに
見つめるしかない自分を
遠くに
近くに
見つめているのだろうか

しるされているのは「シノハラさん」の感覚、その類推だが、むろん詩中には明示的にならない「私」の感覚そのものも他人事のように類推されている。「私」の「位置」の可変性。それは「私」の思念対象によってもたらされる。このことの痕跡がちいさく、次の「川べりへ」での、うつくしい聯に反射している。

ある日
水の流れる音を
聴きたいと思った
胸の高さで

驚嘆に値する詩篇が並んで、しかも詩篇と詩篇とのすきまに静かな哲学がながれている。それが並列性から中心化へと位相を変えるのは「私」にかかわる考察を促されるときだが、柿沼詩集の美点は、その哲学性が声高ではなく、しかも「私」そのものすら、しるしたように脱中心性に息づいている点だ。だからなにか透明なひかりのようなものが、簡潔な措辞に何重にもみえてしまうことになる。とうてい、できることではない。しかも詩篇が「彫心鏤骨の削り」によるのか、「そのまま書かれただけの自体的自明的現れ」によるのか、けして判断のつかないところも、柿沼さんの追随を許さない美点だとおもう。ふつうはそのどちらかに解答が出るのだ。

詩集内に唯一、散文詩形の「予定地」が収められている。そこでは措辞の上で「母」の死が間接的にしめされているのと同時に、「空間」に仮託されて「さらに間接的に」それがしめされてもいる。そうして間接性の謙譲と慎ましさが重畳形で現れていて、そのありように襟を正した。正したうえで、詩篇がかさねのなかにつつみかくす寂寥にも泣けてきたのだった。

（二〇一二年七月）

加藤郁乎追悼

加藤郁乎がこの五月十六日に逝去した。八三歳。ぼくには大学時代からの詩聖だっただけに感慨がふかい。澁澤龍彥、土方巽となした、あの聖三角形の最後の頂点が、平成の夜空にとおく消えたおもい。とはいえ、多くの半可通がそうであるように、郁乎についてはその江戸回帰の前をひたすら耽読した。それで訃報に接し、後ろめたさもおぼえた。

あらためて『現代詩文庫45　加藤郁乎詩集』を手にとる。句集（もしくは「一行詩篇集」と呼ぶべきか）と通常詩篇集が併録されている（『牧歌メロン』まで）。いずれも全篇収録なのが嬉しい。またこれほど人物評や作品論にかかわる執筆者が豪勢な巻も稀だろう。

さて鉛筆でつけたしるしを確認すると、ぼくは郁乎の詩篇には冷淡だった。しるしをつけた時から三十年以上が経過しても理由は知れる。もともと高柳重信の多行形式の向うを張り、一行屹立派の郁乎は、いくら西脇翁の謦咳にふれても、一行もしくは数行が停止性をもつ分節となってしまい、結果、時間そのものが滔々とゆきすすんだ西脇詩のようには詩行がながれないのだ。連句にいう遣り句がなく、次行に橋をわたす機能的な行がない。古今東西からの知見によって語彙を中心にした発語がカラフルでもこれは自由詩として不自由といえる。

たとえば『終末領』所収、土方巽に捧げられた「永遠と敬遠」（タイトルに郁乎的な洒落っ気がたっぷりだ）には、《ひだるい蝶々国の／木に竹を継ぐ／廃品の世のうつくしさ》という、西脇的な余韻をふくむ展開がある。ところが掲出箇所は、前からは《手足のななめ十字架》、後ろからは《しなつくる毛の神殿》の体言止めに挟まれ、しかもどちらも詩的創意にうすい即製フレーズなので息のながれがつづいてこない。《ひだるい…》以下三行を独立三行詩としたほうがよほど印象にのこる。

同様のことはタイトルの由来となった三行《動物の終りに／動きはじめた／永遠と敬遠》についてもいえる。たぶん以上の「あいだ」に異様に身体的な理路をつくれば、土方巽の貧しさと倒立と稲の香りにみちた東北存在学があらわれただろう。ところが郁乎の残余の詩行は、固有名詞に走った分だけ、内部描写の点で脆弱だった。

むろんこういう構造の詩だから「部分」は宝蔵されている。たとえばおなじ『終末領』、澁澤龍彦に捧げられた「あぽかりぷす」では《見ることが曲ることであった出窓の忌》の一行が『えくとぷらすま』に収録されていてもよいし、『荒れるや』所収「Ｊｏｅ Ｊｏｙｃｅ」の《五時の夫人が無人に抱かれて／詩なんかである》も独立性が高い。

惜しいとおもうのは、『終末領』中「トランジスター氏の精霊」の、以下の一行——《保護色とは好色である》。これだと「周囲の色彩に同化して隠れ潜むことは好色」となるが、逆の《好色とは保護色である》になれば、「スケベをつらぬくと世情のスケベとも溶融してむしろ存在が目立たなくなり延命できる」といった反転性＝郁乎的価値観をもてる。このふたつの選択は書いた途端に当然かんがえるはずで、ここにも郁乎詩の「即製、一気呵成」の秘密があかされているとおもう。

加藤郁乎は天狗魔人だった。酒気を帯びたか否かはべつに、呼気に魔力があり、万象を屹立させた。息で句をなした、ということだ。上五を「〇〇〇この」とし、下五を詠嘆切れ字でむすぶ『球體感覺』の一種の形式句は、彼の息のありようだったのではないか。口許ちかくに息の句があらわれ、彼の身をつつむ気配がある。「かの」なら伸びた背筋までもおおう。

海市この頬杖くゞるおもかげや

象牙かの高まる滝の反性や

郁乎の「発する息」にたいし、たとえば赤尾兜子なら身体の沈思的反芻だ（《霧の山中単飛の鳥となりゆくも》《さしいれて手足つめたき花野かな》）。永田耕衣なら主体性のさだかではない一瞬の俳眼が最高時にあらわれる（《天心にして脇見せり春の雁》《沈丁や一人体に入る神神》）。

『球體感覺』でとりわけ話題になるのが反復だ。冒頭の《冬の波冬の波止場に来て返す》の月並と脱像化の混淆から開始され、反復は様々な機能を展覧する。《昼顔の見えるひるすぎぽるとがる》では内部透視を、《憶ひ出を毛皮の上を犬とほる》では継起重複による思念の強化を、《切株やあるくぎんなんぎんのよる》《桃青む木の隊商の木をゆけり》では横溢を、《一満月一韃靼の一楕円》では重複恐怖＝的中を。むろん「切株」には富澤赤黄男の《切株はじいんじいんとひびくなり》が、「一満月」では「韃靼」に安西冬衛が、「楕円」に花田清輝が反響していて参照系も絢爛だ。反復は呪文的復誦性をみちびくから脱像化が読者の齟齬とならない。むしろ語の運び自体に視覚的物質性までもができる。俳句自体が短いからだ。短歌なら、反復を過激化すると脱像恐怖につうじてゆく。不可視性が魔法となった葛原妙子の一首――《青き木に青き木の花　織かき花　みえがたき花咲けるゆふぐれ》。

『球體感覺』の「反復」では分身＝ダブルの圏域が曖昧に浮上する句から郁乎の身体を親密にかんじる。

花に花ふれぬ二つの句を考へ

考ふる手に侘助の手がふれる

「ふたつ」とは位相をかえれば「半」だ。それで《半月のラヴェルの左手のひとり》もある。ラヴェル『左手のためのピアノ協奏曲』をひとり鍵盤に奏でる精神貴族は全身が影と光に半月化している。そうして身に左右ができれば前後もできる。俳句と名づけながら自由律的一行詩を連打してきた郁乎が俳句回帰した『出イクヤ記』は秀句揃いの艶めいた一集で、永田耕衣の怪進撃に伍すこころがあったのではないか（この句集は『現代詩文庫・加藤郁乎詩集』には未収録で、砂子屋書房『現代俳人文庫・加藤郁乎句集』では抄録扱いとなっている）。そこで見事な「方向」句として――

桐の花いちど生れし前後を見る

ことの終りは籐椅子が感ずる向き

耕衣の《後ろにも髪抜け落つる山河かな》に匹敵するとおもう。そういえば郁乎には句集『秋の暮』もあるが、最高の「秋の暮」句もこの『出イクヤ記』にあった――

凸凹の光りを見たり秋の暮

なにか「視覚異常」の気配がある。ならば、

ゆび折るや歯魔羅眼の花うきくさの花

通常は加齢による男の機能低下の順序は「歯・眼・魔羅」と俗言されるが、「花眼＝老眼」を喚起するため順序が入れ替えられている。しかも虚子の視覚異常句、《晩涼に池の萍皆動く》が二重映しになって、老眼到来の期日が指折り待たれている。「反性」への希求はここにもある。あいだの句集（一行詩篇集）『えくとぷらすま』『形而情學』『牧歌メロン』を語りおとしている。

没薬《ハシッシュ》よ馬乗り享ける朝の落日

遺書にして艶文、王位継承その他無し

楡よ、お前は高い感情のうしろを見せる

三位一体とは女に向けた放牧感であらう

天文台では象が想像に遅れる

などは悠々としている。つまり、反復が重複にすりかわって、掛詞満載の意味重複＝陥没が起こっていない。銀貨三十枚でイエスを売ったユダを念頭にした《銀三十枚の頭にはあおさぎのとまる淋しさ》は『球體感覺』の秀句《おもひでの雲雀来て鳴く髪の中》の発展だろうし、ここでの「淋しさ」の体言止めは西脇『旅人かへらず』の向うを張って、郁乎へも独自に発展する。『形而情學』所収《春はすすきの酸鼻歌でSさまのさみしさ》。イエスを「エス」と呼びかけて讃美歌をうたうキリスト教系女学校の内情は「S（＝シスター）趣味」が蔓延するうつくしき酸鼻で、それをなげくイエスは春のすすきのように目立たない。けれどもそこに「春のなかにある秋」が感じられる――といった句意だろうか。これと好対の一句が讃美歌「主は来ませり」を織り込んだ、《さくらしないで世界燃焼の種は来ませり》だろう。

郁乎句は松山俊太郎や種村季弘がしたように重複をときほぐす創造的な過剰解釈を喚起するが、たとえば『形而情學』の有名句《栗の花のてでなしに来たのだ帰る》はどうだろうか。栗の花＝精液の匂い、として、「手無しの自慰に挑む父無し児童が何かを会得して栗林を揚々と去る」とぼくなどは読むのだが。

『佳気颪』『秋の暮』『江戸櫻』とつづいてゆく江戸回帰後の郁乎句集は、句眼の発見で浅学には手に余る。ただしこの変化を導くため上梓された若書き句集『微句抄』にはその冒頭に郁乎畢生の一句がある。

かげろふを二階にはこび女とす

五〇－五二年の句が集められたというが、この老成ぶりはどうだろう。参照すべき軸は二つある。ひとつはこの真逆の境地を詠んだ耕衣の《夕凪の遂に女類となるを得ず》（四七－五一年の句を集めた『驢鳴集』所収）。もうひとつはこの「二階論」と並行する『牧歌メロン』（七〇年）中の《鍵ろひ三度笠る中二階屋のエポケー》。種村季弘は土方巽の住居構造と関連がある、としたが、この句がなければ安井浩司『中止観』（七一年）中の西脇的な名吟、《キセル火の中止《エポケ》を図れる旅人よ》も生まれなかったとおもう。いずれにせよ、耕衣と安井浩司をつなぐ媒介に郁乎がいて、それぞれが親・西脇の同心円をもなしていたのは確かなようだ。加藤郁乎はその意味でも単独性だけで捉えてはならない。最後にそれでも『江戸櫻』から佳吟とおもうものを引いてみよう。

素袷やそのうちわかる人の味

「すあはせ」とは、肌着を着ないでじかに袷を着ることだが、袷の肌へのじかの感触がやがて身をつつむ人肌の感触へと転位してゆくと詠まれている。なぜか。無粋な哲学用語をつかえば「自体性とはそのまま他者性」だからだろう。

人間の水に星合ふ流霞かな

織姫彦星の「星合」は夜空で演じられるが、水中では酵母が出会いそれが銘酒「流霞」にもなる。同時に、夜空を臨もうとする河辺に霞が流れる景色もみえる。

はなひるや私俳句きんと立つ

鼻水をひっても俳句者の自負はくずれないと述志しつつも、「わたくし・俳句」は「わたくしは・行く」を織り込んでいる。そういえば『出イクヤ記』の終句もこうだった――《冬の日のやつがれいくや出でていくや》。――郁平は出ていった。

（初出「ガニメデ」五三号、二〇一一年八月）

坂多瑩子『ジャム煮えよ』

坂多瑩子さん（以下、敬称略）の詩には、新詩集『ジャム煮えよ』（一三年）に接するかぎり、以下のような特徴があるようだ。①現実と非現実の境目がない。②やわらかい。③措辞が屈折・蛇行しているのに一行の無駄もない（眩暈はここから生じる）。④気味わるいユーモアが目立つのに、どこか可愛い。

うちの③については具体例がひつようだろう。集中に「箱の文字」という一篇があって、「金模様小皿」と、かぐろく墨書された木の箱は、そのおおきさゆえに「雨のあたらない庭のすみに出しておいて」、日ごろその墨書の角張りが眼についてしかたない、運筆が生きてうごいているようにさえみえるというふうにもつづられたあと、以下の展開となる――

箱のなかでは
紙をのばしながら小皿をつつんでいる祖母が
紙や背中は消えかけているが
祖母がいうには
息子たちの

出征の祝いをするたびに
赤いふちどりの
まんまるの金が三個もついている金模様小皿は
少しずつ薄くなっていったから
とてもていねいに扱わないとひびが入ってしまうそうだ

引用した冒頭の二行では、箱の入れ子のなかに祖母の過去の映像が生じている驚きがあるのだが、それが衝撃感なしにさらりと書きながされ、祖母の間接話法へとずれる。さらに「出征」という歴史と由来をかたることばがさりげなくはいって、しかも慶事をいろどる古式ゆかしい大事な小皿をあつかうときの「女の手つき」といった、仕種の暗がりめいたものまでが不測裡に浮上してくるのだった。詩脈がゆれている。ゆれているのに、その屈折によって、「時間の容積」といったものがかんじられてくる。坂多の独擅場かもしれない。まねてみたい、とおもった。

図像還元しうる記号的な対象から、「実在」がひょっこり顔を出す、というときの「見えかた」は、如上、なにかコロボックルのような「小さ神」に接したときめきをあたえてくれる。坂多詩のばあい、この「小さ神」がまずは女性だ。しかものっぺらぼうで、「からだつき」だけがある。そのことで女性の連鎖系は、それじたいが不気味——もっとつよいことばをつかえば、アブジェクション（↑クリステヴァ）ということになる。詩篇「家」から——

九〇年前のおうちの平面図があったから

テーブルの上にひろげてみた
よれっとしている
まん中がすりきれて
小さな穴
そのとなりが押し入れ
色分けされて
炊事場
どこもかしこも四辺形で
七〇年前のおよめさんが立ち上がった
およめさんだけは
ころんとまるく

日本の家屋構造は俯瞰した間取りで矩形の連続だが、水平にみても矩形が重畳している。畳、襖、障子、欄間、雨戸、棚……それら「角張り」を緩和しているのが、女性のからだだとすれば、それは「まるければまるいほど」救済ともなるのではないか。からだが危機をはねのける。この詩篇の最終部分から、そういう呼吸がつたわってくる。行を送って転記してみよう。《テラサコチョウのおうち／いろんなことがあってねえ／ますますまるくなったおよめさんが／椿油で束ねた髪を／うしろでぎゅっと結わえて／太平洋戦争勃発》。ラスト、歴史事実の体言止めが、詩篇全体のやわらかさにたいしてはいってくる縦棒のようだが、読んでもらえばわかるが、それは詩篇冒頭への回帰でもある。ところがほぼ無告のこの「およめさん」には仕種の気配もあたえられている。それが「うしろにぎゅっと結わえて」。嫁の歯ぎしりというわけではないが、女の無告がひそめいていた怒りと気合の実質がこんなみじかい措辞から着実につたわってくる。結わえにも、まるみがある。

記号から実在が飛びだす、という点では詩篇「私の家」もそうだ。冒頭一聯はこうだった。《土かべに釘で小さな家を描いたことがあった／ざらざらでほこりっぽく貧相な家／その家が引っ越してきた／玄関は狭いし糞尿の匂いはするし》。「その家が引っ越してきた」という突出する異調が、即座に「――し、――し」の平易な口語形でうけられて、異調性を消す。「しつこさ」のこのような瞬間的な回避によって、詩脈が蛇行するのが、おそらく坂多調だということだろうが、逆にとれば坂多の詩的資質は、荘重癖への冷笑、とかげのようなすばやさを湛えた、おそろしいものともなる。これが彼女のユーモアだとすると、似た資質におもいあたる。このたび『詩集　人名』をオンデマンドで出した甘楽順治だ。あるいは小池昌代の『ババ、バサラ、サラバ』ともつうじる女性時間の奥行もかんじられるが、坂多の措辞は大胆で、しかも端的というよりさらに「みじかい」。詩篇に短軀性があるのだ。きっぱりしているが、それが文学性をころす身体的ユーモアともなる。

現実／非現実の境界があいまいになるということでは、いろんな運動がよびだされる。まずはひとつの領域に、べつの領域が残酷におおいかぶさってくる「重複」の運動。「重複」はクリステヴァによれば、メランコリーの実質＝時間的反復が空間性へと「翻訳」されたものだが（『黒い太陽』）、ここでは措こう。坂多からは引用しないが、この点では最後に夢オチとなる「草むら」という、詩の教科書にでも載せたい手近な散文詩がある。

「畳みかけ」がたとえば最後の余白をのこすこともある。そこに動物的な気配のただようことがあって、集中「母その後」の最終二行《あっ／ころんだ　また》には、こんなに単純なのに、じつは震撼をおぼえた（くわしくは実地検分を）。容赦のない詩篇終結ならこれも夢の雰囲気のつよい「さがす」がある。最終二行が《あたしはまだこうしているけど／サンダル》とあって、詩篇が途中で鼻緒のようにブチ切れている。中断型終止形というのは通常はもっと文学的に野心的なものだけども、坂多のこれにはなにかやさしい、ハンドメイドのひびきがある（これもまた実地検分を）。

現実／非現実の境界除去という点では、「現実の地」になにか認識不能のものが叢生してくる感触もある。叢生が溶解になるのなら、こんなフレーズ——《親のいないときはうれしかった／あんたもあたしも親がきらいきらいだし／いつだって薄ねずみ色していてさ／えっ　なにって／青みがかった薄ねずみ色でさ／雨がふると道どろどろとけちゃってさ／こまるね》。引用のまえ、「いわれた」という無媒介な語尾がつらなっていて、「いった」話者がしめされない。引用部分では会話の応酬があるようだが、説明的な措辞がえらばれていない。ただし、詩篇のタイトルで、あたしと誰が語りあっているのかが判明している。詩篇タイトルは「いとこ」だった。

「はえること」のおそろしさ、同時に無意味なおかしみを告げるのは、冒頭収録の、題名もめでたい「豊作」だろう。朔太郎の「青竹」のアンチテーゼなのはむろんだが（つづいていた鉛直連鎖が水平的な綻びへと帰着する）、ぼくはピエール・ガスカールの「挿木」についての幻想的な評論エッセイ、『シメール』もおもいだした。「交配」のヤバさがあるのだ。さらには「ホラ」の可笑しさもある。ということは、ぜいたくにも、いくつもの価値系列が並立外延しているゆたかさが、この不気味な詩の本懐ということにもなるだろう。

豊作

雨が適宜にふる年はいい
こんな年は挿し木も成長がはやいのだ
園芸上手と
いわれている婆さんがいた
なにしろ薪を挿し木しちゃうというすご腕の
婆さんで
あたしだって
こんな才能持っていたら
どんなに楽しいだろうと思いながら
婆さんは生ゴミだって髪の毛だって
なんでも土にさしておく
なんでも根づく
指を怪我して爪がはがれたので裏庭にさしておいた
といっていた
キノコみたいなものがぬるっと生えてきて
指のかたちになって
手のかたちになって

それから
どんな風に成長したか
婆さんからはなにも聞いていない
バラを挿したらバラの花
スイカから赤ん坊
婆さんからは婆さん

（全篇）

世界はこうして同型分岐してゆく。世代交代という言い方もある。口語がひそかにまざり、ひらがなのやわらかさも生かされ、主語「あたし」があるから、全体はメルヘンともいわれるだろうほど「かわいい」。そうつづったあとでナンだが、巻末の著者プロフィールをみると、坂多は一九四五年生。むろんひとは「年齢」がかわいいわけではない。むしろ自在さがかわいいのだ。

この詩篇の「キノコみたいなもの」は、よくかんがえると、可視性と不可視性のあいだに巣食っている不思議などうぶつとおもえる。系譜としてはカフカの短篇「父の気がかり」中の「オドラデク」の親戚だ。この系譜をすすめてゆくと、坂多詩では、「家のなかのまるいお嫁さん（しかし、のっぺらぼう）」よりももっと、奇妙な「気配」が詩篇の主役をつとめることになる。「気配」とは、「あるのか」「ないのか」わからないものが、動物化される、ということで、詩集中のこの系譜の詩篇では「コレクター」「糸状藻」という二大傑作がある。「貝の身」と時間をかけて対話したという体裁の前者を引用して、このささやかな詩集評をおえよう。惚れ惚れとする詩だ。

コレクター

巻貝があちこちに
どこかが欠けたものばかりだったが

ひとつだけ
完璧なカタチがあったから
それも特大
のぞいてみたら奥まったとこに赤い脚
空家に入りこんだ住人ありか
それでも巻貝がほしい
ほっとけばいいものを持って帰ってきた

ヒトなんてきらいだろう
焼き鳥の串でつついてやった
どうしてそんなことをするかって
ヒトっていやだね
それでも塩水をつくってやった
海の水とちがうというから

沖縄の塩を足してやった
ケチョケチョとつぶやいている
助けを呼んでいるのだろう

朝　脚がだらんとしていた
ピンセットでひっぱりだす
やっと空家になった
あたしが住めるわけでもないんだけど
水で洗って
太陽に干す

（全篇）

（二〇一三年十月）

方法論としての日録
――岡井隆のメトニミー原理について

一九七〇年七月、歌壇人たる自らを放棄し、医業の職務すべてすらなげうって一女性とともに「どこか」へと失踪した（やがてそれが九州の地と判明する）岡井隆を襲っていたのは、詩作が自己破壊の熾烈な様相を帯びだしてやまれずアフリカへと旅立ったランボーの境位と、おなじようなものだったのだろうか。岡井隆の述懐を『わが告白』（二〇一一年）から、まずは聞こう。

《わたしは、病院で、専門分野の変更（肺結核は減りつつあった）にとまどい、学位取得のあと研究生活にも倦み〔…〕、外では「前衛狩り」の歌壇風潮とのたたかいに疲れ、また六〇年安保から学園闘争へと移りゆく思潮にも不安と焦慮をつのらせていた。『天河庭園集』（これには二種あるが）の歌どもは、このような日々の反映といってよい》（一二六頁）。

《〔…〕歌集『天河庭園集』の世界を捨てて沈黙した昭和四十五年の九州行はCと共に、家出したのであった。そして五年間止めていて歌集『鵞卵亭』の境地へ行った。このときも〔…〕歌は本気で止めるつもりだったのである。一見すると『鵞卵亭』にはアララギの匂いがするが、しかし、別天地であった。表現よりも表現者が大事である。表現者がどんなところに棲んで誰と生活したかがぼくの場合大事だった。女が先に居て、新しい愛が生まれて、その女と失踪するかたちをとっているが、実は失踪のモチーフはもううずうずするほどたまっていて、女がそのきっかけを与えたともいえる。おそらくこの二つ（女とモチーフ）は重なっているのだろう》（二二八頁）。

「失踪のモチーフ」とは何だったのか。『前衛短歌運動の渦中で』（一九九八年）にはこうある――《〈六七年の歌集『眼底紀行』を出したころ――＊筆者註〉わたしは、前衛短歌運動においても、その昂揚期をすぎて、反動期に居た。医師としても、博士号取得のための研究のあとの反動期にあつたと思はれる。／／負性を、ある諦観をもつて歌つてゐる歌が多いのに気がついてゐる。しかも、さういふ歌の方が、しんみりして感情がこもつてみえるのである。これは、やはり後退期の抒情なのである》（二二五頁）。

九州放浪の前年に発表された自己報告的なエッセイ「火の間で」（『鬼界漂流ノコト』一九八一年）でも意気消沈が告げられていた――《歌を作って二十幾年、おもえば一度だって純粋に「創るよろこび」「歌うたのしさ」など味わったことはなかったが、それでも、わたし程度のマイナー・ポエットでも、苦吟の刻の重く充実した「不安」と、そこから解放された瞬間のホッとしたやすらぎには、何度か逢着したことがあった。しかし、今のわたしには、それもない》（一八頁）。

おおまかには、六四年刊行の第三歌集『朝狩』から第四歌集『眼底紀行』へいたった岡井の道程は、偉大だった達成にマニエラが繁茂し、詩語と歌語とが亀裂の悲鳴をあげてゆく墜落線だったといえる。ふたつの歌集では秀歌率にもおおきな径庭がある。その自覚をたぶんもっていた岡井は、やがて岡井の九州流謫中の七二年に思潮社から刊行されることになる『岡井隆歌集』のため、未刊だった歌稿をまとめあげた。失踪前のことだ。その自己編集はノンシャランにみえても、歌業記念碑をつくろうとする細心さがわたっている。具体的には、歌誌掲載時の連作性を断ち切り、ほぼ四首組の淡々とした断章形に全体をととのえて（それぞれには題ではなくぶっきらぼうに序数のみがつけられている）集成されたのだった。

歌群全体は、失踪前の「決意」をしめす劈頭・掉尾の二首により挟撃されていて、緊張が走った。劈頭——《曙の星を言葉にさしかえて唱《うた》うも今日をかぎりとやせむ》。掉尾——《以上簡潔に手ばやく叙し終りうすむらさきを祀《まつ》る夕ぐれ》。あかるさの渡る朝が実際に到来すれば「曙の星」も消える。だからそれらの星では、やがての消滅を予定された、短歌的感慨も仄ひかっている。それを知るこころの性急が掉尾の歌をなした。夕ぐれの「うすむらさき」に、同色溶解する「うすむらさき」を祀るのは、おそらく自分ひとりのためで、この人知れない祭祀にも不吉な自己葬送の影がさしている。かくして歌集全体は無駄のない遺書へと昇華された。しかし六〇年代末期の詩・歌にまたがる、岡井の言語実験の全痕跡が消えるのを福島泰樹がきらう。それで彼による再編集版として二種目の『〔新編〕天河庭園集』が、岡井復帰後の七八年、国文社から刊行されることになる。

はなしをもどすと、岡井流謫の地、九州は、フランス人ランボーにとってのアフリカのように途絶した場所ではなかった。「辺境」といえども日本に「内包」されていたから、地勢的にも時間的にもそれ以前の岡井と以後の岡井が知的に「隣接」せざるをえなかった。生きるために医業に就いた岡井は、歌作を放棄しても短歌そのものをかんがえるためのノートをつけはじめる。ランボーのような自己抹殺をしない遊動性が逆に岡井的資質の財宝なのだった。岡井は親炙した斎藤茂吉の再読へ、次には前衛短歌の並走者・塚本邦雄の再考へと、生業のあいまに駆り立てられてゆく。

着のみ着のままの遁走だったから、女性との最初の生活は、家財も蔵書もない手許不如意の状態だった。相手の女性だけが岡井に現前していれば十全だったとおぼしい。当時を後年から振り返った歌を二首引こう。《かなしさは一つ毛布にくるまりて筑前の国《くに》秋の百夜《ももよ》を》(『人生の視える場所』一九八二年)。《女《をみな》の全《また》きからだの重たさは九州へ来てはじめて知りぬ》(『禁忌と好色』一九八二年)。一首目の声調の嫋嫋ぶりは意図的だろう。二首目中「重たさ」は性愛による物理的なものでもあり、一対一の逼塞のなかでの精神的なものでもあるだろう。初句四音の構成に、言いさしてこころのよどむ呼吸がひそんでいる。

茂吉ノートを集成した岡井『茂吉の歌　私記』(七二年)の「後記」にはこうある――《或る年の夏、九州宮崎市の簡易宿舎で書きはじめ、その年の初冬、福岡県は玄界灘沿いの寒村で筆をおさめるまで、日録風に書き継いだ斎藤茂吉短歌評釈である。/裏がえせば、茂吉の歌の私注をよそおっている生活記録の類と言ってもいいかも知れぬ。いずれにせよ、この期間にわたしの書いたものは、これだけである。/わたしの手許には、書きはじめた当時、岩波文庫本『齋藤茂吉歌集』同『赤光』しかなかった。辞書は岩波国語辞典一冊。のちになって中央公論社《日本の詩歌》版『齋藤茂吉集』を手に入れたあたりから、やや考察の輪が拡がった。そのあたりの事情は本文に逐一書き入れてある》。

不如意からの逆転。その本文は岡井のしるしたとおり日付入りの断想の連続で、著者自身の日記的な境遇記載が織りこまれたり、前言否定があったり、執筆計画がナマで出てきたり、就眠時間が来て記述中断が宣言されたりと、まさに「日録」そのものだった。結果、記述が類想的に自己変貌してゆく自由さがある。たとえばこんな記載。《そんなことから分析をはじめる予定にしていたが、筆は、四方へと分散する。まとめてみよう、あとからの追記を予想して備忘的に、一つ二つの論点を》(一三頁)。《一体このほとんど発表のあてのないノートはなんのために書いているのか。単なる時期待ちの暇つぶしか。参考書なしの注釈行が、筏による大洋横断に似た冒険欲を満たすというのか。デカダンスへの歯止めの役を、書くという行為に負わせているのか。いずれとも知れず、いずれも本当なのであろう》（五九頁）。

後述するように、のちに岡井は作歌にも日録性を、方法論的に盛りこんでゆくが、もともと岡井の実験には『土地よ、痛みを負え』（六一年）中の「暦表組曲《かれんだあ》」のように連作性と日録的表象とがすでに「隣接」していた。前衛短歌では暗喩＝メタファーが方法的中心としてあげられるのが常だが（それは塚本邦雄には適用される）、岡井の作歌は、ズレをはらんで進展してゆく連作の、時空的な進展（外延）にこそ妙味がある。それは換喩＝メトニミーをかんがえることでより読者の同調をふかくするのだ。

小林修一『日本のコード』（みすず書房、二〇〇九年）は、メタファーとメトニミーの対称性について、適確な整理をしている。小林は認知意味論から、まず用語の整理をする。「喩えられる未知なる事象（被喩辞）」を「目標領域」、「喩える既知なる事象」を「起点領域」としたうえで（三二頁）、次のようにメタファーとメトニミーの差異を二分する。《メタファーの場合、「目標領域」と「起点領域」は異質の文脈を構成しており、それぞれに属するカテゴリーもまた異なった領域のものであり、それゆえ、その両者を「比較」する視点は、それらを越えた、外在的、超越的な視点（「神の目」）でなければならなかった。これに対して、メトニミーでは、ターゲット＝目標概念（T）に対して、参照点（R）は、その「近接性」を保持した連続的で同一の領域の概念である。それゆえ、概念化者（C）の視点はこの同一領域の外部に設定されず、いわば内在的な視点となる。そして（R）から（T）へのアクセスはメタファー的な異領域間の「写像」といった飛躍ではなく、同一領域内の心的に連続したものとなる》《メトニミーが成立する出来事や場面に関する知識は、時間的、空間的な

「近接性」に関わるものであり、いわば時空間的な秩序ないし統合に関わるものである。そこからメトニミーを「『統合』(必然化=合理化)への意志を体現するもの」とする見解が生み出される》(三六頁)。

この小林の記述は、メトニミー的な表現「発想」にふれるものとして何の遺漏もない。ただし結果的な表現「物」がメトニミーによってどのような特性をあたえられてゆくかは補ってゆく必要がある。整理をすればメトニミーにおいては「目標領域」は「起点領域」と「隣り合ってみえる」同一集合体のなかにあり、同時に「起点領域」は「目標領域」の「部分」でもある。それでそれぞれの関係項間の微細な距離感が、メタファーのような異質性ではなく、親和性となる。ひとつの近接値がべつの近接値に「隣接」して、時空間がズレをともなって外延してゆくメトニミーでは、ズレが量感の保証となって親和性をやどす一方で、ズレは縫合不能なものとして虚無性や脅威を帯びることにもなる。何よりも、修辞の現下の「部分」は、総和されても「全体」を形成しない。なぜなら「部分」がそれ自体で「生成」を繰り返して全体とはべつの集合的傍流をつくりあげるためだ。ところがこの生成にこそ魅惑が生ずる。

それは身体感があるためとも別言できる。「全体」に入り込んだ「部分」とは、いつでも未知に入り込んだ既知の「身体」なのだ。周辺の圏域を身体が認知して、それが表現をかたちづくることがすでに「生成」といえるだろう。日記のしるそうとしている「今日」が時間=人生全体へおよぼしてゆく波紋が、それじたい生成的に伸長することと等価ともいえる。隣接性が空間の別名だからこそ身体が入り込める。それにたいして異質感を保持したまま目標と起点とをつめたく「膚接」させてしまうメタファーでは、刻々変貌する認知的身体の入りこめる「余地」がない。「瞬間」のもたらす盲目化にちかい。塚本的身体の冷たさと、岡井的身体の温みとの差、「塚本に身体がなくて、岡井にあること」は、以上からも納得されるだろう。

さらにメタファー的組成とメトニミー的組成を、位相学的に言い換えてみよう。トランプのカードを用意する。メタファーは瞬間接着だから、トランプの数枚をかさねて下がみえない状態をつくる。メタファーが意味形成を結果するのは、たとえば一番上にみえているスペードのエースの下に、おなじスペードの札があるとか、おなじエースの札があるとかを同席者が語りうる場合でしかない。いずれにせよ、「下に何の札があるか」を解かせる権力的な使嗾がメタファーの本質だ。メトニミーはズレの展覧だから、トランプのカードは互いに重なりながらもたとえば扇形にひろげられて、それぞれのカードの種類、数字をみせる。みせながらもズレがあって、種類や数字が、同一性や順番では並ばない。しかしそれがメトニミーの「順番」なのだ。数字でいえば8・5・11・3…と無秩序にならぶそのことに、異質性が異質のまま「統合」されているリズム＝身体的な親和があるのだし、それはなにも隠さない。隠していないのに、順番＝組成は、明示的であって明示的ではない。

『茂吉の歌　私記』は断想的な展開ながら、茂吉の歌の音韻（母音／子音の分布）、歌集内構成、光現象などにつき、独自にして緻密な考察がちりばめられている。考察の収斂してくる感がはじめにでるのは『あらたま』から《あはれあはれここは肥前の長崎か唐寺《からでら》の甍にふる寒き雨》の一首がもちだされたときではないか。岡井は原理的な指摘をする。茂吉の感嘆をしめすのに、唐寺という景物がもちだされ、その甍への寒雨に焦点が合わされ、それを「あはれあはれ」が包む全体構造では、赴任地・長崎の異郷的情感（＝目標領域）をしめすため起点領域（最終的には寒雨）がえらばれている。この「えらび」から岡井は、親和の情をもって認知的「身体」を掬いあげる。《歌人はある思想を述べるとき、その思想――詩想、モチーフ――を展開するにふさわしい言葉をえらぶ。この際言葉とは単語ではなく、個々の単語を含んだ叙法である。〔…〕だから、あるモチーフの展開に役立ちそうな予想叙法群を豊富に知っている人ほど、秀れた歌人なのである》（一〇五 - 一〇六頁）。岡井のいっていることはメトニミーにおける発想の質なのだった。

むろん掲出歌の言及領域は「大」から「小」へと収斂してくるが、そのものに身体を基盤にした流れがあって、流れがそのまま一首の組成を有機的につくりあげている。そこから結論される短歌の組成原理論も以下のものだ。《言語表現は時間的経過に従って遂行されるから、一首を時間芸術として捉えたとき、上の句はすなわち〈始発→継起→転換→終結〉の過程のうちの〈始発→継起〉を意味し、下の句は〈転換→終結〉の過程に対応すると見ることができる。実際には、この過程のうち〈転換〉は省略される場合があろう》（一〇八頁）。ここでもメトニミー的な組成におけるズレの生成／外延が言外にしめされている。しかも茂吉への評言が後年の岡井自身の歌作にも、そのまま当てはまってしまう点が興味ぶかいのだ。

たとえば「部分」をわたってゆく自身をそのまま歌いこんだ、メトニミーに関わる見解そのもののような二首が、最近の歌集『X《イクス》――述懐スル私』（二〇一〇年）にもみえる――《きららきらと部分をわたつて行くだけだバスから駅へ傘かたむけて》《みづからを甘やかすときの楽しさを渉《かちわた》る水の上に思へり》。一首目にはイエス・キリストの水上歩行が二重化されている。あるいは大冊の詩歌集として刊行された『ヘイ　龍《ドラゴン》　カム・ヒアといふ声がする（まつ暗だぜつていふ声が添ふ）』（二〇一三年）の以下の二首なども「部分から部分への移行」というメトニミー原則を歌の深部でふくざつに負っている。《彼岸花一面に咲きいはばまあ不快な星に似合ふ帰り路《ぢ》》《兄妹はときとして姉弟《あねおとうと》にかはりて雨に咲く花もある》。むろん口語をまじえてより融通無碍になった、岡井の八〇年代以降の作歌の境地もうかがえる。

塚本邦雄にかんするノートをまとめた『辺境よりの註釈　塚本邦雄ノート』（一九七三年）でも日録的な記載による融通無碍な脱線が継続される。ここではやがて三島由紀夫の自死とともに岡井の失踪が「跋」で慨嘆される塚本『星餐圖』が俎上にのせられる。それまでは丁寧な愛着によって塚本短歌の記号性がいかにロマネスクかなどを実証してきた岡井だったが、『星餐圖』巻頭一首、《青年にして妖精の父　夏の天はくもりにみちつつ蒼し》が掲出されるにおよび、塚本短歌への違和感が収斂を迎える。

《この歌のモチーフは、二つのモチーフの複合として把えられる。／青年（父）と妖精（子）の対立関係。ここにモチーフの一つがある。これをモチーフaと呼ぼう。／夏天とくもりとの対立関係。ここにもモチーフの一つがある。但し〔…〕この関係は、多分に叙法に由来する修辞的な対立関係である。その点、青年と妖精の関係ほど明確ではない。しかし、天を単なる背景としてだけ見るのではないならば、包むものと包まれるもの、育くむものと育くまれるもの、大と小、因と果、等々の性格において、ここに暗示されるモチーフbは、モチーフaときわめてよく似ている〔…〕。特に、包まれてある子が、その魔性によって、父を内から圧しつづけるところから生ずる両者の緊張関係は、晴れを予想さるべき夏天が、内に満ちつつあふれようとするくもりとの間にかもし出す緊張関係と似ている》《わたしたちは、この歌を読んで、〔…〕むしろ、不安な気分に駆られる。〔…〕つまり、歌としては失敗している》

《一口にいえばそれはモチーフの展開過程に難があるからであろう。／第一に、モチーフの重さに比較して、その展開が短簡にすぎる点があげられよう。たとえば、部分αにおけるモチーフは、ほとんど妖精の二字または四音に背負わされている。この重量あるモチーフをこの二文字の効力によって展開し切るのは無理だったのである。しかも「青年にして」の「にして」は冗句ではなく微妙な条件叙法であるのに、音律の約束は、ここに〈青年に・して妖精の・父　夏の〉という句またがりを止むなくさせ、微妙な条件叙法の効果を殺している。その点は、第二句の七音と第三句五音さらに第四句七音へとわたるところに生じたまたがりも、〔…〕あえて音律を破っただけの意義をもっていないように思える》《非はむしろ、一首全体の調べ（音律と音韻の複合体）そのものにひそんでいる》（一七六―一七九頁）。

モチーフaとモチーフbの時間進展のズレではなく無時間的な膺接によって、人間でない妖精を子にもってしまった青年の脱・性愛性、脱・常套性というロマネスクな背景（メタファーがかさなりのしたに使嗾しようとしているもの）は語られきらない。それは塚本が独自にことばの語感と背景を規定していながら、展開をつうじてことばをひらいていないためだ。音韻は句跨りによって寸断され、しかも名詞による「詞」が勝ち、助動詞・助詞の「辞」がすくないために一首の身体性が縮減され寸詰まりになってしまっているともいえる。むろん歌のひろがりと作者の身体性を保証するのが音韻なのだ。これはメタファーが「失敗」した歌であると同時に、ズレるべき部分が重複により隠されてしまった反メトニミーの歌でもあって、のちの塚本短歌が効力を失ってゆく過程まで予言しているような一首だった。

岡井は指摘していないが、当時の塚本ファンは一首内の細部照合に、距離のつくりあげるロマネスクな空間をみただろう。「青」年と「蒼」しにおける blue ／ pale の差異があったうえで、「妖精」の

「精」の旁に「青」がはいっている。また「夏の天」の「天」と「妖精」の「妖」の旁「夭」は位相的に同字だ。その「夭」に注視してゆくと、「妖精」に類音単語「夭折」も喚起されて、青年の若死にが暗示されるほか、『詩経』「桃夭」もがかすめ、青年のただよわす女性性も幻視されるのではないか。その気配が、くもりにみちつつ青空とはべつの蒼さ（単性生殖につうじる）の夏天にあると、塚本がみているようにおもえる。ところが音韻の天才である岡井はそんな背後には斟酌していない。暗喩ではなく換喩構造に目がむかっているとしかおもえない。

いずれにせよ、僻地雌伏のあいだ、岡井は『茂吉の歌　私記』『辺境からの註釈　塚本邦雄ノート』という、日録的体裁がともに似ていても部分的な瞬間には対蹠となるふたつの「ノート」を刊行した。結果は、茂吉から流露するアララギ調への再度の同調と、喩に拘泥するあまり身体破損と性急におちいった塚本的口調への離反、このふたつを同時にもたらした。このことが歌壇復帰後、岡井畢生の歌集のひとつ『鵞卵亭』（一九七五年）四九頁以後の外延的な「声」を生みだす。目白押しの秀歌から二首のみを引こう。《生きがたき此の生《よ》のはてに桃植ゑて死も明《あ》かうせむそのはなざかり》《藻類《さうるゐ》のあはきかげりもかなしかるさびしき丘を陰阜とぞ呼ぶ》。これらにはかつての岡井の作歌をも掠めていた塚本調への親和がかけらもない。どんな歌だったか。これも二首引例。《夜半《やはん》旅立つ前　旅嚢から捨てて居り一管《いっかん》の笛・塩・エロイスム》（『斉唱』一九五六年）、《或るひとりさえ愛しえて死ぬならば月光に立ち溺るるボンベ》（『朝狩』）。

くわえて『茂吉』『辺境』の二著は、岡井に伏在していた「方法論としての日録」――メトニミーの系を、確定的に前面化させる契機をなした。作歌上では歌壇復帰後の歌集『マニエリスムの旅』（一九八〇年）中「愛餐」がそうした系の最初の展開例にあたる。そこでは詞書に類する呟きが適宜挟まれ、連作が一首一首で粒立ちながら（たとえば《人体をつぶさに観つつ思考泳ぐ埒の外まで泳ぐしばしば》）、同時に日常変化と内心変化の時空的連続性もまた出現する。短歌という、結局は一首屹立の孤吟をいかに救抜するのか。歌のしめされる空間に連続性をあたえることが単純だが肝要なのだった。聯想と歩行によって世界内を「連続」してゆく西脇順三郎的な身体への憧憬があったのではないか。岡井は『鬼界漂流ノコト』「火の間で」ですでに誌している。《一篇の詩というとき、始めと終りが前提されている。どこからともなく来て、わが官感をわたり、終ることなく渡りつづけるとしたら、それは、永久詩であって一篇のそれではないだろう。西脇順三郎の詩にはそういうおもむきが大いにある。永久詩の一部をよんでいるような印象がつねにあって、谷のたぎちを聞いて生活しているように快い》（二四─二五頁）。

この岡井の試みを塚本邦雄は『マニエリスムの旅』に寄せた岡井論で先駆的に称賛した。《追覆曲と綺想曲の混合形式に似た構成を持つたこれらは、どこを採つても、一見は単純で形而下に訴へつつ、実は虚虚実実の内容を隠してゐる。もつとも読者にさう錯覚させるやうな作品主題の展開を、結果的に見せただけで、作者は至極淡淡と、おのがじしに、叙《の》べかつ歌つたのかも知れない》（一九二頁）。塚本の評言のたしかな芯が「おのがじし」――「私性／自働性」なのは、いうまでもない。メトニミーが一面「部分」への覚醒なのはむろんで、このことがやがて、日々のスライスのなかで世界内から「この私性」を切断する、日記的ないとなみへも接続されてゆく。もともと《通用門いでて岡井隆氏がおもむろにわれにもどる身ぶるい》（『土地よ、痛みを負え』）、《飯《めし》食いて寝れば戦《いくさ》はどこにある俺というこのこごれる脂《あぶら》》（『天河庭園集』）と歌いうる「自写像」型・換喩型のこの歌人が、みずからの諸様相のひろがりへさらに執着してゆくのも必然だった。この詞書を携えた短歌連作の、日常的でなおかつ陶然ともさせるような不思議な交響性は、岡井のさらに次の歌集『人生の視える場所』（一九八二年）において完全に開花する。

小林修一『日本のコード』によると、M・ジョンソン『心のなかの身体』（紀伊國屋書店、一九九一年）には、《所与のイメージ図式は――はじめは身体の相互作用を伴う一つの構造として創発するかもしれないが――比喩として展開することが可能だ》と記されている由だ（一四頁）。引用周辺の小林の所見をも綜合すると、世界そのものが「身分け」（＝身体的分節化）されている位相を、ある方向性をもって身体的なものがうごく。このことがさらに「身分け」となる内構造があって、それが意味以前＝イメージの把握対象となるということだ。岡井の有名歌を例にとろう。《海こえてかなしき婚をあせりたる権力のやわらかき部分見ゆ》（『朝狩』）。太平洋という中間域を前提に、日米軍事同盟（安保）の拙速な締結を見据えた暗喩歌とするのが定評だ。政治語と歌語との橋渡しがあって歌が崩落しない、岡井的身体のたしかさが独自境といえる。音韻が良いのだ。

岡井は後年、この一首にたいし、《婚と婚外婚、制度と制度内の性関係の問題に、自分自身、苦労して来たことが、この比喩の背後にうごめいてゐる》と自註している（『前衛短歌運動の渦中で』一九八頁）。この岡井の言は暗喩的なものを個別身体に接続しているという意味で、「換喩的暗喩」「暗喩的換喩」の域に踏み入れたと呼ぶべきだろう。ならば「身体的なもの」は歌にしめされた位相をどう移動しているのか。太洋の上空、雲の位置で、東西から伸び寄った、きなくさい柔構造どうしが媾合しているのを下（つまりは洋上という不安定な場所）から「見上げた」身体の感触だけが読者に共有され、それこそが危機的情動を醸成するのではないか。まぼろしに類する媾合を雲のうごきに「見上げる」身体により、まさに世界が「身分け」される。この限定化はメトニミーのものなのだった。

岡井の短歌に現在いわれるべきはこうした作用にかかわる彼特有の言語能力だろう。『朝狩』の書名のもととなった連作をさらに引く。《朝狩りにいまたつらしも　拠点いくつふかく朝から狩りいだすべく》《群衆を狩れよ　おもうにあかねさす夏野の朝の「群れ」に過ぎざれば》《おれは狩るおれの理由を　かの夏に悔《くや》しく不意に見うしないたる》。六〇年安保締結を目前にして沸騰した大衆行動が、作歌という屈折を経て転位をみせている。時間的には王朝貴族たちの早朝からの狩猟。空間的には、狩る対象が政治権力そのものから、行為の成立する朝へ、行為を支えあう群衆へ、さらには狩ることの理由へと、換喩的なズレを刻々加算してゆく。最終的には夏野だけがみえて、政治的な眺望が消滅した自失感が歌われていて苦い。むろん理路は狂っている。ところが朝の時空の奥ふかくに拠点があって、それを眼が抽出することが「狩り」に転化されている感触もたしかだ。ここには剝き出しの身体の殺到があり、同時に換喩的な詩を成立させる身体の謳歌もある。読者はそれらに感銘をうける。位相的には朝の透明を切り込むように前進して、しかし殺伐をつかんでしまう身体イメージが、「意味をこえて」読者に共有されてくる。

　この連作が、日録＝メトニミーを完全につかみだすこととなった岡井の流謫期に前置されていた人生上の意味は大きかったのではないか。岡井の流謫期の「ノート」は医療勤務後の週日の夜に断想として書き継がれたようだが、近年の岡井の日録は、短歌であれ詩であれ、「朝を狩るように」朝ごとに書き継がれているようなのだった。「自分語りのひと」岡井は、歌書成立の経緯をあとがきに詳細にしるすという定評があるが、すべての作歌が朝の時間の日録によったとうかがわせるのが『二〇〇六年　水無月のころ』（二〇〇六年）「あとがき」だ——《朝は、論理がむやみに働きたがり、感性はまだまどろんでゐるのも予想通りで、バルバロイの時間帯なのであつた。／〔…〕／前日、体験したことどもよりも、前夜ねる直前に読んでゐた本、そして、見たばかりの暁の夢が、朝の額に濃く反映したり干渉したりしたりした》。

『ネフスキイ』（二〇〇八年）「あとがき」には朝の時間帯ではなく日録の事実が書かれている――《二〇〇六年九月十二日から、翌二〇〇七年八月十五日まで、約一年間、正確には三三八日の間、毎日数首の歌を書くといふ戒律を自らに課して作り続けた。この戒律は、しかし、苦行ではなく、大方は愉しく作り続けた》。また詩集『限られた時のための四十四の機会詩 他』（二〇〇八年）でも集中の十四行詩に作成日付などの情報がタイトル下に付記されている。あとがき部分にはこうある。《私は睡眠と覚醒のあひだの短い時間を詩作に当てた　つまり睡眠→詩作→覚醒の順だ〔…〕その時間は粗野にして胡乱《うろん》　全《まつた》き覚醒ののちに理性が支配するうるはしき時の値には遠く及ばなかつたがそれなりに野性味のある時間帯であつたのだ》。いっぽう一日一首の頻度でふらんす堂のホームページに岡井の作歌がアップされていった一年間の記録『静かな生活』（二〇一一年）は、いかにも日録作歌に拠ったような体裁ながら、《大体は、一時に一週間分を書いた》と、あとがきに述懐されている。

最後に、『朝狩』以降、朝の歌、とくに朝に日録することで朝そのものが主題となったとおもわれる秀吟を摘記してみよう。註解は付さない。

《場《ば》のなかへ射ち込まれたる言葉ゆえ或るあかつきの吾ぞ紅《くれない》》《夏野そはかぐわしき朝沢渡《さわたり》の谷のけものの乳しまり見ゆ》（以上、『眼底紀行』）。《夜露さへ歌ふあかつき晩年に酢《す》を垂らしたるわれと思はむ》（『禁忌と好色』）。《さうなのだ朝は一日《ひとひ》の最深部そこからゆつくりと立ち上がるべく》《明けおそくなりたる部屋に受難画の手がさし示す椅子がわが場所》《越年といふは腰まで濡れながら朝川わたる朝霧の中》《午前九時まではさはさはと翼のやうなものが満ちてる》《花たちははかない比喩

だ　雨が来て風の加はるあかつき闇の》（以上、『X――述懐スル私』）。《十分に熟睡《うまい》せし故寂しさはなくなりて坐す雨のあしたに》（『ネフスキイ』）。《あけぼのにめざめしわれを包むもの濃い薄明かり、いつもながらの》（『ヘイ　龍〔…〕』）。

（初出「アナホリッシュ國文學」七号、二〇一四年八月）

性愛的に――、初期の大辻隆弘

俳句は詩型がみじかすぎて性愛をほぼ盛りこめない。ありうるとすれば性愛を暗示して風景をかさねもようにする二重化だろう。おもいだすのは、佐藤鬼房の《陰《ほと》に生《な》る麦尊けれ青山河》だ。「陰」を「山間の窪んだ処」の意にとれば、あまねく五穀の恵みをもたらす国土のゆたかさを感嘆する視界のひろい秀吟となるが、いっぽうで「陰」を女性器ととれば、これまた視界縹渺たる女性＝豊饒神礼讃となる。いずれにせよそれらは幻覚的な「視界」だ。コイトス＝媾合の行動までをも十七音に籠めるのはまず無理だろう。

詩はどうか。コイトスを描写するなら、よほど音韻と喩に慎重ではないと詩にならないだろう。ポルノグラフィは小説の愉しみなのだから。そうなって往年の井坂洋子のように、切断性をもった短詩で、性愛の直截性を換喩化した詩篇が、いわば無名性のふかみを独創的にひらいた。ほかの七〇年代以降の性愛詩の大勢は可笑性や固有名性がつよすぎて、とくに現在の筆者の年齢では食傷してしまう。詩に「キャラ」は要らないだろう。ただし柴田千晶など、ポルノグラフィと詩の通底を探る、長めの散文詩に、果敢な傾向があることはもちろんみとめておきたい。

さて事は短歌だ。編集部から性愛短歌のリスト（アンソロジー）をメールでうけとったのだが、期待していた現代口語短歌での性愛表象にはこれまた疲弊してしまった。口語短歌の利点は発想力の迅速な伝播、瞬間性、微妙さだが、半面で音韻性にとぼしい難点がある。語のながれが、とくに時枝文法のいう「辞」の部分でゆたかに融解しないのだ。この条件で性愛がとりこまれると、「ある、あるˮ」と理におちながら鑑賞者の経験や自己愛を抒情的に照らす逼塞におちいるか、性愛の転義に恫喝をあたえる痛みにしかなりえない。その発想に驚愕できても、大部分に愛唱性、記憶への誘引がないとおもった。読み手は短歌を黙読して、おのれを溶かしたいのだ。

いくら喩や省略で直截性から離脱しても、語の形成流露に謙譲的なふくみとうつくしさがない。コンサバといわれようが、短歌での性愛表象は伝統文法にかかわる圧倒的な語感により、一種の飛躍が必要なのではないだろうか。となって「やはり」、まずは岡井隆が浮上してくる。ただし本稿の主眼は岡井にふかい影響をうけた初期の大辻隆弘の吟味だから、この岡井短歌への言及は、のちのちへの伏線にすぎない。はじめに岡井の性愛短歌をみる。

匂いにも光沢《つや》あることをかなしみし一夜《ひとよ》につづく万《まん》の短夜《みじかよ》　『土地よ、痛みを負え』

匂いの個別的な光沢がわかるには対象を間近に把持しなければならない。そうなって対象が得難いものになる。たまたまの邂逅は、夜のみじかいあいだ（夏季）、逢瀬の反復を約束するだろう。それが政治的時代への参加を阻む。漢音が「万」にしかなく、あとは嫋嫋たる和語の韻きで、一首が飛躍的な語展開を隙間だらけにやわらかくつないでいる。おそらくはこの組成が、性愛そのものの組成とつながりあうから、この歌では具体化と縹渺化が「同時に」起こっている。

まつすぐに女にむかう性器など食い足りて椅子に居ればまぼろし　『朝狩』

欲望の処理はなった。「食い足りている」状態だ。椅子へ安楽にもたれていると、なにもかもがまぼろしにすりかわってくる。効果は遡行する。あれだけねがった媾合も、その相手も、あるいは自分自身の性器でさえももはや「まぼろし」なのではないか。意図的に理路を混乱させる飛躍たっぷりの措辞が、ここでも精妙に働いている。

唇《くちびる》をあてつつかぎりなくこころかぎりある刻《とき》の縁《ふち》にあふれつ　旧版『天河庭園集』

性愛は合致しない。物理的に接吻がおこなわれても、身体ではなく、息や生気、さらには「時間（という女性性）」にふれてしまうのだ。あるいは心情の無限性と、逢瀬時間の有限性が合致しない。それで「時の縁」から時間が性愛のようにあふれる逆転が起こる。「かぎりなく」「かぎりある」の頭韻的反転がみごとだ。

藻類《さうるゐ》のあはきかげりもかなしかるさびしき丘を陰阜とぞ呼ぶ　『鷲卵亭』

乳房のふくらみには生物的な妙がこめられているが、陰裂上部のもりあがりは「裂開」のむごたらしさをいたずらに強調するようにみえ、女の細部はゆたかであるとともにさみしい。しかもその部分は陰毛に荘厳されるのだが、それが女の海洋性をあわくかたちづくる。この歌は即物性への単純直観のみで形成されていて、語調そのものに内実が流露するだけだ。極小的な歌。

夜半《よは》ふりて朝消《け》ぬ雪のあはれさの唇《くち》にはさめばうすしその耳　『鷲卵亭』

「唇」への形容節が極薄だ。ほんとうは作歌時の天候変化が唇の形容に転用されている。同時にそれが、相手の耳介をかるく咥えた際のはかない感触にもひろがってゆく。「うすし」に女性存在への憐憫と耽溺の双方がひそむ。そのなかで主体があいまいになっている。

髪の根をわけゆくあせのひかりつつみえたるころのあはれなる愛　『禁忌と好色』

性愛は体位変遷もあって対象の輪郭を固定しない。しかも微視的にみれば対象は幻惑的な分泌により表面を溶かしているのだ。それを対象の毛根にみた。部屋明かりで汗がひかっていた。いやちがう、じつはやはり時間の漏出を視たのではないか。情事をこころにうかべることで、時間と記憶が不定形性において不如意にも融即してしまう。それが生の果実なのだから、ひとは「あはれ」だ。わたしも相手も。

＊

岡井隆の『天河庭園集』から『禁忌と好色』にいたる時期は、語調におけるアララギ調と、前衛短歌的な語のスパークの、幸福な混淆をしるした。衝突をみちびかれた語同士の関係がしかも円満な余韻を生じて、飛躍的な時間論が発露する。時間は透明か乳色をして、岡井の男性性は詩嚢のゆたかさを分立してくる。性愛歌にかぎらぬ歌集としての達成点ならやはり『鵞卵亭』『歳月の贈物』だろう。

その『歳月の贈物』の代表歌が《歳月はさぶしき乳《ちち》を頒《わか》てども復《ま》た春は来ぬ花をかかげて》。大辻は第一歌集『水廊』で《泣きながら青麦の道駆けぬけし日を歳月の蜜といはねど》、第二歌集『ルーノ』で《窃《ひそ》かに——、霧はながれて国家なきあしたに乳を分かちあふひと》と、岡井の一首を分解している。八〇年前後の岡井への親炙が、九〇年前後の大辻をうんだのだ。

ただし岡井のスキャンダラス、強靱でスター性のある「生」にたいし、大辻は三重県の県立高校で国語の教諭をつとめる、実直で透明な生活者にすぎない。性愛も岡井の波瀾万丈にたいし、きれいな淡色にながれたのではないか。結婚し、子どもをもつ時期の生が裏打ちされているのが『水廊』だ。大辻の年齢的な若さはとうぜん性愛歌へ挑ませる。所属結社「未来」での「ニューウェイヴ」加藤治郎の活躍も視野にはいっていただろう。その「ニューウェイヴ」調の大辻・性愛歌から、まずはかんがえてみよう（これらは観念衝突が単相だから、解説は不要だろう——編集部作成のアンソロジーにもそのいくつかが掲出されている）。

指からめあふとき風の谿《たに》は見ゆ　ひざのちからを抜いてごらんよ　『水廊』

青銅のトルソのやうな君を置くうつつの右にゆめのひだりに

黒髪のそのしめやかなうなじにて真紀よわが身をしづもらしめよ

戯れに、言はば諸手《もろて》をつかしめて山羊をいたぶるごとくにぞせし　『ルーノ』

恋歌といったほうがいい「トルソ」をぬけば、大辻本来の謙譲的な資質と、しめされた果敢な作歌技法とに、水と油のような遊離感をおぼえる。のちの大辻への検討でさらにこの点があきらかになるだろう。まず大辻の慎みは、歌の結像性のあいまいさをともなわなければならない。『水廊』にこまかく当たってみよう。

初夜《そや》すぎてつかのまこゝろは喜べり　人称のなき不意打ちの声

一読、状況がつかみがたい。「初夜」を結婚直後の夜ではなく付き合い上の「初媾合」ととらえる。徐々に馴化が生じて、歓喜の声が相手からふと漏れる段になったとしてみる。その声に主体が違和感をおぼえている。つまり固有名ある眼前の知己の声ではなく、闇のようにひろがった普遍性からの声だと知覚したのだ。この歌で掬すべきは、「措辞上」、性愛対象が差異化されていない点だろう。文法の破格、上句下句間の一字空白も深遠をもたらす。

性ゆゑに来たれる悲苦とおもふとき静けき朝のこもり沼《ぬ》われは

街路樹の影ふかみゆく真昼まであやしく性を思ひつめをり

媾合行為は歌作に浸入しない。それは全般的に見つめ返されるのみだ。しかも悔恨と自責をともなって。性愛＝魂の受難、とするのが大辻の位置なのだ。悪辣と自負は似合わない。それどころか心ここにあらずの状態で、相手からはとおい幻影すらかんじてしまう。

つたなかる愛語をいへば耳底《みなぞこ》に遠き響きの潮騒きこゆ

「耳底」を「みなぞこ」と訓ませる是非はわからない。ただ間近の相手に愛語を弄する自分の不安は、とおさにより救抜されなければならない。この迂回性がやがて対象そのものに結像不能性までをも塗りこめてゆく。そうして次の歌集『ルーノ』で大辻の（すくない）性愛歌が美学的・修辞的に完成する。

雨の日は卑しきことを思《も》ひて行く　昨夜《きぞ》かなしみし足裏《あうら》のくぼみ

弓なりの背を暗黒に涵《ひた》しつつ息を抑へしをみなひとあはれ

さめざめと降る月光をふみながら妻の寝息の領に入りゆく

昼前に終へたるあはき交媾は粥を掬へるごとし、といふか「足裏のくぼみ」は土踏まずだろう。それは「虚」だ。「卑しき」思いは女性器への結像を寸止めされて、さらにのっぺりした人間の欠落＝くぼみに赴く。くぼみは空に置かれれば空間が二重化される。性愛歌ではないが、おなじ『ルーノ』にはこんな秀歌もあった。《秋空にわたす梯子をのぼりゆく人の凹《くぼ》める足の裏は見ゆ》。「弓なり」の歌は騎乗位の描写だろう。ただし眼目は相手の慎みにある。同時に、闇そのものに溶融してしまいそうな相手の危うさにもある。「月光」の歌は、「寝る妻の床」を「妻の寝息の領」と間接的に措辞したために妻の実在性が半分喪失した点に手柄がある。「粥」では媾合そのものが見消にされたように安定しない。そこからはかなさや余韻がうまれている。

微細さをたもちながら記憶に息づく（それでそれじたいが魔法的に生物化されている）岡井の性愛記憶とはことなり、「いつかきえるもの」が淡白な大辻の性愛時間なのだ。四十歳前の大辻は第三歌集『抱擁韻』で、すでに性的減退を主題にしている。《ああわれははや老いづきて柿の花をはりし萼《がく》を嗅ぎてをりたる》。あるいは性は過去形で述懐される。《梅肉を嚙みつつ性にくるしみし若き日ありぬ　すべなかりけむ》。

ところが性愛の体験は、性愛以外の感覚を大辻の身体へ転写して、その身体を複層化した。普遍そのものの大悲、植物性と照応することでの入れ子状態の実現、身体の作用性＝罪障の自覚――「性愛」を主題にしていない歌での、主体の分泌する自己－性愛性、そこに生じる容積こそが、大辻短歌の真骨頂なのだ。この領域にまず大辻の秀歌が集中する。これらでは性愛の相互性ではなく自体性が、女性官能的といえるまでにざわめく奇観をなす。それでも理想的な音韻により歌のながめに平明化がみちびかれていて、ほとんど解説を要しない。

朝あさにわがくぐりゆく花かげの手足透きくるまでに青きを　『水郎』

ししむらは物象ゆゑにおろかしと青にび色のあさかげにゐつ

飯はみてはつか癒えたる寂寥は瞑目の時によみがへりをり

まどろみの耳に雨声《うせい》を聞くときにあはれうつしみの有漏《うろ》のふかさは　『ルーノ』

かつて農たるこの卑しさはかがまりて昏きところに飯を食みつつ

肩にふる雨、銀灰《ぎんくわい》のかなしみにふれがたくして触るべくもない　『抱擁韻』

熱風が刷きゆく麦の熟れながら立ちながら殺されてゆくこと

合歓の辺にわが身がはこぶ風立ちてかすかに花はふるふとおもふ

まぼろしのごとくにありて瓜を喰む花あかりせる朴の下びに

飲食《おんじき》と媾合は、そのまま生のいとなみでたがいに似ている。岡井短歌にも飲食主題が頻出する。また岡井短歌には自画像歌の系譜もあるが、大辻のこれらは自画像的であっても、その誠実さと清澄さによって、無名化・非人称化のフィルターがかかり、謙譲がうつくしい。この点は井坂洋子の（性愛）詩をおもわせる。掲出歌中「有漏」は仏語で「煩悩のある状態」を指すが、「漏らすもの」は糞尿、血・汗・涙、さらには精液でもあるだろう。それで有漏は悲苦とともに性愛本質にかかわる。「合歓」の歌は、植物名のみでなく、「歓喜の合流」をもふくんでいる。「瓜」の歌では岡井の名歌《生きがたき此の生《よ》のはてに桃植ゑて死も明《あ》かうせむそのはなざかり》（『鷲卵亭』）との共振がかんじられる。

大辻はこの系列で、特権的な植物（果物）を召喚した――「梨」がそれだ。花も果も桃より純朴で、しかも原日本的な侘びをもつもの。それが体験されたことのない文脈で作歌され、大辻風の「綺語短歌」にまで結実された。

世界苦といふ悲苦ありてさしあたりかかはりはなく梨をむき終ふ　『ルーノ』

イ・リ・ア〈そこにあること〉つひに寂しきをこの熟れ梨は余る、わが掌に

ほのしろき夜明けにとほき梨咲いてこのあかるさに世界は滅ぶ　『抱擁韻』

ともあれこうした自己―性愛的な身体把握によって、大辻の歌にある認識作用も魔術的・生成的になる。性愛局面をこえて、エロチックな歌が連続しだすのだ。もうそこでは性愛に限局する意味すらなくなる。『ルーノ』『抱擁韻』とはそうした展覧集だろう。冒頭に引いた佐藤鬼房の俳句と同等の奇蹟が起こっているともいえる。気をつけよう。すべて視覚にかかわっているのだ。

月明にしろき幹立つまぼろしを左右《さう》分かぬ世の底ひにそ見し　『ルーノ』

うろくづのごときレンズを眼に嵌めて見つくせと言ふ、国の一夏《いちげ》を

ししむらを遠きみぎはに運ぶときいまだ渡らざる昼の橋見ゆ

しろがねの和毛《にこげ》しづかにかがやける李《すもも》のごとき吾子の陰《ほと》見き

火の梁のくづれ落ちたるまでを見て帰り来たりつ今日二月尽　『抱擁韻』

夜半さめて見下ろせるとき乳《ち》を流すごときひかりは段《きだ》に射しゐつ

葦を薙ぐかぜのかたちを見下ろしてしばらくををり橋の高みに

陽に徹る葡萄の粒のうちがはに星座のごとく浮ぶ種子みゆ

大辻短歌は音韻と感覚の緻密さをエロチックに複合したのだ。「梨」を発見した大辻は、性愛対象ではない静謐な対象をもさらに『抱擁韻』でとらえる。ところがそこでも「物」が主客一如の状態で性愛化する奇妙さがにじみだすのだ。岡井にはない、大辻の独擅場といえるだろう。大辻の対象はなにか――「女のように」「エロチックな」椅子だった。それが空漠さのなかにただ位置する。デュシャンの「アンフラマンス＝極薄」とおなじ美学もかんじる。官能あふれるそれらを引き、本稿を終えよう。

真むかひの校舎の窓に椅子ありてうつそりと陽のすべる背もたれ

路地に置く白木の椅子に月光は鵞毛ただよふごとくくだり来

わが椅子は獣皮のふるき匂ひして人置かぬときふかくかがやく

つまりつらい旅の終りだ　西日さす部屋にほのかに浮ぶ夕椅子

（「北大短歌」三号、二〇一五年五月）

木田澄子『klein の水管』

（二〇一四年度、「現代詩手帖」の年間回顧記事でぼくが真打にあげた木田澄子さんの詩集『klein の水管』は、複数の経緯から当年度刊行詩集と誤解したもので、ほんとうは二〇〇四年度刊行だった。あろうことか第三十八回北海道新聞文学賞さえ受賞していて、じっさいは道内で著名な著作だった。なんたる不明。著者の木田は函館在住、詩集は緑鯨社という釧路の版元から出ている。回顧記事では他の詩集と抱き合わせで論じたため、充分な考察をしなかった。ここに分離独立させ、その作品世界を眺めなおしておく）

「変容」をおもいえがくと、それがそのまま辞になり、音韻ともなる——おそらく詩作のよろこびのひとつは、そんなたんじゅんな原理に負っている。木田澄子の詩にはたしかに「変容素」とでもよびたい媒質がいくつかあり、「水」「樹」「親族」「馬」などがそのみやすい例だろう。むろん「水」は現代詩においては詩的保証として、濫喩気味に詩作者たちにあつかわれてきたが、木田の「水」は稠密性と不気味さにおいて独自の運動をおこし、他の詩作者とは一線を画している。

圧倒的な出来の巻頭詩篇「水相（みずのすがた）」を、聯ごとにとらえてみよう。

みずのうちがわなど　だれもふれたことがないから

ひとは　すいどうかんの器械構造をかりて
かたちづけようとしてみる。
そのために　みずは　いつも不良性貧血になやまされていて

あらためて水にうちがわがあるのかと問われれば、きゅうにこころもとなくなる。水の属性はたとえばしずくがたがいにつながり、最終的には「たまり」となるような相互組織力にある。相互連接される水はいわばたがいの外部を無差異に外延していて、水の単位的な内部性など微少なのだから、そこに手をふれても水のつながりは触知できるが、その内部にはふれることがほぼできない。接するとなんでぬれるのかわからないひとつの不可能が水、ということができるのではないか。

相互組織力でつながり、たとえばくぼみでゆれるかわりに、つながる水はそれじたいのかたちをもてない。水が固体のようにみえるときには、それを容れる「うつわ」が形象化を代行する。このようにつづれば水がなにに類縁するかがすぐわかる。ことばだ。俳句や短歌の短詩型では、ことばそれじたいと型＝うつわとが、たがいに像を相殺しあう点滅をえんじることとさえある。くわえて原理にたちかえれば、変容をおもいえがくことばは、ことばそのものを変容させる。この意味で、水状、ことば状のものには、おもてと裏がない。クラインの壺の想起はだからただしい。

水は暗黒化し彷徨過程にはいる。それが水道の機構だ。水はゆくべき動線をかぎられ、ほとばしりやつながりのよろこびをうしなう。だから「不良性貧血」におちいるが、そうおもいこむと、水なかに白血球のようなものが増殖してゆくことになる。それはしかし、ことばを不全にしかあつかえない者のすがたが、水体のなかにぼんやりと映るにすぎない。

ゆうどうするシステム・キッチンの排水口に
きょうの領域分のながれ
降下するちかすいどうで　どこからがきのうのものか
稜線をもたないみずは
どこまでも自身に平衡でありつづけ

水に区分があるのかといえば、それがとどまらなくなることで、それじたいのなかに区分をなくしつつ、「きょうの水」「きのうの水」というように、時間内にのみ区分ができる。ところがヘラクレイトスのいうように、おなじながれのなかにたとえばからだは干渉できない。区分でありながら区分不能なものが、水的な時間とよべる。

これもことばとの類縁性をしるしづける。発語では、ほんとうは詞と辞のくべつなどできはしない。辞が付着してはじめて詞にいのちがあたえられるのだから、ことばの分離はことばの死物化にひとしい。死物をならべても詩などうまれない。もっというと、ことばの分析＝分解は、かならず自己再帰パラドックスをえんじる。新進気鋭のヴィトゲンシュタイン学者、中村直行の著作『沈黙と無言の哲学』（二〇〇五、大学教育出版）からの一例。《「ポチは　白い」の言語の構造は、主語－述語形式である》。

それじたいの「輪郭」をもたない水、ではなく、それじたいの「稜線」をもたない水、といってみる。このとき水に論難されているのは垂直に立ってみえる遠景をもてない水じしんの分散性だろう。

水がもし「立つ」ことがあればそれは幽霊になりかわる。

このことは木田澄子にもするどく観察もしくは自覚されている。集中の詩篇「水の島を遠く」では、「水」の縁語的連接＝換喩のはてに、水の潜勢力が減衰してしまうおそろしいながめがえがかれる。換喩がこわれて減喩になるときには、徴候として脱落が指摘できる。こんなフレーズだ――《たくさんの水をくぐってみえているのは　わたしです　あなたです／水菜を切る、水屋にすわる、水桶をかつぐ、かたちであることとは／案外たやすいが／ときおり　水、の、繭、が／鱗のようにそのひとから剝がれおちるのをみる》。「水屋」に注意。水の脱規定力は水屋の意味でさえふたつに分岐させてしまう。水難からの避難場所と、台所とに。

水の相互連接力は静穏なのだろうか。水はたまればその最上部をたいらにする。ながれればその並行性により相互破滅をたやすくする。けれどもそういう水の叛意のなさをかなしみの範疇にいれるのはまちがいかもしれない。水はそれじしんの単位に一種すくいがたい罪障を負っている――木田の直観によれば「どこまでも自身に平衡でありつづける」ことで付帯される水の自己否定的な延長力がもんだいなのだ。水の単位は天秤状といえる。しかしなにと釣り合っているのか。自身のみと釣り合っているのなら、水はそれじたいを規定できなくなる。そう、またもやことばと水の類縁がめくれあがってくる。

深海に似るという木から　海市のように枝がのび
木もまた　みずであったことで
みずは　記述する幼年期をもたず

みずを釣りあげようと栓孔をひらくと
管のかたちが　てをぬらす

水が「深海」をよぶが、その深海がさらに木を喚起する。「深海と木が似る」というのは、しかし木田のうちでのみつくられている架橋で、その恣意をたぶん知りつつ、木田はことば＝水をあえてほとばしらせる。木の枝もまた海市＝かいやぐらになってしまう。そのように倒立朦朧化した視界にこそ、水は再帰的に侵入してくる。

いままで言及しなかったことをいくつか。まずこの詩篇では「水」は「みず」と表記され、その原則がくずされない。この鑑賞じたいはひらがなにみずがうもれるのをさけるべく水をつかっているが、たぶん木田は水の脱視覚性に忠実であるため、無意識の奥で「見ず」にも連絡できる「みず」と表記している。この脱視覚性をつうじ、この詩では第二聯－第三聯間ではげしく対象がずれ、しかもその第三聯それじたいの法則が、表裏の弁別ができないクラインの壺よろしく「綿密に」組織される。

しかもそれまでの各聯はすべて連用形で止められ、それじしんの終始をはばみ、水のように外延しようとしていたが、連用形でつながれるこの聯の終わり「ぬらす」の止めでついに一旦の終局が生じるよう按配されている。ただし水にとって「一旦の終局」は、「微分的な破局」へとつながるだろう。「木もまた　みずであった」のなかにある「もまた」は、どんな効果をうむのか。なるほど木の体液は水で、木は地中からみずからを「濾しあげる」いとなみをそのもののかたちにしている。おそろしいこと、見方によっては恥しいことだ。けれども「もまた」は「水でできているもの」の言外のひろがりを予定させる。つぎの聯でたしかに「海月」はでてくる。あるいはこの論考でくりかえしたように、自体性のあやふやなことで、水とことばにも類縁がなりたつ。ただしここでの「もまた」は「にんげん」の言外の示唆をふくんでいるようにみえる。

水はむろん記憶をかさねがきする羊皮紙ではない。水はむろん主体でもない。それでもさまよったすえに、「そこにある」のだ。だからひとつの水の幼年期をかんがえるだけで気が遠くなる。おとろえたイヌなら水に発狂する。なぜなら水は現前である以上に再誕といえるからだ。そのためには、じぶんの身からも水がもれでている減退が意識されなければならない。「じぶんから」－「みずから」。水は「みずから」再帰性であることで脱視覚化する手近な恐怖だ。水は詩が視像化しない最初の歯止めなのだった。

「栓孔」の語は、ぼくにとっては聴き慣れない。栓をひねれば水のでる蛇口の孔だろうか。蛇口ではなく「孔」のある「栓孔」の語がもちいられたのは、水の多孔状＝境界消去力が念頭におかれたためだろう。《みずを釣りあげようと栓孔をひらく》には看過できない矛盾がしこまれている。水は栓をひねれば物理法則により落下する。ところがその落下こそが、せかいにあって「みず」を釣果にするための位相的な「ひきあげ」に変容するのだ。

ほんとうの変容は、生成変化よりもまえに、方向の錯綜を経由する。ことばには生成変化の作用点となるモノ性があるが、つながっている以上は先験的に方向性も組織されている。その方向性を読み手のからだに転写するのが換喩の本懐なのだが、それでは反転はなにをもたらすのだろうか。「減少」だろう。その減少そのものが脱視像的な「かたち」＝領域を印象させて、そこに減喩が生じる。

木田の減喩例――《時代を、すこしだけ気を失ってみるのはいいことだ》（集中「あめの多い水無月に」部分）。

栓をひねり蛇口からながれる水が「管のかたち」になって「てをぬらす」のはひとつの決着だ。だが管は本性的に「決着しない」。管が遍在しているためだ。木は上方への水の濾過器なのだからそれじたいが管だ。時間の後方から時間の前方をみやるときにも管が感知される。その管だけにこころをうばわれれば、じぶんが過去に向いているのか未来に向いているのかも分明でなくなる。だから「幼年期」がもてない。もちろんにんげん「もまた」、ひかりを透す眼も、おとを透す耳も、食餌をとおすからだぜんたいも、まとまりをなした宇宙的な管で、排泄が木田詩の一主題だという点は、詩集内に不敵にちりばめられている。
最終聯にゆくまえに、収録されている他の詩篇の細部から、木田のしめす「水相」をさらにとらえてみよう。

ゆれる〈波間の食卓　で　私たちは確かににんげんのかたちをしているのだろう
ああ、おいしいね　幻の川茸のサラダさっくり混ぜて
世界は血がながれている
その朝　くるおしく噎るのは　ドレッシングのきつい酢のせいだろうか
まだねむりの樹木から墜ちてゆけない葉擦れの
すこし痩せた潮騒のつづきのようになおも
噎かえり

いくたびも河口はほのぬるい

（「汽水／起床に」部分）

すばらしい一連だ。記述域が不断のずれをかたどりながら、それでも水の縁語が連打され、それが「噎《むせ》る」の動詞の斡旋により、気「管」に干渉しつづける。それでせりあがってくる病性が、水的なもののはるけさに拮抗してゆく。この拮抗は相殺ともとらえられるので、詩世界は視像において「減り」、聴像においてのみ遍満性を一定させている。こういう体感が「妖気」を放つのだ。「幻の川茸」がきいている。幻というからには実在の自生でない。畔ではなく、川底にゆらめくものなのではないか。川苔、川海苔といった実在域が渉猟されたはてに登場した、けむりに似たなにか。そんなあやうさを引き寄せながら、「それでも」行をのばしてゆく反性が木田の創造の正体だ。

公園の枯れ木立ぬけてくる
わかい母親の腕のさみどりの嬰児
光にたどりつくのには危険な闇をいくどもくぐりぬけ
小径で　ま白い息して交叉するときの
その羽毛のねむりつつんで初着のなかの細流の　ふるえ
児はつよく雨裂《ガレ》の臭い放つ／　アア…水系のみなもと、と歩ゆるめて

（「ペーパー・ナイフの川を下る」部分）

「雨裂《ガレ》」とはなにか。すくなくともぼくの語彙台帳にはない。雨水にしめった裂《キレ》。さらには雨水により裂かれた布。そんな類推がはたらくが、木田のすきな馬であれば「ガレ」は「痩せ」のことだし、

エミール・ガレの、透明性をもたずに面妖化したアールヌーボーのガラス器もおもいうかぶ。ともあれ詩の勘所に、判明不能の特異点＝「雨裂《ガレ》」があることで詩のぜんたいがくずれる。このことがすさまじいのだ。それで自己像なのか他領域の素描なのか、嬰児をかかえ公園をあるいている母親という北海道的な光景が、水の浸透力をもって不吉に顫動するさまがひろがってくる。呪詛なのだろうか。なにしろ木田は水を知覚からえぐりだす。それは木田じしんが調伏できない水を内包しているためだろう。その同化は、対象との双対の局面ではさらに異化となる。このことのおそろしさを彼女は知っている。彼女のせかいではそのようにして「残余」がふえてゆく。あとがきにかえられた詩篇「曲《きょく》」では、水の残余に対峙してきたみずからへの、最終的な述懐が以下のようにしるされる。《このように私は日のおわりに水壺の栓をほどき数滴の水景をしらしら舐めていきます。》
　冒頭詩篇「水相」の最終聯におもむこう。

ときに　くみあげたガラスの器《コップ》に　透明すぎる海月が　なんびきもあって
みずが　海月のしゅうごうたいだったことに　気づいてみたりするのです。

つげ義春「ねじ式」の最終ネームのような文法だ。自体性の極限であり、どうじに自体性をはげしく欠く水を脱空間・脱視像的に、つまりは融通無碍・不敵な直観で、しずかながら叩きつけてきたこの詩篇は、最後に水をおちつかせる「器」を用意する。ところがそうなった途端、水は内部分節化し、粘性をたかめ、妖怪化する。「みず」は「海月のしゅうごうたい」へと生成変化するのだった。
　動物のかしこさは、その憂鬱性にあらわれる。造物主の「造物筆跡」の秘密はそのようにして暴露されるのだ。イヌについてベンヤミンがつづった。ならクラゲはどうか。かしこいクラゲもおよがない。ながれるのみだろう。ながれればそれらはスカートの女性体になり、猥褻な中身をひるがえす。水の母というよりも、木田にとってクラゲは「海の星」よりもくずれやすいかけら、「海の月」なのだろう。

水の流謫は、水に海月を幻視することで完成に近づくが、この幻視は水を「きもちわるいもの」の隙間ない統合体にかえて、水のながれる能力をねばらせてしまう。結果、水はながれるのではなく、「そこに」「ゆらめく」。おのれのなかにある外部をぬらしつづける水の再帰性は、再帰性のたどる末路どおりに、「ないもの」として膠着してしまう。

このとき水が不在性じたいの潜勢力となる。コップの水がバートルビーよろしく声をもらすのだ、「しないほうがいいのですが」。「気づいてみたりするのです」は水の属性にたいしてだが、じつは自覚のほうがよりつよく機能している。つまり不在性じたいの潜勢力は、この作者の位置にこそ装塡されるといえるだろう。

木田の詩的能力をつたえるために、つづく詩篇「桜　——闇の器（やみのかたち）」も全篇転記するが、あえて解説はひかえておこう。ただ一点、細部にでてくる「火の粉」は集中の別の詩篇「バード・テーブル」の以下の一行と対応していると示唆しておく。《(やがて闇、ひりひりと花ひら火になって一日を超える鳥鳥の孤独、散り散りと、)》。「一日」を「ひとひ」と訓めば「ひ」の頭韻連鎖と「反復音の語彙」が連携して、意味が音韻に変化する、もっともはげしい相の減喩がみられるとわかるだろう。

桜　──闇の器（やみのかたち）

闇がたつ
いっぽんの樹の名のように

深海のみずを
ひきあげ
ひるの宴のそば

樹は　闇の器でたちつくす

あめのもりで桜の刺青《いれずみ》をした馬にであう　そういったらきみはわらった
熱のかたちでたっていて　そういうから　杜のしずけさのなか　焔《ファイア》！　と
いななく声帯できみを走る
走り
ぬけて

そうであるのか
そのようにして

たわんだ枝先から火の粉に似た花片が
飛来する
やくそくのひがくる　よるをまってぬけでておいで　そういってきみは
わらった　とおくむかしからわたしは　きみの闇のなか
その器の名で佇《た》っているのに
満開の桜並木のした　群衆は気づかないふりを装い
（乳母車に眠るわたしのちちとはは　のはる）
そのひ　わたしのなふだのついた苗木はたしかな予感に根をはることを
ためらっていたとしても

（二〇一五年六月）

望月遊馬『水辺に透きとおっていく』

待望の望月遊馬さんの新詩集『水辺に透きとおっていく』がとても良く、再読をたのしんでいる。ぜんたいはぼくのみるところ、三パートに分割されている。

第一が冒頭の詩篇「ありうべき家族へ宛てた手紙」で、数年の家族サーガが年と季節にまたがって叙述される。詩的でおとなしい文体から、母を喪失した感覚の、にじむような悲哀がたどられてゆく。虚構性を前提にしているのではないか。小説の叙述と相通じるものもある。

第二が本日これから語る行分け詩のパートで、ここでは静謐な詩的文体で脱物理的な運動がかたられる。脱物理的運動とは理路のうばわれた変容ともいえるが、望月的なそれは消滅にも漸近する。ところが消滅性が結末ではなく、どこかで蘇生の予感がぼんやりと読む眼をあかるませてゆく。詩作者の感情の質が良い。むろんこれが現在の良い詩の条件のひとつだ。

第三はシュルレアリスム小説をもおもわせる散文体。「少女」「少年」のときあかしがたい秘密の物語がさまざまな立脚のもと、いささかきらびやかに、万華鏡感覚までともなって展覧されてゆく。それでも話体の各所に自由関節話法的な脱意味の緩衝帯があって、どうじに詩的リズムが幾度も押し寄せてくる。箴言的な魅力が内挿されるばあいもある。脱物理的運動をともなう「変容」という点ではこのパートの目盛が最もこまかい。しかもこうした叙述法が採択されても、ことばが勝ち誇って跳ねないのが望月遊馬の得難い特性なのだった。

二つのパートは文字どおりには分割性を体現している。統覚できないゆれがそのまま詩集トータルの脱規定性をつくりだしながら、同時にそのことがことばのつらなってゆく組成に時空の幅をあたえている。望月さんの詩集はこれまでも再読誘惑性がたかいのだが、それは「読みきれない」残余が、あわいなにかを読後に差し向けるためだ。詩集編集の手練れだとおもう。

それでも三パートはフォントのおおきさのちがいをもって分立するだけではない。おなじ静謐、おなじ透明、おなじ語彙、おなじような変容が相互連絡の内孔によってパートをまたがってゆく有機性を確信させる。そこにある哲学的な意味をつかむため、今後もぼくはこの詩集を再読するだろう。

かたるべきことがとてもおおい詩集なので、第二パートの考察は、詩篇「真冬の葬列」の精読で代表させる。そこでいえたことは他の詩篇でもいえるとおもってもらえればよい。聯ごとの引用、そのたびの考察という形式をとってみよう。

木馬の
目に映る河のほとりで
あたたかな水がせりあがってゆく
わたしは
真冬の葬列にならんで
ことばもなく
ただ手を暗くおとして

口を結んでいる
感覚の先端では白い海岸が浮かんで
これは肌にかくされていたが
くだける雨にふいにひらけて
わたしを追いぬき冬の闇におちてゆく
夜を綴じるのはあなたのためで
それを知っていたのは
朝
わたしの生理的な青を
毀れてゆく傘がうけとめている
もうすぐ
来るだろうそれを
ただ待っているのだ
ただ

「木馬」の木材性は、それにかたどられた眼が反映作用をともなうことで、即座にうるわしい湿潤性や光沢性をおびる。しかし無媒介に定位されたこの木馬は遊園地の回転木馬なのだろうか、それとも拷問具のたぐいなのだろうか。冒頭三行はしずかな語調のなかに、ものすごく速い位相の変転をとりこんでいる。「木馬」→「目」→「河」→「水」。ひとつめの「→」は部分化、ふたつめは周囲喚起、みっつめは再度の部分化で、結局、「木馬」と「水」は空間のねじれで離反しながらも情緒が照応しあっている。もうすでに変容が出現している。水は動詞をおびる。「せりあがってゆく」。そのことから水が主体的な意志をおびた生体とかんじられる。この増水は雪解けが原因だろうか。「わたしは／真冬の葬列にならんで」で、とつぜん切断的に位相が変化する。「木馬」「河」「わたし」の位置関係がわからないこの「編集」は、映画ではジャンプカットとよばれるものだ。葬列時期は真冬。一定の隊伍をなしてゆるやかに、たとえば畔をすすむ葬いのひとびととして、わたしも参列しているのか。「ことばもなく」「ただ手を暗くおとして」「口を結んでいる」わたしの態度選択からは追悼の悲痛、厳粛がつたわってくる。

「木馬と河水」「わたしのいる葬列」の場面変化は並列としてとりあえず了解されるだろうが、そのあとは「モノそのものが変化し」「空間そのものに穿孔がひらいて別時間が湧出してくる」常識では了解できない変容が、強調をおこなわないしずかな口調で連続してくる。イメージにえがけない不穏当なものがことばをおおう。「感覚の先端」が葬儀参列者の追悼の情をくるみこんでいる外郭をなしているとすると、そこで「河」が「白い海岸」に変容し、しかも「尖端」なのに「かくされ」、海岸の白は肌にも反映してくる。

「かくされていた」ものは「ひらける」のだが、動因要素は雨で、それは「くだける」ように降り、それまで読者の意識にのこっていたはずの葬列を受難化、暗色化させる。葬列の成立する時間帯はつうじょう白昼のはずだが、そこに矛盾撞着する「闇」が示唆されて、時間の定位までぐらつきはじめる。１ショットに多時間的な衝突と展開がある（そこにディゾルヴもくわわる）実験映画的な溶融画面を聯想してしまう。高速が静謐にとじこめられている。それにしても——

《感覚の先端では白い海岸が浮かんで／これは肌にかくされていたが／くだける雨にふいにひらけて／わたしを追いぬき冬の闇におちてゆく》は動詞の複数にたいし、主語は「海岸」（「これ」も「海岸」を受けた代名詞ととれる）で通貫している。だから「海岸」になにが起こったかの把握が読解の主線をなすことになる。ところがたとえば最後の「おちてゆく」の主体が「わたし」だという錯視も起こってゆくはずだ。魔術的文体なのだった。

「夜を綴じる」は「夜を閉じる」の誤変換なのではないかと一瞬おぼえてすぐに是正の意識が生じる。「夜を閉じる」なら闇夜をたとえば扉のむこうへと遮断して身辺に朝や昼を恢復する運動を想起させるが、「夜を綴じる」なら、夜は枚数となり、それを蛇腹状の開陳可能性として「わたし」に組織する。わたしは各ページが夜である本のようなものになって内実を複数化されるのだ。ところが一行一字（転換に驚愕、別言すれば強調があたえられている）でしるされる「朝」で、「閉じる」「綴じる」の弁別がまたあやふやになる。

その朝は降雨の状態にある（とみえる）。わたしはおそらく戸外にいて、葬儀参列の時空とは切断されて、「ひとり」はげしい雨にさらされている。それでも濡れからは除外されているようだ。ただし以前にあった「くだける雨」という語の斡旋のつよさから、間歇的作用が起こり、「傘」は「毀れてゆく」。

ところが注意しよう、その「朝」では雨の字がじっさいはひとつも書かれていない。降っているのは文法的には「わたしの生理的な青」なのだった。あおくささ、あるいはブルー＝かなしみだろうか。いずれにせよ、「わたし」は青に傾斜し、青に親炙する。その状態で、わたしは「それ」を待っている。「それ」は「朝」を指示しているというかんがえもなりたとうが、同時に中也「言葉なき歌」の

「あれ」につうじる非限定性／限定不能性を発散しているようにもみえる。聯のおわりの「ただ」の反復は語調の抒情性を揺曳させる。

朝とはほどける水のこと
けれど
ゆるんだ靴紐のように夏を予感させるものではないから
わたしはてのひらをかさねて
目のうすい光に
祈りを捧げている
葬列は西日に遂げていき
ただかたちのないひとの列として
木馬のさきを無言ですすむのだが
そうかとおもえば
夢に
あらわれたあなたが
あらがえない呪文をちいさくつぶやいて
葬列を右へとそらせる
わたしは左へふりきれて
黒服のままで

みえないものに迎え撃つから
待っていて欲しい

「水」の主体的な変容意志がまたあらわれる。「せりあがる」のあとは「ほどける」。ところが「せりあがる」が意志の充実を印象させるのにたいし、「ほどける」は脱力や弱体化を紙面にのこす。「ほどける」は「ゆるんだ」を召喚し、それが靴紐をも具体化させるが、直喩でむすばれて「夏を予感させる」事物となったとき、作品が前提していた季節「真冬」に、撞着的な風穴をあけもする。読者はこれを「見消《みせけち》」と了解するだろう。なぜならとつぜん葬列の場面へのフラッシュバックが起こり、離反もしくは孤立していたこれまでの細部に、間歇をはさんだ同調がおきるためだ。

葬列の行進はながかったのではないか。陽は西日の位置に傾いている。わたしは「てのひらをかさね」る敬虔なしぐさで「祈りを捧げて」参列者のなかにいまだに存在している。「目のうすい光」は半瞑目を示唆しているのか。

ところがここで葬列に脱実体化の荒業が付帯してくる。「かたちのないひとの列」。葬列は視覚現象だから「かたちのない」はずはない。そうかんがえると、列を葬列として認識している読解の前提がくつがえられざるをえない。これは葬列ではなくじつは光列のようなものではないのか。望月遊馬の詩では「変容」によって脱視覚化が起こり、「あるもの」と「べつのもの」の中間態がひろがってくる。詩はイメージを生産するという古典的な詩観がとりあえず創作原理とはなっていない。

それでも「木馬」で葬列の位置が恢復し、「あなた」の再登場で抒情の紐帯ができる。「あなた」は夢にしかあらわれず、疎隔性をわたしに上演している。この「あなた」は、葬列に関連があるなら葬列の存在理由である当の死者になるが、判断はできない。死者と無縁な、たとえば特定の女性のような感触もあるのだった。「無言」「ちいさくつぶやいて」と音響の指示があり、「ちいさくつぶやいて」によって「無言」が際立つ仕掛け。いずれにせよことばのはこび、強調のほとんどの不在によって望月詩が静謐であるばかりではなく、具体辞により音響の水準がやはり楽譜指定されているのだった。

「あなた」の「呪文」は位相変転を作用させる。ちいさなつぶやきでしかないそれが、「葬列を右へとそらせ」「わたしは左へふりきれ」る。ところがこの左右は空間のなにを基準にしているのだろう。道の中央が座標を形成しているとして、ところが正対視線からと列の内在者からとでは左右の意識がまったく逆になるのだから、むしろ左右の明示はじつは空間をあいまいにする逆説まで生じさせていることになる。とりあえずは「わたし」の疎隔化、孤立化が、あなたの呪文により生じた。

それでも「わたし」は葬列参入者にふさわしい「黒服」でいる。隠されたこころざしもある。「みえないものに迎え撃つ」と迎撃の意志がしめされるのだが、いっぽう「みえないもの」という措辞の間接性により、「わたし」にとっての攻撃対象はついに正体をあかさない。たとえばそれは死なのだろうか。とりあえず「わたし」の迎撃の瞬間を「待っていて欲しい」と聯の終わりで告げられて、この呼びかけの相手は「夢に／あらわれたあなた」と近接するから、遡行的効果として、一聯のおわりちかくの「待っている」「それ」に、「あなた」までもが混色してゆくことになる。いずれにせよ、関係性の連絡はすべてこころもとない。それでも曖昧詩が曖昧に志向されているというより、あいまいが積極的に運動性のなかに転写されているという判断がこのあたりで生じてくるとおもう。

葬列

いまにもきえゆくまぼろしの時間のなかで
靄のように薄淡く
けれども確固たる意志により
行く先々でことばをあやつる
死者のことばだろうか
白馬がふいに二頭かけだしてゆき
先を争い
草原をひたはしる
そして
もつれて
雨にもつれて
光は溢れて掌におもみをおとしている
そして
濃き葉影を
水面に映している
やがてみずのうえを葬列は音もなく
すすんでゆき
ひとはだれしも肩をゆらしている

折節の移りかわるこそ
ものごとに哀れなれ

葬列は死者のことばの列状へと転位され、それの現象する時間は「まぼろし」で、その形状は「靄のように薄淡く」、それでも意志が貫かれている。ところがそのことばは、「ことばだろうか」と自問形を伴ったとたん、「二頭」の「白馬」になって詩の空間をほとばしる気色になる。「かけだしてゆき」ののち、速さが改行所作に物理的に連結される。《先を争い／草原をひたはしる／そして／もつれて／雨にもつれて》のはこびでの一行字数のすくなさが速さの表象であり、同語・類語の降誕が制御不能性を印象させ、そこでも速さが累乗されている。むろん「速さ」と「遅さ」に弁別などない。つまり「木馬」はようやく＝遅れに遅れて、「白馬」へと変成したともいえるためだ。ところがカット変換は、なにかほとばしったものを一挙に回収してしまう。「白馬」の翔《かけ》りは、「掌におもみをおと」す恰好にふいにずれて、けっきょく白馬もまた葬列に近似する光列だったのではないかと納得のあらわれだすはこびとなる。図式に注意しよう。葬列＝ことば＝白馬＝光列という等号連鎖なのだった。

「掌」の「おもみ」は像的には寸時に解消されてしまう。「白馬」は「光」となって、さらに「葉影」へと変容し、「水面」に映ることになる。確定的な物量も外容もすべてないというのがこの詩の法則なのだが、それらへ追いつくために記述そのものが脱物理化し、畸語化するともいえ、結局はヴィジョンと発語が緊密な均衡をたもっている。

「水面」の一語で葬列は「みずのうえを」「音もなく」「すすんでゆき」、いよいよ葬列と光列のくべつが溶融してくる。ひかりのなかにひとの像は残影となり、どうじに粒立ち、あゆみにつれて肩のゆれるようすが微視的にうかがえる。ひかりとひととの等値化。そこにこそ無常迅速がある。もしかすると古典に出典のあるかもしれないこの聯の最終二行はこうしたものの堆積の場所にみちびきだされる。どうじにイエスの特権だった水上歩行が、普遍的なひとびとによって分有される、一種の権利拡張がほのめいている。

柩はしずかで
なにも解さない
雪はふいに降ってきて
ひとの手に抱きかかえられた遺骨のような冬は
ただ寒々と
そこに転がってある

葬列じたいの自己凝視のような、ヴィジョンの内挿。冬は遺骨に直喩され、しろさをみちびきながら、ぶっきらぼうに、たとえば葬列の眼下に、「転がってある」。「転がっている」ではなく「転がってある」という修辞の斡旋に、ずんぐりとした物理性がよこたわる。うつむいて歩まれている視界を雪がかすかに荘厳しながら、葬列の参加者はみずからの影をみて、それも遺骨としているような感触がうまれるが、なぜか望月遊馬は、この聯をずれの連続により、展開しようとはしなかった。この聯の一行めの「しずか」は、断念の副産物のようなふくみを音響させているといえる。

いまはもう
訪れない
ただ
喪われた季節を
病めるときも健やかなるときも
あの冬の写真のように
おともなく
すすんでゆく
わたしはそのことを知っているから
数すくない遺書を
その文字を
かたどった芸術品を
胸に温め
ゆく
わたしは葬列をゆく

詩文のながれの論理構造をゆっくり咀嚼してゆくと、「訪れない」ことと、「すすんでゆく」ことが離反していない点が了解される。「訪れる」と「すすむ」は動作的には類縁関係をつくるはずだが、来訪地の目標がないとき、「訪れ」は「進み」へと動作上の意味を減少させるといってもいい。むろん「おともなく」が第三聯とは表記をかえて最小単位でルフランしていて、「おともなく／すすんで」が、「おと／ずれる」を類語的に換喩している機微もつたわってくる。

一瞬を擦過する「あの冬の写真」。その内実はしめされていないともいえるが、逆もいえる。葬列を主題とする詩篇の真逆の層に、《病めるときも健やかなるときも》と婚儀の誓文の典型が挿入され、写真は婚礼写真ではないかという予想も生じるのだった。

いずれにせよ、「わたし」は、「すすみ」「おとずれない」の無差異、あるいは「葬列」「婚儀」の無差異を「知っている」。それがこの詩篇の中心にある感慨ではないか。無常迅速が相反物や近似物の接着剤となり、せかいでは、とりかたによっては乱暴な溶融が横溢している。

「遺書」はこの詩集に頻出することばのひとつだが、その遺書は「芸術品」へときたえあげられるまで「文字」で「かたど」られ、「胸に温め」られる。ひとの死をみてわが死をつくれ、ということだろうか。《ゆく／わたしは葬列をゆく》の最終二行。余情のある呼吸がのこりつづけるが、普遍的な等号世界が成立してしまう。つまり、すべからく死すべき生のあゆみは、歩行者のなべてを葬列者にしているのだと。ところが感慨は、「訪れない」ことが「すすんでゆく」ことと等価になる同一性のほうにあるのではないだろうか。つまり人生全体の彷徨性よりまえに、「その場その場の彷徨の脱臼」が存在していることのほうが意識にのこるのだ。

望月遊馬の詩法では、像化できない関係性の変容、その叙述が、そのまま修辞の独創性に直結している。ところがその達成を誇る気配がない。その気配のために狩りだされているのが、語関係の静謐なのだということ、それがこの詩篇解釈からつたわればいいのだが。

ぼくが詩集に付箋を入れるのは、ぜんたいの味読を完成させ、それを過去形へと定着するときだ。だから「つきあい」のただなかにある詩集には、白紙の再読を反復させるため、なんのしるしもいれない。それでも清潔さに打たれて付箋を一箇所だけいれてしまった。散文詩「都会的な情緒へ」の最終部分。詩篇「冬の葬列」をも統合するマニフェストだとおもうので、最後に転記打ちしておこう。

感情は中和され、わたしたちはわたしたちの実現を生きる。それが尊いものとしてある限りは。

（二〇一五年五月）

あとがき

さきの詩論集『換喩詩学』は二〇一四年に刊行され、さいわいなことに翌二〇一五年、詩論集にあたえられる最大の栄誉と著者自身のかんがえている第六回鮎川信夫賞を頂戴することができた。本書はその余勢を駆って、『換喩詩学』構成時よりあとに執筆された詩論をあつめ、さらにさきの拙著から割愛された、愛着のある論考をそこに寄り添わせたものだ。このように着想はいたって単純で、収録文の選定については、思潮社編集部の出本喬巳さんのおかんがえにしたがった。

お読みいただければ判明するように、上記のながれのなかで、本書第一部では自然と、愛着してやまない詩作者、江代充さんと貞久秀紀さんへの考察が中心化される構成となった。どうじに、著者自身が着想した詩作概念「減喩」が、不穏にフィーチャーされることにもなった。

前著『換喩詩学』では換喩を、言語学から離れた詩作概念としてどう定義するかが、いちおう文中に不親切ながらも提示されている。本書『詩と減喩』での換喩概念はその前提にしたがっているので、可能であれば読者諸賢には、どちらが先でもよいが、ぜひ併読をおねがいしたいとおもう。

いっぽう本書第一部で頻繁に使用される概念、「減喩」については、その定義づけを明白にはおこなっていない。それぞれの論考中で、さまざまに言い換えられているだけだ。そうなってしまったのには、なにか定義化に馴染まない、と臆するこころがあったにちがいないが、本書全体を通覧校正してみて、たとえば以下のような辞書的な規定が可能なのではないか、とかんがえるようにもなった。読者の便宜のため以下、試験的にかかげてみよう。

●

減喩【げんゆ】＝あらたに創設された、換喩＝メトニミーの隣接概念。言語的な表現・創造に使用される。とりわけ俳句における奇怪な作例から着想された。

技術的には不足化・減少化・削除・欠損・虫食い・解釈多元化・曖昧化・脱論理化・断片化などの実現に負っている。それにより文脈のきしむこともある。ただし謎の提示とは異なり、ことばのはこびそれ自体がそこに単純に、理想的にはやわらかく「明示」されているにすぎない。それは換喩どうよう、解釈されるのではなく味読される。

減喩的現象としては、シフターの脱落、あるいは逆に同語の猖獗があげられる。「喩」の語がもちいられているが、換喩どうよう「喩え」ではなく、連語の状態に新規なうごきを付与し、それを作品化させる自己再帰性だといえる。ただし換喩が豊饒化にむかうのにたいし、おおくの減喩は連語の静謡化へとむかう。

換喩は言語表現の進行中のズレにより、表現隣接単位の部分性をたかめつつ脱暗喩化を志向、かつ言語の物質性を前面化させる。いっぽう減喩では措辞のすくなさ、語関係のすくなさをそのまま露呈させることで、言語構造のゲシュタルト崩壊を志向、その穴状のなかに不埒な言語哲学を装塡させる。そのため、ときに不気味さやユーモアをも付帯させる。

換喩のズレが表面的なのと対照的に、減喩のズレは質量や意味のすくなさへのズレであるから、内在的・自壊的とも指摘できる。そのときの見做し上のふかさが空白の袋をつくりあげ、空無が空無をはらむ虚の二重性を帯びてゆく。

けれどもこの空隙が質量化、かつ形相化することで、魅惑が定着されることもある。空無性を実体とするものなので明確な定義づけ、作例列挙、方法的実践化などが困難だが、じっさいの作例は各所に分散的に突発している。純粋な音韻性の「意味のすくなさ」と化合することもある。いずれにせよ偶成的な所産の傾向がつよく、それゆえ詩作趨勢の要約不能性と同調しているとおもわれる。

再度確認すれば、換喩がズレによって書かれるのにたいし、減喩はすくなさによって書かれる。いずれも作者の脱主体化、もっというと自己消去に関連している。したがって減喩は、すくなさにむけた主体的な彫琢や推敲などとは同調せず、むしろ不用意さや衰退とよぶべきものとこそ連絡している。

●本書の前提を「あとがき」でしるすのはいかにも反則だが、減喩は辞書的定義によって学習されるものではないから、これでいいとおもっている。たぶんこの定義が前提されなくとも、本書収録の各文は、その場その場で「自然に」読まれるものだろう。むろんそのご判断は諸賢におまかせする。引用詩篇の多様性、それとその解釈の具体性があたたかく掬されれば著者冥利につきる。

対談収録をご海容いただいた貞久秀紀さんにはお礼をもうしあげます。本文でもおわかりいただけるように、貞久さんは敬愛するすぐれた詩作者であるだけでなく、著者にたいしてもさまざまなご慈愛をしめされるひとだ。また、ていねいで細心な編集作業をしていただいた思潮社編集部の出本喬巳さん、ならびに文章の初出機会をつくっていただいたご同僚お歴々にも感謝いたします。今回も、ぼくの文章が旧知の奥定泰之さんのデザインにより、クールに簡潔にやさしくつつまれるのが至福です。

二〇一六年一月

札幌にて　著者識

＊本書は平成二十七年度北海道大学大学院文学研究科の出版助成を得て、公刊されました。

阿部嘉昭（あべ・かしょう）

一九五八年東京生、現在札幌在住
評論家、北海道大学文学部准教授、
映画・サブカルチャー研究、詩歌論
詩集に『昨日知った、あらゆる声で』（書肆山田）、『頬杖のつきかた』、『みんなを、屋根に。』、『ふる雪のむこう』、『空気断章』、『静思集』、『陰であるみどり』、『束』、詩論集に『換喩詩学』（以上思潮社）がある。

詩《し》と減喩《げんゆ》　換喩詩学《かんゆしがく》Ⅱ

著者
阿部嘉昭《あべかしょう》
発行者
小田久郎
発行所
株式会社思潮社
〒一六二―〇八四二　東京都新宿区市谷砂土原町三―十五
電話〇三（三二六七）八一五三（営業）・八一四一（編集）
ＦＡＸ〇三（三二六七）八一四二
印刷所
三報社印刷株式会社
発行日
二〇一六年三月二十五日